特撮家族

高見澤俊彦

文藝春秋

特撮家族　目次

contents

特撮家族

一章　宴の邂逅《かいこう》

　初めて彼を見た時、不思議な懐かしさに心がときめいた。何処《どこ》かで会った？　いやそれはない。これってもしかしてデジャブ？　いやいやそんなもの信じない……単なる勘違いだ。そう思い込むことで平静さを瞬時に保った田川美咲《たがわみさき》は、目の前で微笑《ほほえ》む戸塚颯太郎《とつかそうたろう》に向かって簡単な自己紹介をした。

　気の進まない合コンだったが、彼に会ったことはたまさかとはいえ、美咲にとってラッキーな偶然だ。

　屈託のない笑顔……これまでの美咲ならこの手の微笑みを心から信じることは出来なかっただろう。ただ、なぜだろう……彼の場合、それが自然に映り惹きつけられてしまう。

　まだ一言も言葉を交わしていないのに、美咲の心臓が早鐘を打ち始める。これってかなりヤバイ？　一目惚れなどしたことがない美咲が、初めて感じる恋の非常事態かもしれない。

　そもそも、銀行の後輩である吉田七海《よしだななみ》に拝み倒され、人数合わせで参加したＩＴ関連会社との合コン。乗り気では無かった分、その反動は大きい。映画やテレビドラマなどでよくあるような劇的な出会い……普通の日常で起きるわけがないと思っていたことが、まさに今現実に起きている。

　働く女性の場合、一定の年齢を越え、キャリアを重ねると、会社では頼られる分、煙たがられる雰囲気を敏感に感じ取る。この先銀行の中で出世していくつもりなら何としても我慢するところだが、美咲にそんな将来像はまったくない。むしろ、早く逃げ出したいと思っているほどだ。それが戸塚颯太郎の出現で、夢ではなくなるかもしれない……寿退社？　そんな妄想を思い浮かべるほど、涼しげな瞳にシャープな顎のライン……いわゆるイケメンという部類に入る戸塚颯太郎から目が離せなくなった。とはいえ、合コンの間、彼だけをジッと見続けるのは不自然だ。他の相手と話しつつ、でもチラチラ気にしながら、ずっと見続けても飽きない笑顔ってホントにあるんだなと美咲は思った。

今までもこの手の男は何人か知っていた……が、大抵その笑顔の裏側は空っぽだった。女性の扱いには慣れているものの一般教養の知識はかなり低い。例えば歴史などの話になると途端に貝になる輩《やから》がいかに多いことか。

歴史に疎《うと》い男は論外！

そう！　美咲はかなりのレキジョで、日本史オタクなのだ。しかも女子好みの源氏物語といった雅《みやび》な平安時代や、新撰組に代表される幕末系ではなく、応仁の乱以降のいわゆる戦国時代が大好き。特に下克上で成り上がる武将の話など、弱肉強食の時代に思いを馳せるだけで幸せな気分になる。

ただし、戦国の風雲児と称される、織田信長《おだのぶなが》を好きだという男は美咲にとっては論外だ。根拠はないが、馬鹿のひとつ覚えのように信長好きを公言する男は信用出来ないという持論があるのだ。

美咲は、メインストリートを堂々と生き抜いた武将より、その陰で露と消えていった武将にこそ乱世のロマンを感じてしまう。

中でも越前（現在の福井県）一乗谷《いちじょうだに》で百年余りも繁栄した朝倉《あさくら》家最後の当主、朝倉義景《よしかげ》が美咲の推しメン武将の一人である。

朝倉家は義景で十一代続いたわけだから、下克上の時代の中ではかなりの名門の部類に入る。とはいっても、朝倉家は元々室町時代、守護代としてこの地に赴任し、応仁の乱のどさくさで守護大名にまでのし上がった叩き上げ大名なのだ。

朝倉義景の何処が好きなのか？　ズバリ顔だ。肖像画に見る細面《ほそおもて》のシャープな顔に切れ上がった眼。いかにも戦国武将然とした無骨なイメージではない独特な品を感じてしまう。

それもそのはず、朝倉家は当時の戦国武将の中でも、かなり経済的に裕福な一門だった。敦賀《つるが》湊《みなと》と三国《みくに》湊を押さえた朝倉家は、越前から、北は奥羽、西は石見への海路による商《あきな》いで莫大な富を獲得し、一乗谷は北の京とさえ言われるほど繁栄していた。

経済的安定は精神的安定にもつながるのだろう。他の武将たちの肖像画と比べればそれは一目瞭然だ。特に豊臣秀吉《とよとみひでよし》は農民から関白になった希代の成り上がり大名であるだけに、肖像画から人の欲というか卑《いや》しい品性が前面に出ているようで、美咲の好みではない。

銀行の融資課に勤めていると、いい意味でも悪い意味でも、お金の怖さというものをイヤというほど思い知らされる。今のご時世、どこの会社も資金繰りに四苦八苦している。特に中小企業は毎月の運転資金を調達するのにも、サーカスの綱渡りのように危ういやりくりを続けている会社が多く、貸す者と借りる者の間に品性は必要ないことが、美咲にも身に染みて感じられた。要は期日までに資金を融通し、一方は期日までに返済すればいいだけのこと。

資金を返済出来る企業には、銀行はいくらでも融資をし、そうでなければ強硬に返済を迫る。会社として体力のあるなしが、会社の存続を大きく左右する。

戦国の世も同じこと。切り取り御免《ごめん》で領地を増やす他に経済的安定は望めなかった。奪う者と、奪われる者。身分など関係ない下克上の戦国時代は、家臣の裏切りは日常茶飯事、親子や兄弟であっても家督を争って殺し合う、品性などとはまったく無縁の血で血を洗う時代であった。

その闘いを決するのは、現代と違い武力である。ただ、結局経済力がなくては、人も集まらず武力も備えられない。織田信長などは早くからそこに目を付け、潤沢《じゅんたく》な資金を元に鉄砲を揃えて、兵農分離を唱え、いざ戦えば無敵の織田軍団を形成し始めていた。

そんな時代にあって、経済力に恵まれていたためか、朝倉家はそこまでガツガツしていなかった。領内の維持が出来ていれば充分だったことが大きな油断を生んだのだろう、気がついた時には時代の波に乗り遅れ、挙げ句、いとも簡単に信長に攻め滅ぼされてしまった。

せっかく次期将軍候補の足利義昭《あしかがよしあき》を庇護《ひご》していたにもかかわらず、野心の希薄さが朝倉家を滅亡への道へと導いてしまったと、美咲は考えている。

天下を望もうとしなかった朝倉義景。天下布武《ふぶ》の名の下、覇王を目指した織田信長。比べてしまえば一目瞭然、戦国武将としては、信長に軍配があがる。しかし、そこまで野心丸出しの武将は美咲には好みではないのだ。

当然、「武士とは〜」「男とは〜」と精神論を振りかざす男も論外。そういうことを口にする男に限って、真逆でこそこそウソをつく輩《やから》が多い。

美咲は戦国武将が好きとはいえ、基本穏やかな性格が好みだ。一時的に草食男子が持てはやされた時もあったが、それはそれで美咲の好みのタイプとはズレていた。自己チューでもなく草食タイプでもない、いざという時は毅然と起つ武将のような心構えを持ちながらも、平時は穏やかで優しい男はいないのか？
そう思っていたところに現れたのが戸塚颯太郎なのだ。イケメンであることを割り引いても、ガツガツしている感じには到底見えない。彼は自己チューではないだろう……多分。

こうなると美咲の妄想が止まらない。彼とつき合って、そのまま結婚出来たら、どんな家庭になるのだろう……子供は女の子がいい。男の子はガサツで嫌だ。女の子は父親に似るというから、細面で可愛い子に育つんじゃないか。自分勝手な夢に酔っているうちに、あっという間に時間は過ぎ、肝心の戸塚颯太郎とはほとんど話せないまま、会はお開きとなってしまった。
美咲の妄想以外は、それぞれ目立った動きもなく、その場で全員解散という気の抜けたビールのようなあっさりした合コンになってしまったようだ。

なんで？　どうして？　このまま彼と別れてしまうのは不本意なのに。

「なにわのことは夢のまた夢……」事もあろうに、こんなタイミングで、一番嫌いな秀吉の辞世の句が浮かんできた。美咲がフッとため息をつきかけた時、思いがけず戸塚颯太郎が声をかけてきた。

「田川美咲さんでしたよね？　もしよろしかったら連絡先を教えて頂けませんか？」

えっ？　あっ！　と躊躇《ちゅうちょ》するフリをしても、内心嬉々とした感情は抑えきれず、慌ててバッグから携帯を取り出そうとした瞬間、ツルっと滑らせて床に落とした。素早く彼は拾ってくれたが、戦国武将の待ち受け画面を見られてしまった。

「アレ？　田川さんって、朝倉義景に興味あるんですか？」

義景を知っている？　ひょっとして彼も歴史好きか？

「僕、福井出身なんですよ。この肖像画は子供の頃から見てますから」

あっ、そうなんだ、戸塚颯太郎は福井生まれだったのか。もちろん福井生まれの人間が全員、朝倉義景の肖像画を知っているかと言えば、そんなはずはない。地元の武将ということで颯太郎が朝倉氏に馴染《なじ》みがあるなら、それだけで好印象だ。

ちょっといい気分の美咲。何やらいいことが起きそうな気配にうっとりしていると、携帯が鳴った。素早く画面を見ると、父親の洋介《ようすけ》からだ。もう！　お父さんたら、なんなのよこんな時に！　ちょっとすいません、と断りをいれてから、颯太郎に背を向けて電話に出た。

「どしたの？　珍しいじゃない。何かあった？」

「あ、いや、書斎の棚にあったジラースのフィギュアが見当たらないんだが、お前知らないか？」

「そんなの私が知ってるわけないじゃない。大体お父さんの部屋なんか入んないわよ。お母さんが捨てたんじゃないの？」

あまりにどうでもいい電話に、思わずため息が出た。

美咲の父親は國文学院《こくぶんがくいん》大学・神道文化学部神道文化学科で教授を務めている。その父親の趣味が残念なことに、昭和の特撮怪獣フィギュア収集なのだ。

今となっては、いい歳して怪獣に熱を上げる父親をことさら恥ずかしいとは思わなくなったが、美咲が幼い頃から自宅には怪獣フィギュアがあふれていて、子供心に気味悪く、居心地の良い環境ではなかった。

一時は玄関から居間まで、家中怪獣のフィギュアだらけで、友達を呼ぶのもはばかられるぐらいプチ怪獣ランドと化していた。

美咲が思うに父親の怪獣趣味はマニアを超えてもはや狂気に近い。そのためか、母親の紀子《のりこ》はノイローゼ気味になり、入院寸前にまで事態が深刻になった時期もあった。

母が倒れたことが転機になって、家中怪獣ランド化は渋々取りやめになったのだが……とにかく美咲の父親は、いわくつきの怪獣オタクなのだ。

父に輪を掛けて、二つ上の兄でテレビ局勤務の健太《けんた》も怪獣マニアだ。ただし、なぜか父親のフィギュア収集には批判的。兄はあくまでも映像の中で展開する、非現実的な特撮怪獣映画オタクなのだ。

しかも、CGを駆使し、デジタル合成で大仰《おおぎょう》に見せ場を演出するハリウッド的特撮映像より、ミニチュアや着ぐるみを動かして表現する、日本の伝統的な特撮技術をこよなく愛している。

健太がオタクの道に入ったきっかけは、小学生の時、父に連れられて観た平成ゴジラシリーズ『ゴジラVSモスラ』。美咲も一緒に行ったはずだが、まだ幼すぎて、長時間の映画には耐えられなかったのだろう……途中でむずかり始め母親に連れ出されたという。

熱線を吐くゴジラの勇姿と、父親がフィギュアを持っていたモスラがスクリーンいっぱいに暴れるさまを目の当たりにし、健太は特撮映像の虜《とりこ》になってゆく。

続いて、三つ下の妹で美容師をしている結衣《ゆい》。彼女も兄である健太の影響で、物心ついた頃から怪獣映画のビデオを一緒に観ていたが、鑑賞中、あまりにも特撮ウンチクを語りつづける健太に閉口し、一緒に観るのを避けるようになった。

そんな彼女のハートを射止めたのが、平成九年にテレビ放映された『ウルトラマンダイナ』だった。そこから遡《さかのぼ》り、昭和の変身ヒーロー全般を観るようになるが、特にウルトラマン系に目がなく、幼少期はお人形遊びの代わりにウルトラセブンを抱いて寝ていたほどの筋金入りだ。セブンのアイスラッガーをとって、人形用のウイッグを載せたりしているうちに、美容に興味が湧いた結衣だった。こんな家族だから、当然会話はまったくといっていいほど噛み合わない。

そう！　ふと気がつけば、母親と美咲以外全員、田川家は特撮大好き家族になってしまっていたのだ。

「何かありましたか？」

「いえいえ、父からですが、大したことないので大丈夫です」

まさか、知りあったばかりの男に、父親が怪獣フィギュアの行方を探して電話をかけてきたなど、口が裂けても言えない。

「もっとお話ししたかったんですが……今度電話してもいいですか？」

何？　連絡先を聞いておいていいですかもない……いいに決まっている！　という素振りは一切見せず、

「ハイ！　いつでも大丈夫ですよ」

と笑顔で答えた。

もし、万にひとつ颯太郎とつき合うことになっても、当分の間家族は紹介しない。いやしたくない。特に父親だけは何としても隠し通そう。

二章　陣太鼓が聞こえる

その父親が突然亡くなった。ある朝、この世から消えたのだ。死因は心不全。母親が起きて来ない父親の様子を寝室へ見に行って発見した。

兄の健太も妹の結衣も独立していて実家におらず、銀行勤めの美咲も朝早くに家を出たあとで、ひとりで夫の死を目の当たりにした母親の動揺は尋常ではなかった。いきなり、職場に電話して来て、父親の訃報をこともあろうに融資管理企画部の部長に伝えたのだ。

何で？　直接携帯で私に連絡すればいいじゃない！　と思ってもあとの祭り。普段めったに顔も合わせない部長に呼び出され、そのまま帰宅を命じられた。

同じ屋根の下で暮らしているとはいえ、最近父親との会話らしい会話は殆《ほとん》どなかった。意識的に避けていたわけではないが、帰宅しても父は書斎に閉じこもったままだし、学校の講義も午後からで、夜更かしの父は、朝は当然、起きてこない。かろうじて日曜日に姿を見るぐらいだった。

あの電話が最後の会話になってしまった……何とも言えない喪失感が美咲を包み込む。物心ついてから両親がいるのが当たり前の日常。その片方が突然この世から消え去ってしまったのだ。そう思うとやりきれず鼻の奥がツンとなった。

美咲は銀行に勤める気などなかった。大学院に残って、自分の大好きな歴史研究の道に進むことを密かに考えていた。たまたま懇意にしていた先輩に誘われて、断りきれず銀行員になってしまったこと、今では心の底から悔やんでいる。今の環境から抜け出したい願望は日増しに強くなるばかりで、戸塚颯太郎との出逢いは、まさにそこから脱出する希望の光になるかもと思ったが……そんな淡いときめきは突然の父親の訃報で吹き飛んでしまった。

父が搬送された病院へ向かう電車の中でも、まだボンヤリして実感がわかない。もしかして、もう、自分の中で父親は死んだも同然だった？　だからそれほど悲しくないのか？　私って薄情？　幼い頃はお父さんっ子だったのだが……。

病室には声をかけるのもはばかられるほど、憔悴《しょうすい》しきった母親がいた。

「お母さん大丈夫？　何があったの？」

涙目で言葉も出ない母親、その表情が痛々しい。あれほど父親の怪獣マニア趣味を嫌っていた母だが、父とは大恋愛の果てに結ばれたと聞いていたから、その心を慮《おもんぱか》るに忍びない。しかし父親も父親だ！　勝手に死ぬなよ。残されたものの大変さを知れ！　どこまでジコチューオヤジなんだ！　と心の中で美咲は叫んでみたものの、何ともいえない虚しさが心を覆い始める。

それにしても、実家が神社でもないのに、何で父親は神道文化研究の世界に入ったのだろう。少しでも話を聞いておけばよかったと、父と娘のコミュニケーション不足が悔やまれる。ただ、今は悲しんでる場合ではない。同居している長女として、自分が中心になって葬儀を進めないといけない。当然美咲にとって、家族を送るのは初めての経験だ。

まず、葬儀というのがこんなにもシステマチックなものとは思いもしなかった。葬儀会社を探す前に、向こうから病室にやって来たことにも驚いたが、何処で知ったんだ？　という疑問を差し挟む余地などなく、あっという間に怒濤《どとう》の葬儀ロードマップ状態に突入していた。

　何より驚いたのは、値段によって葬儀の規模が違うことだ。祭壇の大きさや飾る花の種類や本数など、うな重の松竹梅以上の差がある。比喩に無理があるが、各国の石高《こくだか》によって動員する兵力や武力に格差が起きる、戦国大名たちの戦《いくさ》のようなものだ。

　式から、火葬、お骨上げまで、同じ場所で一貫して行われる葬祭場での式は、当然呼ぶ人数にもよるが、お金をかければいくらでも豪華に出来る。つまり、そこのサジ加減がかなり重要。

　一番頭を悩ましたのは、知人や親族、父親の学校関係者など、何処まで呼べばいいのかの判断だった。神式とはいえ、いっそ今流行《はや》りの家族だけでの簡素な葬儀をと提案してみたが、母親が猛反対した。それに乗っかるように葬儀会社も猛反対。なぜ葬儀会社がとも思ったが、よくよく考えれば当然だ。こぢんまりした葬儀にすればするほど実入りは少なくなる。父親の弔事であっても、主役は経済ということになる。

　結局、母親の意見を尊重して、葬祭場で一番大きいホールで神式の葬儀をすることになったのだが……こういう時こそ、人間の本性があらわになるもの。意気消沈しきった母親はさておき、兄の健太などは多忙を理由に、母親以上に使いものにならない。こんな兄でもドラマのプロデューサーだというから、日本のエンタメ界もお先真っ暗だ。新番組の準備が忙しいと、葬儀の準備は美咲に任せっきりで、平然と打ち合わせをすっぽかし、放った台詞《セリフ》が、

「今さぁ大事な改編時だからさ、頼むよ美咲、なっ、恩にきるから」

サッと頭を下げる健太は、年がら年中大事な時らしい……。ただ、謝り方は堂に入っている。おそらく日常的にクライアントやスポンサーに頭を下げ続けてきたのだろう。宮仕えの悲哀に多少同情したのだが……。

あろうことか、葬儀当日、健太は大幅に遅刻し、しかも平服でやって来た。結局、葬祭場までの神職の送り迎えは、車で来ていた親戚に頼む羽目になってしまった。

父親の葬儀すら平服で遅れてくる長男ってどうなんだ？　戦国の世なら廃嫡《はいちゃく》ものだ。織田信長が父親の葬儀に茶筅髷《ちゃせんまげ》姿で袴《はかま》も穿《は》かず、派手な着物を荒縄で縛るという、とんでもない格好で現れ、仏壇に抹香を投げつけた逸話は有名だが、それとはまったく別次元の田川家のうつけ長男だ。

反面、妹の結衣は美容師という接客業のせいか、思いの外《ほか》てきぱきしていて頼りにはなったが、兄妹の中で一番下という立場からか、普段から何事も人任せであり、父の死もどこか他人事《ひとごと》のような感じがあるのは否めない。

とはいっても、姉としては上手くおだてて使わないといけない。彼女は現在、売れないミュージシャンと結婚を前提とした同棲中でもある。

「結衣、日曜日の忙しい時にお店休ませちゃってゴメンね。そうそう和宣《かずのぶ》君のお仕事は順調？　今日は連れてこなくてよかったの？　いずれ籍も入れるんでしょ？」

「うん、大丈夫よ。今度の曲は自信作って言ってたし……いつもそう言ってるから、あてには出来ないけど、仕事はまぁ概《おおむ》ね順調かな。でも結婚なんてまだまだね。本人、髪結いの亭主は嫌だって言ってるし……自分で何とかしたいんじゃない？　カズのことまで心配してくれて、お姉ちゃんも一人で大変ね。兄貴はああだしさ、お母さん、全然駄目だし」

「その健太だけど、遅れてきたくせに、さっきから見かけないけど」

「そういえば、祭詞《さいし》が終わったとたん、血相変えて出ていったけど、どうしたんだろう？」

何？　出ていった？　同時に美咲の携帯が鳴った。兄の健太からだ。

「すまん！　緊急事態発生で局に戻る。後は頼む。もう大丈夫だよな？」

「何言ってんのよ、この後お骨上げして、最後の挨拶《あいさつ》を健太がやる約束でしょ？　だいたい何よ緊急事態って」

「それがさぁ、この秋のドラマの主演女優が不倫で、週刊誌に写真を撮られちゃってさぁ、明後日には記事が出ちゃうらしいんだよ。今度のドラマでは貞淑な妻の役だから、メチャまずいんだよ。なっ？　美咲、今回は挨拶を頼むよ。オフクロのこともよろしく！」

「ちょっと待って、何よ今回はって？　次回なんかあるわけないじゃない！　今日は父親の葬儀の日なのよ。曲がりなりにもアンタは田川家の長男なんだからね」

「だから、緊急事態だって言ってんだろ！　こっちは新番組の生き死にがかかってんだよ！」

「へぇーそう、よーくわかった。親の死より、大事なのは自分の仕事の生き死になんだ！　もういい！　二度と家の敷居をまたぐな、このボケっ！」

有無を言わさず、一方的に切ってしまった美咲。二つ違いの兄とはお互い名前で呼び合う仲だが、昔から折り合いは良くない。健太は子供の頃、ことあるごとに泣いてばかりいて、「泣き虫健太は弱虫小虫～」とからかっていたからか、健太のことをお兄ちゃんと呼んだことは、生まれてこの方一度もない。

一体あのバカは何を考えているんだ！　長男としての自覚はないのか？　自分だっていっぱい

いっぱいで、もう限界だというのに……お骨上げを待つ静かな待合室で、うっかり大声を出してしまったではないか。

再度携帯が鳴った。またバカ兄だろうと、スマホの画面も見ずにかぶりを振りながら勢いよく、

「なんなのよ！　いいかげんにしてよ」

電話に出るなり叫ぶと、

「えっ？　あっ、すいません、先日食事会でお会いした戸塚颯太郎ですが……あのお取り込み中でしたら、申し訳ありません……」

顔から火が出るってことホントにあるんだぁ～と、美咲はその場でへなへなと両膝をついた。

「いやいや、こちらこそ、す、すいませんです」

「いま大丈夫ですか？」

「えっ、ハイ。大丈夫……でもないかな？　あっ、いや、ごめんなさい……」

尋常でない美咲の動揺が伝わったのか、颯太郎も即座に聞き返した。

「なんか電話してまずかったですか？　あの……あらためてかけ直します」

「あっ、いえいえ、ちょっと待って下さい……」

美咲は携帯を耳から離し、軽く深呼吸をした。胸に手をあて冷静さを取り戻しながら、今日が父親の葬儀であることを端的に伝え、颯太郎からの着信を兄からの電話だと勘違いしたことを理解してもらった。

「大変な時に、電話などしてしまって、僕の方こそ申し訳ありませんでした。時間のある時に食事でもと思って連絡したのですが……また後日かけ直しますね。あっ、あらためてお悔やみ申し

上げます。それでは失礼します」

そう言ってあっさり颯太郎は電話を切った。ぐったり呆然自失の美咲。

ドンドンドンと陣太鼓が体中で鳴り始める。これって心臓の音？　いずれにしても、とても出陣の気分ではないが、父親の葬儀という乱は、家族とのあらたな確執という戦を予感させながら、最後の最後で、そこはかとない敗戦気分を味わう結末になった。

三章　魂の復活

人生とは予測不可能な風に煽《あお》られながら、大海原《おおうなばら》を漂う帆船のようなもの……風の方向によって辿《たど》り着く港も変わる。父親の突然の死は、自分をどんな港に着船させるのだろう。葬儀から一ヶ月余りたち、ようやく母親も冷静さを取り戻してきた。ここのところ美咲は仕事を早めに切り上げて、真っ直ぐ帰宅するようにしている。

自宅は東京に隣接するS県T市にあり、三十数年前に一戸建ての住宅を両親が購入した。広くはないが庭もついていて、今も美咲はここから都内に通勤している。

埼京線のT公園駅から徒歩で十数分、最近は美咲が帰宅すると、必ずといっていいほど、母親は父の書斎で遺品の整理をしている。その背中を見るたび、少し老けた感じがして、鼻がツンとせつなくなった。八畳ほどの書斎には、入って奥に父親のデスクがあり、その横に神道関係の本棚が入口を向いて置いてある。他の壁際にはずらりと棚が並び、以前は怪獣フィギュアが山のように置かれていたが、数日前から母はかつて苦手だったフィギュアを手にとり、少しずつ整理しようとしている。

「お母さん、ただいま。まだ終わらないみたいね」

「そうなのよ。何だかきちんと眺めてみると処分するのが忍びなくて、この怪獣のお人形たちはどうしたものかしらねぇ」

母親は未だにフィギュアをお人形と呼ぶ。

「思いきって捨てるか売るかしちゃえば？」

「最初はそう思ったんだけど、いざ処分となるとね。お人形には心があるって言うじゃない……。そうそう、健太から連絡があって、これを全部形見として引き取りたいって言ってきたんだけど」

「えっ？　健太が？　ダメよ、あんなヤツにお父さんの形見を渡す必要ナシ！　受け取る資格もナシ！」

「あら、まだ仲直りしてないの？　葬儀の途中で抜け出したことぐらい許してあげなさい。ほぼ毎日電話くれるし、あの子なりに反省しているらしいわよ」

「駄目ダメ！　お母さんは、健太には甘いんだから。あいつはそれを狙って電話してんだからさ」

「美咲、今さらだけど、その健太って呼び方どうにかならないの？　曲がりなりにもあなたの兄さんなのよ」

「戸籍上はそうかもしれないけど、子供の頃から兄って感じは全然しなかったし、二つ違いってそんなもんじゃない？　それにお互い呼びつけ合う仲は、外国の兄妹みたいで面白いって、お父さんも認めてたし……」

「お父さんは美咲に甘かったからねえ。最初の女の子だからか、ずいぶんとあなたを贔屓《ひいき》してた」

「そうかなぁ？」

「そうよ、健太はそんなあなたに嫉妬《しっと》してたのよ。本人も気づいてないと思うけど」

「お母さんもたまに鋭いこと言うのね」

「私は母親よ」

「ハハ、そりゃそうだ。確かに小さい時、私はお父さんっ子だったわね……段々話もしなくなっちゃったけど」

「それは私のせい？　お父さんの趣味のことずっと毛嫌いしてたから」

「私だって嫌だったよ。恥ずかしくて友達も家に呼べなかった」

「美咲が興味を示さない分、健太はお父さんの気を惹こうとして、怪獣映画を好きになったのよ」

「ホントに？　それでフィギュアを引き取りたいって言ってんの？」

「そうだと思う。前からあの子、お父さんがいない時に、家に来ては書斎でごそごそやってたの、あなた知らない？」

「私の前では『怪獣フィギュアなんて子供じみてる』とか散々批判してたのに……あっ、もしかしてアイツ何か持ってった？」

「さすがに無断では持っていかないでしょう？」

「いやいや、健太ならやる。絶対やる！　ははぁそうか……」

　颯太郎に出会った晩、父は最後の電話でフィギュアが行方不明と言っていたが、それって健太が持っていった可能性がある。あとでもう一度、調べてみよう。しかし、その行方不明になった怪獣フィギュアは何て言っていたっけ？　たとえ怪獣の名前が分かったところで、美咲には見分けがつかないのだが……。美咲は父親が最後に探していたフィギュアの行方を、どうしても知りたくなった。

「ねぇお母さん、お父さんが気に入っていた怪獣フィギュアって何？　どんな形で、どんな色のヤツ？」

「知らないわよ。全部じゃないの？」

「一度、お父さんからフィギュアが見つからないとかで、電話がかかってきたことあったんだ。でも、その怪獣の名前が思い出せなくて」

「私に聞くより美咲だったのね。もういいじゃない、そんなこと。健太が欲しいなら持っていっても構わない。処分するよりいいでしょ？」

淋《さみ》しそうにつぶやく母親の気持ちを察し、それ以上その話はしなかった。


夕食のあと美咲は、もう一度書斎に戻って洋介の怪獣コレクションを検《あらた》め始めた。美咲から見たらどれも同じに見える。棚の奥を覗きこむと、いくつもの怪獣フィギュアの横に、なぜか大日《だいにち》如来《にょらい》と弥勒菩薩《みろくぼさつ》の像が鎮座しているのが妙で面白かった。しかしだ……怪獣名さえ分からないのでは、どんなに見渡しても探しようがない。お父さんがあの日電話で言っていたフィギュアって一体何だったのだろう……。目を閉じ、あの日の記憶を呼び覚まそうとしたその時、

『ジラースだよ』

あれ？　空耳？　天井から声が降りてきたような気がしたけど……しかもエコーがかかったような不思議な感じ……心の中で「ジラース？」と繰り返すと、リアルな声で、

『そうだよ』

今度は背後から聞こえてきた。美咲は足元を見ながらゆっくり振り返り、恐る恐る顔を上げた。一瞬にして頭の先からつま先へ、電流が流れるような衝撃が走った。

『やぁ、美咲。元気そうで何よりだな』

人間、驚くと声が出ないというが、まさに今がそれだ。美咲の目の前に、先月亡くなったはずの父親の洋介が笑いながら立っているではないか。

「えっ？　えっ？　お、おっ、お父さん？」

『そうだよ。お前には見えるよな？』

驚きながらも、ゆっくりうなずく美咲。腰を抜かすというより、全身が固まって動けない。ただし、不思議と怖さというものを感じない……生前と変わらない父親の優しい笑顔のせいか。

『突然でビックリさせたかな。美咲の思っているとおり、お父さんはゴーストってやつになったみたいだ』

「私、夢を見てるの……」

『夢じゃないよ。まんまの現実さ』

「………」

『説明すると長くなるから、簡単にいうと、今お父さんは魂の世界への順番待ちをしてるんだよ。人は死ぬと皆、魂天上界《こんてんじょうかい》って場所に行くらしいんだけど、俺の場合は寿命が尽きての大往生じゃなく、突然死ってやつだから、こっちに思いを残さないよう魂を昇華させないといけないらしいんだ。で、その間は自由に生前の姿に戻れるんだよ。でも俺の姿が見えるのは一人だけでさ、しかも生物学的に直接血が繋がっていないと魂が反応しないらしく、お母さんじゃダメなんだよ。それに、目の前にいきなり出たら、お母さんビックリして腰を打っちゃうかもしれないからな』

「それで、私？」

『そう』

「……………」

『どうした？　大丈夫だよ。ほらちゃんと足もあるし、みんなにちゃんと送ってもらったから、前と同じような姿で戻れた。葬儀の時は美咲にかなり頑張ってもらったよな。ホントにありがとうな』

その言葉で、美咲は崩れ落ちるように床にへたり込んだ。まだ現実が信じられない。お父さんのゴースト？　何それ？　数々の疑問が頭を駆け巡る。父ゴーストもその場に座り込み、

『まぁ、いきなり出てきて、受け入れろっていうのは無理があるよな。この姿は美咲の記憶を基本に、生前の自分の姿を美咲の魂に投影しているんだよ。魂の画面ミラーリングみたいなもんかな？』

美咲はその場で一度大きく深呼吸をしてから、

「でも、お父さん大分若く見えるけど……」

『実はさ、魂天上界へ入魂するまでの準備期間は見た目を自分の好きな年齢に設定出来るんだよ。変更は利かないからずっとこのままだけど。どうだ？　若いお父さん……懐かしいだろ？』

「何よ……いきなり死んだと思ったら、突然現れて、どうだもないでしょ？」

何かが美咲の中で決壊した。突然感情の泉が暴れ出し、滂沱《ぼうだ》の涙が溢《あふ》れ出す。父親がこの世か

ら去った事実を、ゴーストとなって現れて初めて受け入れられたのだ。そのことが、何ともやるせない。そして悲しい。

『ごめん、ごめん、混乱させちゃったかぁ。美咲ならきっと受け入れられるから、もう泣かないでくれ。大丈夫。大丈夫』

「大丈夫って……ここでずっとお父さんと長話をしてたら、お母さんに見つかっちゃうよ」

『それは大丈夫さ。美咲の前に現れている時、つまり魂のミラーリング状態の時は、周りの人の時間は止まっているんだよ。面白いだろ？　ただ美咲の前に出て来られるのは一日三十分ぐらいが限界なんだ。そして、この記憶もお父さんが魂天上界に昇った瞬間に、美咲の頭の中から消えてしまうらしい』

「………」

『そうしないと、ずっとこのことを覚えたまま美咲は生きていかなくてはいけない。それはそれで大変だからな』

「で、いつまでこっちの世界にいられるの？」

『そうだなぁ……一週間から、最大でも一年ぐらいかな。俺の魂の昇華次第だよ』

「そんなに幅があるんだ……一週間ではちょっと淋しいけど」

『今の感じだと、もう少し長くなりそうだ。お父さんはお前の魂にしばらく依存するから、いつでもこの姿で会えるよ。美咲の方から、そうだなぁ……かしこみもうす〜かしこみもうす〜、って目を閉じて唱えてもらったら、すぐ出てくるようにする。まあ、ハクション大魔王みたいなもんだな』

笑いながら話すゴーストの父。その呑気な一言で、さっきまでのセンチメンタルな気持ちは吹っ飛んでしまった。

混乱しつつも、少し冷静になった美咲は、先刻のことを思い出して父親に問いただした。

「死ぬ少し前、お父さんが探してたフィギュアってジラースっていう怪獣なの?」

『そうそう、置いたつもりの場所になくって、結局見つからなかったけどな。ジラースはエリ巻恐竜って呼ばれているヤツで、あれはな美咲、実はゴジラを円谷《つぶらや》プロがな……』

「ちょ、ちょっと待って、そういうウンチクはいらないから。お父さんが気にしてたから私も探してみようと思ったんだけど、そもそもこの膨大なフィギュアの山はどうしたらいいの?」

『これかぁ……そうだな、マニア垂涎《すいぜん》のレア物はないけど、これだけあるから、処分すればいい金額にはなるかな』

「えっ?　売っちゃってもいいの?」

『もちろんかまわない。どうやら魂になると執着心がなくなるんだよ。だから、美咲たちの好きにしたらいいいさ』

「健太が引き取りたいらしいけど……」

『お前達がよければそれでいい。健太はフィギュア収集には批判的だったけど、内心ほんとは好きだったんだよ。まぁ怪獣好きなヤツに悪い奴はいないしな』

「何よその根拠のない見解。アイツはこともあろうに、お父さんの葬儀の途中で抜け出した重罪人よ」

『うーん、健太は健太で、俺の死を受け入れたくなかったんじゃないか。小さい時から弱虫だったからな。葬儀の場にいたくなかったんだ。仕事のトラブルは渡りに舟だったんだと思う』

「だとしても、私は断じて許さない。長男としての責任なさすぎよ。お父さんの葬儀を全部私に押しつけて、いけしゃあしゃあと形見としてフィギュアを全部よこせだなんて虫がよすぎる。絶対にダメよ。そんな簡単に許してお父さんはいいの？　フィギュアをこうしたいとか、こうする予定だったとかないの？」

『そうだなぁ、お棺の中にジラースは入れて欲しかったな』

「そうじゃなくて今、これからのことよ」

『だから、みんなで、話し合って決めればいいじゃないか』

父親の能天気ぶりに、美咲は段々苛々《いらいら》してきた。本人に未練がないなら、きれいに処分した方が手っ取り早い。たかが怪獣フィギュアではないか！

『そうだ、結衣も欲しがるかもしれないから、一応結衣にも聞いてみてくれよ』

えっ、結衣も？　あの子も怪獣フィギュアに興味あった？　変身ヒーローオタクだとは知ってるけど、怪獣フィギュアの話は聞いたことがない。

『結衣が小さい時、お人形遊びのお供にと、レッドキングを渡したら、いきなり泣かれちゃってさ、お母さんにかなり叱られちゃったよ。レッドキングは別名ドクロ怪獣といってさ、不気味な小顔だから、子供には刺激が強すぎたんだろうな。でも、結衣はレッドキングがウルトラマンと戦ったことを知ると、密かに怪獣フィギュアにも興味を持ったようなんだ』

オーマイガッ！　結衣だけは違うと信じたい。私と母親以外みんな怪獣フィギュア好きの家族だなんて、おぞましすぎる。

「どっちにしろ、このコレクションは何とかしないといけない。分からない時は助けてもらうし、それ以外でもお父さんと色々話をしたいから、ちょくちょく呼んでもいいの？」

『もちろん！　いつでも呼んでくれ』

「ホントに他の人には見えないんでしょうね」

『それは大丈夫だ。時間も止まるし、美咲以外の人間がお父さんを見ることはないよ。あっ、ただ……』

「ただ、何？」

『その止まっている時間でも、美咲の時間だけは動いているからその分、周りより少し歳を取ることになるなぁ』

「でも、長くて一日三十分でしょ？　大丈夫よそのくらい」

『お前は昔からそういうのをまったく気にしないよな。もういい年頃だろ？　彼氏とかはいないのか？』

「急に何よ。生きてる時に聞いてくれればいいのに」

『生前は聞きづらいことも、魂レベルになると、余計な感情や本来の性格というストッパーが外れて素直になれるみたいなんだよ。まだ父親としての意識が残っているけど、魂天上界にいくと、それも段々薄れて終《しま》いには消えてなくなる。その後は、新たな魂として生まれ変わるらしいんだが』

「それって、もしかして輪廻転生《りんねてんしょう》ってこと？」

『うーむ。仏教で言えばそれに近いことだろうな。まだ実際に体験していないから、詳しくは分からないが……仏教的な解釈とはちょっと違うようなんだよ。死んでわかったことなんだが、宗教ってどれも同じなんだ。何を信仰していようと、肉体という入れ物が朽《く》ち果てれば、魂の行き着く場所は一つなんだよ。そこに行くまでのアプローチっていうか、考え方がそれぞれの宗教によって違うだけみたいだな。で、どうなんだ？　彼氏はいるのか？』

「うーん、ちょっと前にその兆《きざ》しはあったんだけど。お父さんの葬儀とか色々あったから、きっかけを失ったかも」

『俺のせいか……』

「いやいや違う。そういうのって縁でしょ？　それがなかったってこと。それにまだ完全にアウトってわけでもないし……お父さんのせいじゃない」

『ならいいが……』

そう言いながら、やおら立ち上がり、棚にある怪獣フィギュアを眺め始めた。美咲は座ったまま、その背中を見つめて何とも言えない温かい感覚に陥った。

生前よりも、父親との関係がスムーズに感じる。わずか十分ほどだが、こんなに二人で話をしたのは久しぶりだ。深い話も出来て、何より身近に感じている。これって一体何？……生きてる間に、もっと私の方から話をすれば良かったのだろうか？

自分にとって両親は、いつも側にいて当たり前だったから、片方がいなくなって初めてその存在の重さに気づいたともいえる。子供って案外ちゃっかりしているから、親の本当の愛情なんて、亡くなるまで分からないものなのかもしれない。

ということはだ……亡くなったとはいえ、ゴーストとして娘の前に現れてくれたことに感謝すべきなのか？　いや、それはちょっと違う。父親にはもっと長生きして欲しかった。ゴーストの父よりも、生きてる父ともっと話をしたかった……でも美咲がこう思えるのも、父親が死んだからなのかもしれない。

美咲の頭はまた混乱してきた。ある程度、現状を把握したつもりでも理解にはほど遠い感じだ。まだまだ父に色々聞かなくては……。

戸惑いもあるが、父親を亡くした悲しみよりも、暫《しばら》くの間、父親と二人で会話が出来ることの方が楽しみになってきた。

規定の時間が来たらしい。洋介の体が段々透き通ってきた。それを察知したのかゆっくり美咲の方へ振り返り、父ゴーストは笑って手を振りスーッと消えていった。

四章　奇襲

父親がゴーストになって現れて、さらに一ヶ月が過ぎた。何の変哲もない日常が繰り返されるだけで、懸案である怪獣フィギュアをどうするかは宙ぶらりんのままだ。健太とは一度電話でやりあったが……お互い引くに引けない感じで結論は先延ばしになった。

ただ父親の形見として、怪獣フィギュアをすべて健太が引き取る案は断念させた。洋介が言った通り、結衣も欲しがっていることが判明したからだ。それに、一時の気の迷いとは思うが……毎日のように怪獣フィギュアを眺めていると、自分も少なからず興味が湧いてきている。私もなんか変？

肝心の戸塚颯太郎とは未だ会えていないが、メールでのやりとりは定期的に継続している。美咲自身まだデートを楽しむ気分ではないので、こういう距離感は嬉しい。今日も出先での打ち合わせを終え、携帯を確認すると颯太郎からメールが来ていた。

『お疲れさまです。一日中、新しいアプリのプログラムを書いてました。夢中になると時間を忘れるので、気がついたら空腹で死にそうになりました』

このメールの流れで食事に誘うとか、そういう常套手段を使わないのが清々《すがすが》しく好感が持てる。

少し前にはこんなメールが来ていた。

『美咲さんのスマホ、待ち受け画面は朝倉義景でしたよね？　美咲さんは義景のどの辺りが好みなのか僕なりに考えたのですが、中々思いつかなくて、今度お会い出来た時に教えて下さい。ちなみに僕のトップ画面は朝倉孝景《たかかげ》です。しかし二人共似てて笑えます』

歴史好きな私に寄り添って、あえて待ち受け画面を孝景にしたのかもしれない。そう思うと、殺伐《さつばつ》とした銀行業務の中、温かい気分が湧いてくる。また、ある時は、

『今日は新たなアプリを作る会議ばかりで、けっこう疲れました。でも銀行のお仕事の方が大変ですよね。前にあまり業務がお好きでないと言っていたので、僕のように、好きなことやってて疲れるのと大違い。お察しします。頑張って下さい！』

メールの会話だけでも、颯太郎の性格を垣間見ることが出来、美咲はますます彼に惹かれてゆく。

人を気遣う……これが颯太郎の性格の輪郭を表しているのだろう。今の世にはまず、珍しいタ

イプなのは間違いない。

銀行に入って二年目頃、美咲は同期の男と真剣につき合ったことがあった。その男は見た目こそイケメンだが、ずる賢い銀行マンで、とにかく計算高い性格の持ち主だった。美咲と交際していながら、こっそり上司の娘とお見合いをして結婚。いとも簡単に美咲はフラれた。

予感はしていた。一度でも男女の関係を持つと、男は急激に支配欲を隠さなくなる。それが人間というものだから別に美咲は構わないのだが、段々支配欲がエスカレートしてくると、相手を気遣うことがなくなり、すべての面にわたり雑になってゆくのだ。

だからか美咲は、その男の結婚を人づてに聞いても、裏切られて悔しいとか、悲しいという感情は一切湧かなかった。気遣いとは無縁な性格と分かった時点で長くは続かないと、自分の方で見切りをつけていたからだ。

その後、男は浮気がばれ、現在は泥沼離婚訴訟の真っ最中らしい。それはそれで素直にザマーミロ……地獄に落ちろだ。


美咲はどんなに燃え上がった恋でも、相手にダラダラとまとわりつかない性分だ。男にとってはつき合いやすい、都合の良い女ということにもなるのだが、あっさり感情を切り捨てられるのは一種の特技なのかもしれないと思っている。

こんな自分の性格を受け止め理解してくれるのは、やはり義に厚い戦国武将タイプしかいない。越後の龍と称される上杉謙信《うえすぎけんしん》タイプか、地味なところでは関ヶ原の戦いで敗れ、領地を没収されながらも、旧領に復帰した義の武将、立花宗茂《たちばなむねしげ》タイプか、など思いを馳せるだけで体中にパワーが漲《みなぎ》ってくる。

美咲としては、早く颯太郎に会って、彼がそれに値する存在かどうか見極めたいのだが、今は家の問題をクリアすることが先決だ。父ゴーストから、聞きだしたいことも沢山ある。

ここのところ美咲は帰宅すると、父親に何を質問するかをノートに箇条書きにしていた。母親は珍しく出かけていて、今夜は家に一人。怪獣フィギュアのことなど、かなりの質問数になったノートを自室でじっと見つめていた。

毎晩のように、父ゴーストを呼び出してみようとは思うのだが、いざやろうとすると躊躇してしまう。

幽霊だから怖いということではない。むしろ生前より話しやすいから、そこは問題はない。が、いつも『かしこみ……』と唱えかけて、呪文を途中で止めてしまうのだ。

まだ美咲の中で、父親から聞いた魂天上界の話を、しっかり理解していないからなのか……時間が経てば経つほど、夢かもしれないという思いが強くなり、呼び出すのをためらってしまう。

こんな気持ちだと今夜もダメだなぁ……フッとため息をつく。その時、遠くで雷鳴が聞こえた。

この時期に？　冬の稲妻？　お父さんが大好きだったアリスの懐かしい曲だ。それを口ずさみながら再びノートに目をやる。雷と共に雨も降ってきた。次第に激しくなってきたようだ。

気分を変えようと、美咲は階下に降り、玄関脇にある父の書斎に入った。いまだ雑然としている、膨大な怪獣フィギュアが目に飛び込んでくる。十代の頃は見るのも嫌だったのに、父親の死後、怪獣フィギュアへの嫌悪は大分薄らいでいる。

父親がフィギュアを集め始めたきっかけは何だったのだろう。ここまでの数を集めるのには、何か理由があったはずだ。ただ好きだから？　怪獣フィギュアと神道の研究。どこに接点があるというのだろう……。そもそも美咲は、父親が神道研究の道を選んだ理由を知らない。なぜ？　なぜ？　考えれば考えるほど、出口のない迷宮を彷徨《さまよ》う気分になる。

その時だ。雷鳴と共に家の電話が鳴った。ハッと驚く美咲。最近の家には珍しく家電《いえでん》が田川家には存在する。急いで出ると母親だった。

「あっ、美咲？　良かった。今T公園駅なんだけど、迎えに来てくれる？　傘を持ってないのよ」

「いいわよ。すぐ行くから待ってて」

車で行けばものの五分とかからない。美咲は久し振りに家に置いてある、買い物用に母親が購入した軽で駅に向かった。どんどん雨は強くなってきて、視界はかなり悪い。

車の運転がさほど得意ではない美咲にとっては、この悪天候はかなり厳しい。フロントガラスに否応なく叩きつける雨。ワイパーが雨の礫《つぶて》を左右に蹴散らしている。まるで、戦に出た騎馬武将が、飛んでくる矢を打ち払うかのようだ。払っても払っても打ちつける激しい雨は、美咲の視界をさらに悪くさせてゆく。

気分は武田氏騎馬軍団。実際は慎重にハンドルを握る田川美咲、銀行総合職の三十三歳。

この先の交差点を右折すれば駅はすぐなのだが、信号の手前が思ったよりも混んでいる。急な雨でドライバーも多少イラついているのか、クラクションの音が、まるで陣触れのホラ貝のようだ。信号が変わり、美咲がゆっくり右折しようとしたとき、反対車線から黒のワゴン車が、猛スピードで交差点に突っ込んで来た。危ないっ助けて！　ぶつかると思った瞬間に目をつぶってしまう……が、何ごともなく美咲の車は右折した。

えっ？　何で大丈夫だったの？

『危なかったなぁ……』

「あっ、お父さん！」

いつの間にか父ゴーストが助手席に座っている。

『お前、信号が変わったら、さっさと右折しないと駄目だ。あんなゆっくりだと、前方から来る車は、曲がるのか止まるのか戸惑うだけだぞ。間一髪俺がアクセルを思いきり踏み込んだんだよ』

「えっ？」

『美咲の右足に入り込んで、思いきり踏み込ませたのさ』

「そんなこと出来るの？」

『ハハハ、霊魂スーパーヒーローのゴーストマンをあなどるなよ！』

「ゴーストマン？　何それ、バカみたい。でも、ホント助かった。ありがとう！　まだ胸がドキドキしてる」

『こんな雨の中、何処へいくんだ？』

「あれ？　スーパーヒーローなのにそんなことも知らないの？」

『そりゃそうさ。さっきは美咲が心の中で「危ないっ助けて！」と念じたから出てこれたんで、呼ばれない限り、魂はスリープ状態のまま静かに昇華しているだけだからな』

「ふーん、よくわかんないけど……これからね、お母さんを駅に迎えに行くところなんだ」

『そっか、珍しいな……お母さん、何処へ出かけたんだ？』

「えっ？　気になるの？」

『そうじゃなくて、あっ、もう駅に着くな。じゃあな』

私以外、姿は見えないんだから、規定の時間まで車の中にいればいいのに、多少照れてる父ゴースト……ちょっと可愛い。明日の夜は必ず呼び出そうと美咲は心に決めた。


駅で母親をピックアップしたあと、雨も小降りになってきたので、せっかくだからと、駅前に最近オープンしたパンケーキの店でお茶して家に帰った。母の紀子は東京の友人と観劇に行っていたのだ。父が亡くなって二ヶ月、ようやく舞台でも観たいと思えるようになったのは朗報だ。パンケーキをほおばりながら、今日観た舞台の感想を話す紀子の様子から、大分立ち直っていることがうかがえる。『さっきまで車の助手席にお父さんいたんだよ』と話をしたら、母親がどういう反応するかなと思ったが……もちろん父のことは一切触れず、二人分の会計を済まして家路についた。

「お母さん、この車運転してるの?」

「最近はしてないわね。すぐそばに大きなスーパーも出来たし、買い物にも困らないから、そろそろ免許も返納しようかなとは思ってるのよ。前はお父さんを駅まで送ったりしてたけど……。もう必要ないしね」

急にトーンが下がり、淋しそうに話す母親。怪獣フィギュアではノイローゼになりながらも、やはりお父さんとは相思相愛だったんだなと、美咲はあらためて思った。

雨も上がり、雲の切れ間から星が瞬《またた》く中を、二人の車は五分とかからず、自宅に到着した。美咲は家の横の駐車スペースに車を止め、玄関のドアに鍵を差し込んでドキッとした。

「あっ！　さっき急いで出たから玄関の鍵をかけ忘れてる」

「大丈夫よ、大丈夫。いくら物騒な世の中だからといって、ウチに入ったって、盗るものなんか何にもないわ」

美咲もそうは思っても、何が起こるか分からない時代だ。ゆっくり慎重にドアを開け、おそるおそる玄関からリビングに入ってライトをつけた。見渡す限りでは、別段変わった様子もなく、部屋を荒らされた形跡もない。取り越し苦労ってヤツかとホッとしたが、自室に戻るついでに、何気なく玄関脇の書斎に入った途端、美咲の全身は瞬間冷凍の如《ごと》く固まった。

あの父親の膨大な怪獣フィギュアコレクションが、書斎から跡形もなく消えているのだ。

父親のデスクの上に置いてあったメモに目をやると『母さんへ　約束通り貰ってゆきます　K』とある。健太だ！

美咲は桶狭間《おけはざま》の戦いで豪雨の中、密かに本陣に近づかれ、一気に奇襲攻撃で討ち取られた今川《いまがわ》義元《よしもと》のような気分に陥った。

無断でか！　許さん健太め。再びドンドンと体中で陣太鼓が鳴り始めた。美咲は健太との骨肉の争いに突入する予感に心を奮い立たせた。よりによって、怪獣フィギュアを巡っての戦とは、なんとも情けないが……爆発しそうな感情を抑えながら、頭の中で美咲は、戦場に向かう前夜の武将のように、ひとり軍評定《いくさひょうじょう》を猛烈な勢いで駆け巡らせ始めていた。

五章　特撮霊感

前触れもなくある朝突然、心肺機能が停止し、魂《たましい》だけの存在になってしまった田川洋介。自分でもこんなに早くお迎えが来るとは夢にも思っていなかった。やり残したことは沢山あったが、死んで分かったことは、生前常々感じていた迷い悩みなどの類《たぐ》いが、きれいさっぱり消え去ってしまったことだ。

本来なら記憶まるごとすべてが消えて、清々しい気持ちであの世に行くべきだったのかもしれない。ところが突然死だったため、どうやら幾重《いくえ》にも網状に絡み合った記憶のバグが魂に貼り付いたまま残ってしまい、それらがすべて昇華し消滅するまでは、完全昇天は出来ないらしい。つまり、あの世にはすぐには行けないということだと、学者だった洋介は分析している。逆に言えば、記憶のバグが消えるまでのわずかな間だけ、血の繫《つな》がった人間の魂を介して、自由にこの世とあの世を行き来出来る特権を得られたことになる。そこで洋介は、自分をゴーストと名付け、姿が見える相手を娘の美咲と決めた。結果、生きているときより、娘とのコミュニケーションが取れているのは、何とも皮肉な話だが……。

そんな洋介の唯一の気がかりは妻の紀子だった。怪獣フィギュアのことでは心労をかけたにせよ、夫婦仲は良好だったと思うが、いかんせん自分は口下手で、生前うまく本音を伝えられなかったのが心残り……実は洋介には、妻には打ち明けていない秘密があったのだ。

洋介は、東京外神田で代々鰻屋《うなぎや》を営んで来た家の長男として生まれた。父である田川秀雄《ひでお》で三代目になるから、界隈でも老舗の鰻屋ということになる。しかし、一人っ子で跡取り息子でもある洋介が店を継がないとわかると、他の誰かに相談するでもなく、ましてや他の誰かに店を譲るでもなく、秀雄は店をたたむことをあっさり宣言した。その決断があまりにも唐突だったので、どこか体の具合でも悪いのかと、おせっかいな親戚筋たちが集まって理由を問いただしたが、秀雄の答えはあまりにもシンプルだった。

「洋介が鰻屋はやりたくないと言うから、店は俺の代で終いにした」

実は秀雄本人も、やりたくて鰻屋を継いだわけではなかったらしいのだ。息子が継がないのなら自分の代で店は閉めると、端《はな》っから決めていたという。いったん決めると秀雄は素早かった。お得意先や、近所の御贔屓筋《ごひいきすじ》などを丁寧に回って、何とか理解してもらうと、切りのいいところで、サッと店を閉めてしまったのだ。まさに、江戸っ子を絵に描いたような威勢のいい引き際であった。洋介の大学進学が背中を押したようで、その卒業を機に土地家屋をすべて売り払い、今ではそこにマンションが建っている。

とにかく、幼い頃から体の弱かった洋介には、店を切り盛りするような才覚も体力もないと、父の秀雄は早い段階で分かっていたのだろう。ましてや、洋介本人が鰻が苦手というのも、決定打になったようだ。

秀雄は、読書好きな洋介には、いくらでも欲しい本を与えた。お陰で学校の成績も良く、中学、高校とトップで卒業。大学も国立を狙えたが本人のたっての希望で、神道文化学科がある國文学院に進学した。優秀な成績を修めて卒業後も大学院に残り、研究者として教鞭を執っていた洋介だったが……なぜ神道文化学科に進んだのか？　その本当の理由を洋介は誰にも明かしたことがなかった。

それは、洋介が小五の夏の時のこと。いつものように家の裏手の勝手口から抜け出し、明神《みようじん》男坂《おとこざか》を駈け上って神田明神本殿の横手、ちょうどいい段差の場所に腰掛けて本を読んでいた。ふと、遠くでゴロゴロと雷の音がするなと思った途端、一天にわかに掻《か》き曇り、大粒の激しい雨に襲われた。逃げ遅れた洋介は、仕方なく本殿正面の軒下で雨宿りをしていたのだが、どんどん雨足が激しくなり、視界も一メートル先は殆ど見えない状態になってしまった。

その時だ。ピカッと閃光《せんこう》が走るやいなやドーンと雷が落ちたような爆音が洋介の耳をつんざいた。思わず耳を押さえてしゃがみ込んだ洋介。しばらくその場で目をつぶってうずくまっていたのだが、激しい雨音に混じって、本殿内から何か音が聞こえてくる。振り返ってみると、賽銭《さいせん》箱の後ろにある本殿の扉が左右にスーッとゆっくり開きだした。おやっと思い体を起こして音のする方を薄目を開け確認すると、その入口辺りから光の粉のようなものがキラキラと流れてきた。

えっ？　何？　と考える間もなく、その光に包まれて本殿から、十五センチぐらいの小さな人《ひと》形《がた》がフワッとまるで宙に浮かぶように現れた。一度は顔を合わせないように目をつぶった洋介だったが、好奇心に負けて再び目を開き、小さな人形を恐る恐る見てしまった。するとその瞬間人形がこっちを見てニヤッと笑い、空中にフワッと浮かんだまま、洋介に何か話しかけてきたのである。あっ！　あれは人形ではない、人間だ！　いやっ、人間でもない。一体何？　あまりにも驚いて言葉が出てこない。格好は神社の宮司《ぐうじ》さんが着るような和装に、髪は両耳の横にお下げが二つ……。その髪型が下げ美豆良《みずら》だと判明するのは、もっとずっと後のことだ。

混乱したまま目を閉じると、その不思議な物体が洋介の右の肩に乗った重みを感じた。観念した洋介がゆっくり目を開けると、肩からポンと降りて、洋介の目の前にフワフワと浮かび、その不思議な小さな人らしき物体が笑いながら口を開いた。

『◎△□※……◎△□※』

それは耳で聞くというよりは、心に響く音階のようだった。まったく理解できないが、小さな人らしき物体から発せられているのは間違いない。謎の音は雨の音に混ざり、心地良い響きを放ち、まるで洋介の心に直接訴えかけてくるかのようだ。何か心がウキウキしてくる。これって歌？　誘われるままに、その音階に合わせて洋介は手拍子をした。不思議な小さな人らしき物体は洋介の叩くリズムに乗って、上下にそして左右にまるで宙を舞っているかのように踊り始めたのだ。だんだん楽しくなってきた洋介だが、その様子を見て思わず、

「神さま？」

そうつぶやいたとき、ピタッと歌と踊りが止まり、ニコニコしながら、その小さな人らしき物体はコクリと頷《うなず》いた。そして唇に指をあて、内緒だよと言わんばかりに微笑んだ。その瞬間周りが光に包まれ、あまりの眩《まぶ》しさに再び目を閉じずにはいられなかった。ほんの数秒経って目を開けると、小さな人らしき物体は跡形もなく消えていて、振り向けば本殿の扉もしまっている。いつの間にやら雨も上がり、そっと見上げた空の雲の切れ間から青空が覗《のぞ》いていた。

夢か？　洋介はキツネにつままれたような状態で、自分の身に起きた出来事を冷静に思い返してみた。傍《かたわ》らにはさっきまで読んでいた本がびしょ濡れになって落ちている。『解説　日本神話』のタイトルが目に飛び込んできた。

間違いない！　あれは神さまだ。僕は神さまを見たんだ。そう心で叫ぶと妙に心がウキウキしてきた。憑《つ》きものが落ちたかのように急いで家に帰ったが、この日の出来事は誰にも言わず自分の胸に秘めたままにした。

やがて洋介は、神社の成り立ち、日本の八百万《やおよろず》の神のことなど、神道の世界に没頭する。まもなく洋介は、あの日、神田明神の境内で出会った不思議な小さな人らしき物体が、少彦名命《すくなひこなのみこと》だったと突きとめる。世に言うえびす様だ。

あの小五の時の出来事が、洋介に神道研究家の道を歩ませるきっかけになったのだが、少彦名命に出会う前にも洋介が神道にハマる要因があった。あまりにも幼い日の記憶なので断片的なのだが、上野動物園に父親と行った帰り、駅前の映画館の前で、上映中の映画ポスターを指差し観たいとねだったらしい……それが東宝の特撮映画『日本誕生』だった。三船敏郎《みふねとしろう》主演で、東宝制作千本目の記念映画でもあり、日本神話を元にした内容は話題性も抜群な上に、特撮はあのゴジラを撮った円谷英二監督だ（当時は特技監督と呼んでいた）。

神罰によって地割れや洪水が起きたり、山が大爆発して溶岩流などによって兵が追われたり、その迫力映像は、現在のディザスター映画と比べても遜色ない。父親曰く、たった四歳の洋介はそんな映画を怖がるどころか、スクリーンに釘付けだったという。特に洋介の心を捕らえたのは、須佐之男《スサノオ》が八つの頭の大蛇、八岐大蛇《ヤマタノオロチ》を退治するシーンだ。それは洋介が怪獣という存在を生まれて初めて神話の中で確認した瞬間であり、特撮が神道への興味を持たせる引き金にもなったのだ。

その後小三で『三大怪獣　地球最大の決戦』、小四の時には『怪獣大戦争』を観て、ゴジラと戦う三つの頭の宇宙大怪獣キングギドラの姿を、幼児の時に観た八岐大蛇に瞬時に重ね合わせたことは言うまでもない。

六章　討ち死には雨の日

定時に業務を終わらせた美咲は、覚悟を決めて健太の家に向かった。何度かけても、留守番電話になる健太の携帯。着信拒否とはいかないまでも、私だから出ないのだろう。

昼休みに健太の勤務するテレビ局に電話してみたが、今日はまだ出社していないとのこと。ならば敵陣に出撃！　と気負ってみたが、果たして家にいるかどうか不安になってきた。途中で、妹の結衣なら健太も電話に出るかもしれないと、探りを入れてもらったところ、案の定健太のヤツ、結衣の電話になら出て、家にいる様子だったという。だとしたら、今が千載一遇の好機。夜討ち朝駆けの奇襲攻撃だ。戦国の世の奇襲と言えば織田信長が圧倒的な兵力差を逆手に取り、桶狭間で豪雨に紛れて今川義元を討った戦いがあまりに有名だが、美咲にとって奇襲とは厳島《いつくしま》の戦いに尽きる。毛利元就《もうりもとなり》が、主君の仇《かたき》でもある陶晴賢《すえはるかた》を討ち、中国地方に不動の地位を築いた戦いだ。桶狭間は運や天が信長に味方したが、厳島の戦いは仇討ちという武将としてのあるべき姿を示した戦いとして美咲は評価している。気分はまさに毛利元就。俄然《がぜん》、戦闘モードに拍車がかかった美咲だったが、思わず鬨《とき》の声をあげてしまった瞬間の、メトロの窓に映った自分の顔が、あまりに悲壮感いっぱいでドン引きしてしまった。こんな姿、絶対に颯太郎には見せられない……。あ彼とはまだ一度もデート出来ていないが、定期的にメールが来る仲には発展している。向こうも満更ではない雰囲気だ。じゃあ、なぜ誘わない！　私から？　いやいや、それはいくらなんでも図々しい。会いたい気持ちは募《つの》るのにお互いに行動が伴わないのだ。

洋介の突然死や健太との怪獣フィギュア騒動さえなければ、とっくに颯太郎とは会っていたかもしれない。苛立《いらだ》つほどに思いは募ってゆく。痩《や》せ細る恋心へ活を入れるかのように、バッグから栄養ドリンク「ファイトマン」をおもむろに取り出すと、車内で一気に飲み干した。美咲はこのドリンクのコマーシャルに長年出演している俳優の大河原滋雄《おおかわらしげお》のファンなのだ。このCMは毎回、戦国時代の戦いを下敷きにして、槍《やり》を持った大河原が最後「ファイトマン！　全力！」とみえを切った後、ドリンクを飲むという王道の演出が好評を博していた。大河原と同じように、「ファイトマン！　全力！」と心でつぶやき気合いを入れ、奇襲攻撃への気持ちを高める美咲。もう一度窓に映る自分の顔をチラッと見ると、悲壮感はさほど変わっていないものの、さっきほど自分の顔が気にならなくなっていた。

東京メトロ有楽町線の豊洲《とよす》駅で降りると雨模様……美咲は周辺の街の変わり様に、一瞬たじろいだ。知識として知ってはいても、聞くと見るとでは大違いだ。そもそも豊洲は大正から昭和にかけて作られた埋め立て地で、造船工場が建設され、日本の産業発展に大いに貢献した地区である。今では再開発が進み、幼い日の記憶にある造船工場は取り壊され、代わりに高層ビルのオフィスやマンションが建ち並ぶ新しい都市へと変貌していた。

豊洲の新築タワーマンションに住む健太は、はたから見れば、ヤマトテレビのドラマプロデューサーとして、それなりの成功者のように見える。しかし、健太にはとんでもない失態をやらかした過去があるのだ。

去年の六月。渋谷セントラル・タワーホテルのロビーで、中々始まらない結婚式に業を煮やした美咲は、母と共に家族控え室を出て、エントランスにあるラウンジでコーヒーを飲んでいた。美咲は腕時計をチラチラ見ながら、

「わざわざジューンブライドにしなくてもいいのに、この時期梅雨なんだからさ、大雨の日に当たるなんて健太も運が悪いわよね」

「あら、でも雨降って地固まるっていうから、雨模様でよかったんじゃない？」

「何言ってんのよ、これは雨模様っていうよりゲリラ豪雨よ。招待客も遅れてるし、だいたい肝心の花嫁さんがまだ来てないってどうなのよ」

その時だ、新郎用の真っ白なスーツを着た健太が、真っ青な顔で耳に携帯を押し当てたまま、二人の前を走り抜けようとしている。その先には、ホテルの車寄せが……。思わず美咲は、

「ちょっと、ちょっと健太！　あんた何処に行くの？」

その声にビクッとした健太は足を止め、こちらを振り返り、呆然と美咲と母の紀子を見つめた。そして、ゆっくり膝をつきその場に倒れ込んだ。

「えっ？　何……」

驚いて動けない母親を置いて美咲は駆け寄り、健太を抱き起こした。

「一体どうしたの健太？　大丈夫？」

「駄目だ……結婚式は出来ない……中止だ……もう終わりだ」

「えっ？　何よ、どうしたのよ」

事の顚末《てんまつ》はこうだ。交際してまだ一年半余り、その日健太の妻になる予定であった婚約者は、もともと健太と同じテレビ局のアナウンサーだった。容貌はそこそこだが機転が利く彼女は、報道からバラエティまでそつなくこなし、方々で重宝がられていた。また〝癒《い》やしの笑顔〟によって視聴者の好感度もかなり高く、安定の地位を築いていた。

ただ在京のテレビ局に所属する女子アナの場合、どんなに活躍してもある年齢に達すると次第にその居場所に不安を覚えるものらしい。身の処し方を健太に相談しているうちに、お互い恋に落ちたらしいのだが……。

そして結婚式から遡ることちょうど半年前、健太と懇意にしていたブロンズ・プロ社長の口利きで、彼女は円満に局を退社。実力あるブロンズ・プロに移籍し、生き馬の目を抜く芸能界において、フリー・アナウンサー兼タレントとしての確固たる地位を保証されたも同然だった。健太もこの勢いに乗じようと、彼女の為のレギュラー番組を部下に秘かに企画立案させ、自分自身の立場を揺るぎないものにしようとしていた。

田川健太にはまだ誰にも言っていない野望……長年追い続けていた夢があった。それには、テレビの世界で制作者としての足固めを万全にすることが先決だ。まずは新妻の新番組を当て、スポンサーとのコネクションを強固にし、さらに新妻を自分発のドラマで女優として起用、ヒットを狙い、最終的に映画製作に辿り着く。健太には自らが脚本を手掛けたい映画の企画があり、現時点では荒唐無稽《こうとうむけい》な夢にすぎないが、この結婚は自らの野望を果たす第一歩となるはずだった。

しかし、伴侶となるべき新婦は、移籍したプロダクション所属のバイプレイヤーとして有名な中堅男性俳優と、いきなり駆け落ち同然で逃亡し、この日の結婚式をドタキャンしてしまったのだ。

魔が差したというより他に理由付けが難しいが、この悲喜劇さながらのスキャンダルは、芸能ニュースの格好の餌食となり、ワイドショーや週刊誌でもかなり取り上げられた。新婦が最近、局アナからフリーとなり、タレントに転身したばかりだったことも影響したようだ。

華燭《かしょく》の典の仲人は健太の上司であるヤマトテレビの編成局長、招待客も錚々《そうそう》たる芸能関係のお歴々だった。彼らの前で大恥をかいたことで、健太の秘かな野望は打ち砕かれ、本能寺の変で明《あけ》智光秀《ちみつひで》に裏切られた織田信長の如く見事に討ち死にしたのだった。

ただその後の健太は、局内での針のむしろ状態にもかかわらず、ホテルのロビーで倒れたような醜態も見せず、気丈にも各所に心から陳謝して回った。結婚式をドタキャンした相手にも慰謝料などは請求せず、結婚式の費用は健太がすべて被った。その誠実な態度が健太への同情を倍増させた効果もあって、存外早く事が沈静化したのは不幸中の幸いだった。

当然のことながら、駆け落ちした新婦と中堅俳優は共に芸能界を引退、中堅俳優の実家である広島の瀬戸内で、家業の無農薬レモン栽培の手伝いをし始めた。いずれ、それを二人で引き継ぐという。

美咲はもし自分が同じ目にあったらと思うと背筋がゾッとした。健太ほど冷静に対処は出来ないだろう。そこは百戦錬磨のテレビプロデューサーとしての経験が功を奏したのかもしれない。

意外に健太は辣腕《らつわん》なのか？　後処理に関しては多少見直したものだった。

結果的にドタキャン騒動の火はボヤ程度で鎮火したが、健太は嫁に逃げられた悲劇のプロデューサーというレッテルを貼られてしまい、ドラマ番組の制作者としてはやりにくい立場になってしまったようだ。先日も久しぶりに本人が手がけた連続ドラマが、主演女優の不倫騒動でケチがついてしまったし、いくら実力主義の芸能界であっても、運やツキがないと仕事に見放されてしまう。まさに健太は今、人生の瀬戸際なのかもしれない。

恋というものは魔物だ。新婦だってあのまま健太と結婚していれば、芸能界でそれなりの地位を築けただろうに、中堅俳優と恋に落ちたことで全く違う人生を歩むことになった。勿論《もちろん》、納得ずくで本人が選んだ道なのだから、外野がガタガタ言う筋合いはない。

偶然の出会いに魅せられて恋に落ちた二人と、本能寺に信長と少人数の取り巻きしかいないという偶然の機会に魅せられ、絶好のチャンスとばかり謀反《むほん》を起こした明智光秀。両者とも、数日前には思いもよらなかった自分の行動に驚いたことだろう。偶然の出会いによって始まった戸塚颯太郎との恋模様も、思いもよらない展開を見せるのだろうか？　しかし私だけは、ゆっくりでもいい、この恋をしっかり成就させたいと、雨粒を強く傘で感じながら、静かに美咲は心で誓うのだった。

七章　兄妹決戦の火蓋《ひぶた》

建ち並ぶタワマンの森を抜け、健太が籠城《ろうじょう》中と思われるマンションに着いた美咲は、スッと息を整えて、エントランスのオートロックから部屋番号の呼び出しボタンを押した。まさか美咲が直接交渉に来たとは夢にも思わない健太は、モニターを確認せずに応答したようだった。

「はい」

「私だけど」

「えっ？　あっ、なんだ美咲。なんか用か？」

「なんか用かもないでしょ？　あんたが持ってった怪獣フィギュアの件で来たのよ。ちゃんと話し合おうと思って」

「……………」

「ねぇ、開けてよ。電話で話しても埒《らち》が明かないから、大人同士、今日は静かに話し合いましょうよ。ねっ？」

自宅まで来られて観念したのか、スッとエントランスのドアが開いた。

十二階でエレベーターを降り、一二〇五の前で深呼吸をしてからモニターフォンを押した。ほどなくカチャッと鍵を開ける音がして、美咲は敵の陣中に招き入れられた。

ちゃんと客用のスリッパを出すあたり、健太は常識人でもある。玄関から狭い廊下を少し歩いてリビングに入ると、ひとり暮らしにしては綺麗にしてあった。

部屋の中は物がなく、こざっぱりしすぎな感じは否めないが、何もない空間をうまく使っていて美咲は好感を抱いた。家具などのインテリアのセンスは私より上かもしれない。ここで始まるはずだった健太の新婚生活を思うと、怪獣フィギュアを強奪した前科があるとはいえ、同情の念が沸々《ふつふつ》と湧いてくる。とはいえ、結婚式当日に逃げた新婦にも、その凄《すさ》まじいほどの潔さに唖然《あぜん》とするだけで、憎しみなどは不思議と感じない。いきなり俳優と出会って恋に落ち、結婚式をドタキャン、キャリアを棒に振ってまで自分の恋に忠実に行動した彼女は、同じ女としてむしろ天晴《あっぱ》れと叫ぶべきなのかもしれないが……。

ソファーに腰を下ろし一息ついてから、まず美咲が口火を切った。

「今日はお休みだったの？」

「いや、これから出ようかと思ってた。局で打ち合わせがあるんだ」

「ふうん、そっか、じゃ、そんなに時間はないってことね」

「まっ、そういうことになるな」

「あのさ、お父さんの怪獣フィギュアだけど、あれ一旦返してくれない？」

「なんで？　オフクロはオヤジの怪獣フィギュアを毛嫌いしてたろ？　だからわざわざ整理してやったんだよ」

「でも無断ででしょ？　結衣も欲しがっているフィギュアがあるんだから、お母さんだって、返して欲しいって思ってるわよ」

健太は立ち上がり、コーヒーを淹《い》れたカップを美咲の前に置いてから、

「実はさ、ここにはないんだ」

「えっ？　なんで？　何処にあんのよ」

「俺、店を始めようと思ってさ」

「店？　何の？」

「知っての通りあんなことがあって、ここに住むのも、なんかキツくてさ、思いきって売る事に

したんだ。で、その資金で知り合いと一緒にバーでも開こうかと」

「えっ？　バー？　それになんで怪獣フィギュアが関係あるのよ」

「完璧な昭和の怪獣フィギュアバーにしたいんだ。オヤジもそれなら喜んでくれるかなと思ってさ……」

「喜ばなかったら？」

「あんだけの怪獣フィギュアマニアだったんだから、絶対喜ぶって」

「じゃあ、聞いてみる」

「そんなの無理に決まってんだろ。アホかお前は」

と言い放ってコーヒーを飲む健太にカチンときて、美咲は思わず洋介を呼び出す呪文を小声で唱えた。

「かしこみもうす〜かしこみもうす〜」

いきなり時間は止まり、その空間は美咲と洋介だけのものになる。コーヒーカップに口を付けたまま、健太はその場で固まった。

『どうした美咲？　あれっ、健太も一緒か？　おや？　ここは何処だ？』

「健太の家よ」

『そうかぁ、ここなのか。お母さんは来たことあるみたいだが、俺は初めてだな。この住まいも、親から金を借りてまで無理して買ったのに、結婚自体がダメになるとはなぁ……それに健太、何だか痩せちゃったなぁ。ちゃんと食ってんのか？　うーむ』

「えっ？　何なに？　お父さんお金を貸したの？」

『あぁ、全部ではないが、資金が足りないらしくて援助したよ』

「ホント健太には甘いんだから。で、いくら貸したのよ」

『うーん、契約した後で足りないとか言ってきて、二千万とちょっとくらい貸したか？』

「えーっ！　そんなお金よくあったわね」

『まぁ、ありがたいことに、お祖父《じい》ちゃんが鰻屋を売って残してくれた遺産があったしな』

あまりの高額に驚く美咲だったが、長男のためにと無理をした親心を健太は絶対に分かっていないだろう。

「そうなんだ……でも、健太はここを売るって」

『ホントか？』

「やっぱり、結婚生活のために買った家だから、ひとりだともう限界なんじゃない？」

『そっかぁ……』

「でね、ここ売ったお金を元にして、バーを開くみたいよ」

『バー？』

「お父さんの怪獣フィギュアを飾って、昭和の怪獣フィギュアバーにしたいんだって。それならお父さんも喜ぶって健太は言ってるけど、どう？」

『ふ〜む、それはどうだろう。お客さんに見せるために集めたものじゃないし。そもそも健太に客商売なんか出来ないと思うが……』

「じゃあ、お父さんは反対ってことでいいのね？」

『ああ、そうだな。美咲から説得してみてくれ。これぱっかりは、いくら健太の頼みでも承服しかねる』

「わかった」

『バーの経営なんて素人には難しいぞ。俺の息子には絶対に無理だなぁ。そもそもあのコレクションだけでは、昭和の怪獣フィギュアは不完全だしな』

「不完全？　何で？」

『ゴジラがいない』

「えっ？　何それ、ゴジラがいないって？」

『だから俺のコレクションには、ゴジラが一体もないんだよ』

「なんで？　お父さんゴジラ嫌いなの？」

『いや、そうじゃないが、少彦名命がな……』

「ちょっとちょっと、話がまったく見えないんだけど、えっ？　ナントカのみことって何？」

『話すと長くなるから、あっもう時間だし、それはまた今度な。とにかく俺は反対だと伝えてくれ……』

　スーッとフェイドアウトしながら洋介は消えた。それにしても、ナントカのみことって何なんだ？　疑問の矢が美咲の胸に刺さったと同時に再び時間が動き出し、コーヒーを一口飲んだ健太は、カップを北欧製の黒いテーブルに置いた。

「ねえ、健太、やっぱりバーはやめた方がいいと思う」

「急に何言ってんだよ？　オヤジの形見でやるんだから供養にもなるだろ？」

「肝心のお父さんも反対だって」

「お前、頭は確かか？　オヤジはもう死んでるんだぜ」

当然、会話は嚙み合わない。こうなったら本丸にいきなり突撃するしかない。

「だって、お父さんのコレクションにはゴジラがいないのよ」

「なんで美咲が知ってんだよ」

「えっ？　それはまぁお父さんに聞いたし……」

「適当なこと言ってんじゃねーよ。お前はオヤジとフィギュアの話なんてしたことないだろ」

「私のことより、ゴジラはどうすんのよ？　それがいなくちゃ昭和の怪獣フィギュアバーなんて不完全じゃない？」

「……………」

「黙ってないで、何とか言いなさいよ」

「いきなりどうしたんだよ。これまで怪獣フィギュアなんて全然興味なかったくせに」

「そんなのどうでもいいじゃない。とにかくさ、フィギュアは一度返却してよね」

「美咲……なんで、オヤジがゴジラを集めてなかったか知ってんのか？」

「そんなこと知らないわよ。ただ単に嫌いだったんでしょ」

「オヤジほどの怪獣マニアがゴジラを嫌いなはずがない。多分もっと別に理由《わけ》があるはずなんだ」

そう言うと健太はスッと立ち上がって、奥の部屋に入って行き、暫くすると一体の怪獣フィギュアを持って戻ってきた。それをテーブルの上に置き、

「これはジラースっていう怪獣フィギュアだ」

「ジラース？」

目の前に置かれたフィギュアは、ゴジラのようでゴジラではなかった。何か、どこか違うのだ……。首のまわりのヒレのようなエリ巻きが、ゴジラにはなかったような……。待てよ、ジラース……？　美咲は不得意な怪獣フィギュア方面の思考回路をフル稼働させた。あっ！　死ぬ少し前にお父さんが探していた怪獣フィギュアの名前だ……！

「やっぱりあんたが持ってたのね。お父さんこれを探しあぐねて、私にまで電話してきたのよ」

「そうか、やっぱりオヤジにとってもこれは大事な怪獣だったんだな」

「泥棒が何脳天気なこと言ってんのよ！　そもそも、何でこれがお父さんがゴジラを集めなかった理由になんのよ」

「勿論真相は謎だ。ただ、ジラースって、見れば分かるように元はゴジラなんだ。それぐらいお前にも分かるよな？」

「似てるってことは分かる」

「ジラースはウルトラマンに出た怪獣なんだが、子供向けとはいえ、特撮番組って金がかかるんだよな。で、ある回でとうとう資金不足になったウルトラマンの制作スタッフは、新たな怪獣スーツを作る予算が捻出出来なくなったらしいんだ」

「へぇー、それで？」

「そこで、有り物でまかなうしかなくなってさ、円谷プロが東宝に頼み込んで、ゴジラスーツを借りたって次第さ。でも借りるには条件があって、絶対にゴジラを傷つけないってことだった。色々考えたスタッフも凄《すご》いよな。何とかスーツを傷つけずにリフォームしようと、エリ巻きとかげをヒントに、首にヒレを巻き付けようって思いついたらしい。それならゴジラスーツの本体を切らずに新怪獣が作れるからな。どうだ、これってナイスアイデアだと思わないか?」

「ふーん、よく分かんないけど」

「結局、ウルトラマンとの戦いで、そのエリ巻きは引きちぎられちゃうんだが、そうなると、まるでゴジラ対ウルトラマン。生粋《きっすい》のゴジラファンには、その回は賛否両論だったらしい。結果的に、ゴジラがウルトラマンに負けちゃう構図に見えるからな。しかし、最後は死んだジラースに、引きちぎったエリ巻きをウルトラマンがかけるんだ。泣けるぜ……」

「そんなんで、泣けるの……?」

「観ればお前にもわかるさ、なんか切ないんだな、これが……。まぁ、オヤジがジラースを気にしていたってことは、ゴジラを好きだったはずなんだ。なのに、ジラースだけがあって、ゴジラがないのは何か解《げ》せないいんだよなぁ」

「だからって、黙って持っていっちゃマズいでしょ?」

「言おう言おうと思ってたら、オヤジのヤツ急に死んじまったろ? タイミングを失っただけさ」

どこまで自分本位なヤツなんだ……。しかし、いつもは辟易《へきえき》する家族の怪獣フィギュアうんちく……このジラースに関しては初めて興味深く聞いた。美咲も洋介がこのフィギュアにこだわった謎を無性に解き明かしたくなったのだ。今夜にも呼び出して聞き出すか? それに、ナントカのみことについても、もっと聞きたい。

とにかく、洋介に確かめないことには、何故ゴジラがコレクションにないのかという問いに答えることは出来ない。美咲は咄嗟《とっさ》に話を変え、洋介に頼まれた本題に切り込んだ。

「ねえ、それよりお店を開くこと自体考え直さない? あんたは客商売には向かないと思う」

「何でだよ」

「だって、あんた一丁前のテレビプロデューサーで、向こうから頭を下げてくるのに慣れてる人間でしょ？　お店のお客さんにいちいち頭下げられるの？」

「お前、何言ってんだ！　いつの話してんだよ！　プロデューサーだからって向こうから頭下げてくるだと？　一昔前ならそうかもしれないが、今の時代はこっちが頭下げてキャスティングしてんだよ。それぞれの事務所に忖度《そんたく》しながらな。何にも知らない銀行屋風情《ふぜい》がいちいち知った口利くな！」

突然、兄妹骨肉の口合戦の火蓋は切られ、美咲は健太の容赦ない舌鋒《ぜっぽう》攻撃に一瞬ひるんだが、すぐに態勢を整え応戦し始めた。

「ああ、そういえばそうね。お父さんの葬儀の時、抜け出したことペコペコ私に謝ってる姿は堂に入ってた。結局あんたって、肩書きだけ偉くなっても小物よね」

「何だと！　お前だっていつまで実家でオフクロの世話になってんだよ。嫁の貰い手もないクセにでかい口叩いてんじゃねーよ。そういや、お前って前に銀行マンとつき合ってたんだって？で、その性格で相手に愛想つかされたとか。フン！　とんだお笑いぐさだ」

美咲は返す刀で、背中から一刀両断、袈裟《けさ》懸《が》けに斬り倒されたが、渾身の力で、

「それこそ大きなお世話よ！　それなら言わせてもらうけど、大体さぁ、新婚用の住居を買うのに、親から二千万も借金するか？　いくつになっても親のすねをかじってる長男に客商売なんか出来るわけないじゃない！」

「なぁ、何で借金の金額まで、お前が知ってんだよ。そんなもんすぐ返すつもりで借りたに決ま

ってんだろ！」

「だったらここ売ったお金でまず借金を返しなさいよ！　ついでに盗んだ怪獣フィギュアも返しなさいよね！」

「それとこれとは別だろ？」

「同じよ！　あんたは小さい頃から何でも黙って持ってく癖があったでしょ？　お母さんの財布から小銭くすねてるとこ見たことあるんだからね。お母さんだって薄々感づいていたと思う。しかしまさか、こんないい歳になってまで、黙って親の怪獣フィギュアを盗むとはね。呆れて物も言えない、というよりも開いた口が塞《ふさ》がらないわ……いいかげん大人になんな！」

「うるせー！　今さらお前なんかに説教される筋合いはない！」

　健太の一喝で、その場の空気が一瞬にして固まった。激高する男ほど、その裏側は弱いものだ。健太が一旦怒り出すと手が付けられない性格であることは、幼い頃から知っていたはずだった。美咲は、自分が戦略を間違えたことを悟った。少しトーンを落とし、

「そりゃ、そうね、私が言いすぎたわ。そこは謝る、ごめんなさい」

　と引いてみたものの、すでに後の祭りだったか、ぷいと横を向いたまま、健太は目も合わそうとしない。

「とにかく一度怪獣フィギュアは返却してよ」

「………」

「いつまでだんまりを続けるつもり？　ねぇ健太ってさ、相手の気持ちを察するとか、そういうことしたことないんでしょ？　お母さんはあんたに甘いから何も言わないけど、私は言うよ。い

い？　お母さんは最愛の夫を亡くしたのよ！　大事な人が大切にしていたモノを、いらないって思うわけないじゃない！　お母さんは毎日、お父さんのフィギュアを整理しようとして、ずっと眺めてはため息ついて、ちっとも進まなかったのよ。あんたはそんなことも知らないでしょ？　そういう周りの人の本当の気持ちに気づかないで、図体ばかりでかくなって、心根は子供のままで、いつも誰かが助けてくれると勘違いしてんじゃないの？　だから結婚式だって土壇場であんな結果に……」

そこまで言って美咲はハッとした……と同時に、みるみる健太の顔色が変わった。暫く沈黙した後、健太は小さくため息をつき、声を抑え気味に、

「美咲……お前だってさ、ズケズケ人の心を踏みにじるような言い方をするが、それって、かなりキツイ言葉だって分かってんのか？　そんなんじゃ、いつまで経っても、恋人なんて無理だ。出来たとしても、絶対に長続きしないな。お前は許すって範囲が狭い。いや、無いも同然だ。自分が一番正しいと思い込んでるだけなんだ。その独り合点の正義感は、他人にとってはウゼーっていうか、ただ迷惑なだけだ」

「……………」

余計なことを言い過ぎたせいもあるが、健太の短筒から撃たれた言葉は、美咲が振り上げた刀の下をくぐり抜け、ドスンとその腹に直撃し、肺腑《はいふ》をえぐり取った。

「とにかく、俺は俺でやる。金輪際《こんりんざい》いちいち指図しないでくれ。オフクロには俺から連絡してちゃんと事情を説明するから、今日はもう帰ってくれ」

健太のタワーマンションを追い立てられるように出た美咲。仕掛けたこの戦、奇襲攻撃は痛み分けか、敗北かはわからない。決着のつかない信玄《しんげん》と謙信の川中島の戦いのよう？　いやいや、そんな後世に残るような立派なものではなかったのは確かだ。

兄妹の言い合いという泥仕合に終わってしまったのは、奇襲を仕掛けた自分の戦略ミスかもしれない……。「その独り合点の正義感は、他人にとっては、ただ迷惑なだけだ」という健太の一言が、今になって、ボディブローのようにジワジワと心の芯に効いてきた。

八章　神様お願い！

二〇三〇年には、創建千三百年を迎える神田明神。徳川家康肝《きも》いりの江戸総鎮守として長く地元に愛され続けて来た。正式名称は神田神社という。これまでもアニメとのコラボなどを率先して行い、若い世代にもパワースポットとして広く認知され、ウィズコロナの時代となった今も、地域の精神的主柱となっている。しかしながら、この神社の面白さはその位置にある。大手町、丸の内という日本有数のオフィス街を氏子《うじこ》に持つ関係上、境内の周りはビルに囲まれていて、近代的なビルが建ち並ぶ中に、でんと構えて立つ権現《ごんげん》造りの本殿は美しく見事であり、まさに世界に冠たるメガロポリス東京の象徴として、神道文化を世界に発信する一翼を担っているといってもいいだろう。

神田明神では、二年に一度、五月に神田祭が開催される。江戸時代から続く大きなイベントだが、小学六年生の時の神田祭を洋介は生涯忘れることが出来ないだろう。もとより、祭り好きというわけではない。むしろ、根っから引っ込み思案な洋介にとって、幼い頃から、祭りが開催される年のこの時期はいつも苦痛だった。ところが小五の夏に、少彦名命に遭遇して以来、今までただの遊び場だった神田明神が特別な場所になり、神田祭の日なら少彦名命に会えるかも？……と、秘かな期待に胸をときめかせ、祭りの日をソワソワして待っていたのだ。あの日からほぼ毎日のように、神田明神に来てはいるが、少彦名命には会えていない。

氏子神輿《みこし》の宮入りとは、百八つある氏子町会の神輿が競い合って神田明神の境内に入り参拝すること。参拝は朝から夜まで切れ目なく続き、威勢のいいかけ声と共に神輿同士の荒ぶる魂が競い合う、まさに江戸から続く勇壮な儀式であり、神田祭の重要な行事のひとつでもある。

この時期、町内到る所で法被《はっぴ》に身を包んだ人の姿が目につく。法被が苦手な洋介が、従姉妹《いとこ》のアメリカ土産である怪獣がプリントされたTシャツを着て神社に向かって歩いていると、法被姿で前から来る近所の酒屋のおじさんが声をかけてきた。

「オウ！　洋介！　来年中学だろ？　次は神輿を担げよ。オヤジさんも喜ぶぞ！」

神輿を担いだことのない洋介は、作り笑いを浮かべながら会釈《えしやく》をしてやりすごす。氏子総代を務める父親に頼めば担げないわけではないが、根っから引っ込み思案の洋介は、法被を着てワッショイ！　のかけ声を発する自信がないのだ。自分でも嫌になるほどの内向的な性格は誰に似たのだろう。父親では絶対ない。自分があの江戸っ子を絵に描いたような性格のオヤジの息子とは到底思えないのだ。

とはいえ、今年はいつになく祭りに積極的な洋介だ。早く神田明神に行って神輿宮入りを間近で見てみたい……。古《いにしえ》の神々が、天岩戸《あまのいわと》に閉じこもった天照大神《あまてらすおおみかみ》をお祭り騒ぎで引っ張り出したように、あの盛大な神輿参拝につられて少彦名命が現れるかもしれない。

幼い頃、父親の肩車で宮入り参拝を眺めていた記憶がうっすらある。その時父親に、

「大きくなったら、洋介も担ぐか？」

と聞かれ、大きく頷いたらしいが、洋介はまったく覚えていない。

勢いよく男坂を登って境内に入ると、観光客も入り交じって、早くも凄い人だかりだった。これだけ人が多いと近所の知り合いに見つかる確率は低いのでかえってラッキーかもしれない。

その時だ、不思議な音階が雑踏を縫うように突然耳に飛び込んできた。あれっ？　聞いたことのある音だ……何処からだろう？　周りを見回していると、

「おーい、洋介！」

声の主の方に振り向くと、神輿が通る参道の向こう側に法被に身を包んだ父親の秀雄が立っている。両手を口元に添えて大声で、

「何キョロキョロしてんだ？　誰か探してんのか？」

「あ、うん！　そうじゃないけど……」

やっとのことで答える洋介だが、どうやらその聞き覚えのある音楽は、秀雄の肩越しに聞こえてくるようだった。やがて秀雄の肩にモヤモヤした霧のようなものが立ち込めてきた。うん？　ジッと目をこらしているうちに、霧がキラキラ発光し、段々その光が小さな人形のような形になってきた。少彦名命だ！　何で父さんの肩に？　即座に参道を渡って秀雄に駆け寄ると、ポーンと少彦名命は宙を舞い、今しがた参入して来た神輿の屋根のてっぺんにある宝珠《ほうじゅ》の上に乗った。

洋介を認識したのか、こっちを見てニコッと笑う少彦名命に、思わず微笑みを返す洋介。そっか、みんなにはあれが見えないんだな……。自分だけが見えているという特別感が尚《なお》、洋介の気持ちを高揚させる。

「おいおい、洋介どうした？　ニヤニヤして」

説明出来ない洋介は、小刻みに首を横にふり何でもないと秀雄に合図をする。群衆に揉まれながら神輿が進む。本殿前でワッショイ、ワッショイと威勢のいい声に合わせて上下に動く神輿の宝珠の上で、金色の光の粉のようなものをまき散らしながら、少彦名命は踊っている。思いあまった洋介は秀雄に、

「父さん！　あの御神輿、担がせて貰えない？　どうしても、今あれを担ぎたいんだ！」

「えっ？　なんだ、なんだ！　いきなり。もう参拝間近だから担ぎ終わるぞ、それに子供には難しいかもしれんが……聞いてみるから、ちょっと待ってろ！」

秀雄はその神輿の側に駆け寄ると、世話人だろうか、体の大きい初老の人に声をかけ事情を話しているらしい。秀雄がこっちを見た。来い！　と合図をしている。駆け寄った洋介に秀雄は自分の法被を脱いで着せ、洋介の背中を押した。

「ホラ、担いでこい！　安岡《やすおか》さんの後をついて行け！」

世話人が担ぎ手に話をつけてくれたのだが、

「ボンはちょっとまだ小さいなぁ、担ぐのは中学生になってからだな。よし！　ここに乗りな！」

担ぎ手の頭《かしら》はひょいと洋介の体を持ち上げ、今まさに上下に揺れている神輿の担ぎ棒の上に、洋介の体をちょんと乗せたのだ。

わーっ！　揺れてる。しかし、不思議なことに担ぎ棒にお尻がくっついたかのように落ちない。そして宝珠の上の少彦名命が、指でパチンと合図をするやいなや、洋介の体がフワッと浮き上がり、ちょうど神輿の屋根のへり、吹き返し部分に飛んだ。体が小さくなったようで、神輿が神社の本殿のように大きく見える。周りの景色全体がスローモーションのようにゆっくり動く。吹き返しに腰をかけ、体を神輿の動きに合わせているると、隣に少彦名命が座った。自分の体は少彦名命と同じ大きさになったようだ。神輿の上で少彦名命と一緒に並んで座り、ふと下の担ぎ棒をみると自分が元の姿でそこにいる。えっ？　これって一体？

その時だ。心に響くような、かなりかん高い声で、

『ソナタハ吾《わ》ガ見エルノダナ』

「あっ！　はい」

『楽シイカ？』

「はい」

『イズレ元服《げんぷく》ヲ迎エルト二度ト会エナクナルダロウ。ソレマデ楽シメ。生キルコトハ、信ジルコトカラ始マル』

「えっ？……あっ！　はい」

『久シブリノ大和言葉ハ面白イ。ソナタモ面白イカ？』

意味もわからず、頷くしかない洋介。命《みこと》は洋介が着ているTシャツに目をやると突然、

『コレハ？』

「えっ？　Tシャツです」

『……コノ龍カ蜥蜴《とかげ》ノヨウナ生キ物ハ？』

そうか、プリントの怪獣のことだ！

「怪獣です」

『カイジュウ？』

「そうです！　映画の空想の生き物です」

『エイガ？　ソレハ楽シイカ？』

「ハイ！　僕は好きで楽しみました」

『楽シイノハ良イコトダ』

「はい！」

『ソノカイジュウニ呼ビ名ハアルノカ？』

「これはゴジラです！」

『……』

少彦名命はゴジラの英語表記を見つめ、眉間に皺《しわ》を寄せながら、その小さな指でゴジラのプリントを強く弾いた。ピカッと光って胸の辺りが一瞬チクッとした。えっ、ゴジラは嫌い？

『カイジュウハコレダケカ？』

「まだ沢山《たくさん》います！　あっ、人形も持ってますよ。今度見せますね」

それを聞いた少彦名命はニコッと笑い、

『好キナコトヲ、好キナダケ続ケナサイ。楽シイト思ウコトハ、ズット続ケナサイ』

「また会えますか？」

再びニコッと笑い、

『カイジュウ人形……見タイゾ』

「では、今度奉納します！」

『ハハハ、ソレハ無用。好キナコトヲ好キナダケヤレバヨイ……命尽キルマデ……』

そう言い放つと、少彦名命はヒュッと空中に浮き上がり、神田明神の本殿の屋根まで飛んで行った。それを目で追いながら、洋介は意識が遠くなるのを感じていた。まるで古い映画の終わりに、円が段々小さく縮むように洋介の視界がゆっくり閉じてゆく。やがて真っ暗な闇が洋介を包みこんだ。


「洋介！　大丈夫か？」

声が遠くから聞こえてきた。さっきとは逆にゆっくりと円が広がるように視界がひろがってゆく。そこには自分の顔を心配そうに覗きこんでいる秀雄がいた。

「あれっ？　父さんここ何処？　僕どうしたの？」

「どうしたのじゃないって！　お前はいきなり御神輿から落ちたんだよ。やっぱり担ぎ棒に座らせるなんて無茶だよなぁ。幸いどこも怪我してないから良かったが、ヒヤヒヤしたよ。俺が見てたかぎりでは、頭を思い切り打ったような気がしたんだが……で、しばらく意識不明だったんで、病院に運んで診てもらったんだ」

病院？　いきなり落ちた？　そんなことはない。神輿に乗って、少彦名命と話をしたけど、あれは夢だった？

「ねえ、僕が着てたTシャツって？」

「そこにあるが、汚れてたから脱がしたぞ。もう泥だらけだし、破れてるからこれは捨てる」

「駄目駄目！　捨てちゃ駄目！　父さんお願い、ちょっと取って」

いきなり血相をかえた洋介に驚いた秀雄は、ベッド脇の椅子に置いたTシャツを洋介に渡した。それをおもむろに広げ、ゴジラのプリントを確認すると、ゴジラの首の辺りに泥ではない茶色に焦げたような跡があった。これは少彦名命が指で弾いた跡だ。やっぱり僕は少彦名命に会えたんだ。洋介はこれ以上の幸せはないというぐらい、心の高鳴りを感じた。この不思議な体験を誰かに話したいが、話せない。いや話すつもりもない……でも、何かモノの形で残しておきたい。この日を忘れないようにするにはどうしたらいいんだ？　そうだ！　いつ少彦名命が見に現れてもいいように怪獣を集めよう！

その日から洋介には、日本の神話や神道の勉強の他に、怪獣フィギュア収集というマニアックな趣味が加わった。それが将来的に、田川家戦国合戦譚《たん》のような争いの種になろうとは……その頃の洋介には知る由《よし》もなかった。

九章　恋の兵糧攻《ひょうろうぜ》め

今の美咲の心境はまさに恋愛飢餓《きが》状態だ。まるで恋という弓から放たれた矢じりに攻めたてられ、身動き出来ず籠城している戦国武将の気分。あの時代の兵糧攻めは後味の悪い戦いが多く、特に羽柴《はしば》秀吉が成功させた三木城や鳥取城の兵糧攻めは、相手の戦意を喪失させる意味では凄いとは思うが、人としてどうなんだと思ってしまう。食料も水も完全に断ち、戦う気力さえ根こそぎ奪う。最終的に、籠城側は白旗を上げるのだが、城内の草や木、馬に至るまで食べ尽くしてしまい、地獄のような状態に追い込んで降伏させるやり方が自分の性に合わないのだ。勿論戦国の世、戦い方に自分の性もへったくれもない。令和の現代でも、いざという時には手段を選ばないで決着をつけないと、恋の成就は程遠いままだ。

洋介の死から三ヶ月余りが過ぎ、美咲も落ち着きを取りもどしてはいるが、父親がこの世に存在するとしないとでは、自分の立ち位置も含めて、別世界にいる感じがしてどうも馴染めない。

親の死とは、生と死の狭間にポンと置いてある衝立《ついたて》が、何かのはずみでパタンと倒れるようなもの。亡くなったその日から、今まで考えたことのなかった死が身近になり、否応《いやおう》なく子供は、死がもたらす喪失感を学んでゆく。

人間の寿命って一体何だろう? あらかじめ決まっているにしても、突然、親の寿命がカットアウトされれば、子は困惑するしかない。神さまのきまぐれなのか? もうちょっと残された者の気持ちを察して下さい……と、祈ったところで無駄なこと。神さまの沈黙に、いつしか人間は慣れっこだ。

兄の健太の怪獣フィギュア返却問題は未だ解決していないが、今日はそんなことを忘れるくらいドキドキしている。それもそのはず、美咲はついに戸塚颯太郎との初デートにこぎつけたのだ。

いつもは着ないようなブルー系の明るめのワンピースで出社した美咲。絶対に残業はせず定時退社と頑張っていたのだが、次長から先月倒産した会社の未回収金整理計画の見直しを命じられてしまった。時間を気にしての残業ほど、効率の悪いものはない。結局銀行を出たのが夜八時過ぎ。約束の時間から大幅に遅れている。途中、何度かメールで遅れる旨を伝えたが、それに対して一度しか返信がないのが気がかりだ。とっくに着いて待ちくたびれているのだろうか？　急いでタクシーをつかまえる。待ち合わせの場所は、スカイツリーに隣接する東京ソラマチの三十一階にあるイタリアン「ラ・ソラシド　フードリレーションレストラン」。

閉所恐怖症というわけではないが、美咲はエレベーターが苦手だ。特に降りる時に体がスーッと落ちる感覚は意識が遠のくようで気持ちが悪くなる。それなのに初デートがソラマチの三十一階のレストランだなんて……昇りは大丈夫だが……まぁ降りる時は目をつぶれば何とかなるだろう。そんなことより、早く三十一階に上がらなきゃ。急いでソラマチに入るとエレベーター前に長蛇の列が出来ている。駄目だ！　もっと遅れる。ここで美咲の携帯が鳴った。颯太郎だ！　着信を確認せずに出た。

「ごめんなさい！　今エレベーター前なんですけど、ちょっと混んでて」

「おいおい可愛い声出しちゃって何焦ってんだよ。まさかのデート中か？」

よりによって、こんな時に健太だ。

「そんなことどうでもいいじゃない。突然何なの？」

「この間のことだが、怪獣フィギュアは一旦返す。実家に送ったから、もうすぐ届くはずだ」

「あ、そう……それはありがとう。いったいどういう風の吹きまわし？」

「吹きまわしも何もない、それでお前の気が済むんだろ？」

「で、バーの件はどうすんの？」

「それも一旦ペンディングにした。ちょっと他にやることが出来たしな。それが済んでからでも遅くないし……」

「いつかはやるんだ。絶対上手《うま》く行かないって。田川家の人間に商売の神さまは降りてこないわよ」

「何言ってんだ。お祖父ちゃんは神田の鰻屋だったんだぜ。それも三代続いた老舗《しにせ》だ」

「それだって結局閉めちゃったんだから、商売には向いてなかったって証《あか》しじゃない？」

「もういい、お前と話すとムカムカしてくる。とにかく返したからな。もう家に来んなよ」

そう言い放つと一方的に電話を切った。何よあの態度。姑息《こそく》な泥棒のくせに。ムラムラと怒りが込み上げる美咲だったが、これからの逢瀬《おうせ》のため、無理矢理にでも矛《ほこ》を収めた。

やっとの思いで三十一階に辿り着き、待ち合わせのレストランに走り込んで、店内を見渡すが、颯太郎はいない。呆れて帰ってしまったのだろうか？　その時携帯が再び鳴った。ビクッとした美咲は健太かと思い、

「何よ！　しつこいわね！」

「あ、あの戸塚ですけど……」

「えっ、あっ、いや、兄と勘違いして……すいません」

「前もそんな事ありましたよね？　僕の方こそタイミングが悪くて」

「いやいや、私こそ……残業で遅れてしまって、今お店に来たんですが……」

「そうですか、僕も今こっちに着いたところで、これから上がります」

えっ？　そうなの？　携帯を切って拍子抜けした美咲。だったら、そっちからも連絡してよ。最初のデートで二人とも待ち合わせの時間に遅れるってどうなの？　高揚した気持ちが少し冷め

かける。

挨拶《あいさつ》もそこそこに案内されたテーブルは、ちょうど東京スカイツリーが間近に見える窓際のベストな位置だった。席に着き向かいあわせで軽く会釈をしたが、何だかぎこちない再会になってしまったなと、美咲はフッと軽くため息をついた。ただ、本人を前にすると、やはり自分の好みのタイプの顔には違いない。萎《しぼ》んだ心が少し膨《ふく》らんだ。見た目で人を判断するなんて愚かなことだと日頃は思っているが、誰だって好みのイケメンを目の当たりにすれば、そんな理屈はどうでもよくなるものなのだ。

「すいません、せっかくの日なのに遅れてしまって、連絡も出来ず申し訳ありませんでした。言い訳になりますが、会議が大幅に押してしまいまして、こんな時間になってしまいました」

颯太郎の美しい顔が辛そうに歪《ゆが》む。

「いいんですよ。私も突然に残業を命じられて遅れましたから、互いに痛み分けということで」

あえてたとえるなら決着の曖昧《あいまい》な、秀吉と家康《いえやす》の小牧長久手《こまきながくて》の戦いか？　いや、あれは見方によっては家康の勝利ともいえる。それともわざと遅れて相手の心を揺さぶる宮本武蔵《みやもとむさし》の戦法か？いや、そんな大袈裟《おおげさ》なものではない。何が何でも戦国戦記に結びつけるのは今夜は少し控えよう。

「痛み分け？　お相子《あいこ》ということですか？」

ニコッと笑った颯太郎の笑顔。これだ！　と美咲はあらためて確信した。自分が求めているのはこういう癒《い》やし系の笑顔。銀行に長くいるとどうしても、金融関係のドライで殺伐《さつばつ》とした雰囲気に、知らず知らずのうちにストレスを溜めてしまうが、颯太郎の笑顔はどんなサプリよりも効果のある、ストレス解消スマイルに違いない。アペリティフのシャンパンで乾杯し、シェフのお薦めコースを頼み、料理が進む中二本目のワインが運ばれて来た。杯を重ねる度についジッと颯太郎を見てしまう。

「あの、美咲さん？　どうかしました？　さっきからジーッと真顔で僕を見てますが、なんか怒ってます？」

ハッと気がつき、

「あっ、いえいえ失礼しました。あれから大分時間が経ってこうやってお会いするのが楽しみだったものですから、ついガン見してしまいました」

「えっ、ガン見ですか？　なんか恥ずかしいなぁ」

照れ笑いで戸惑う仕草に、自然と舞い上がりそうになるのは、ワインのせいなのか？　理想の顔を前にして、珍しく美咲はワインで酔っている。

この店は颯太郎が選んでくれた。圧倒的にカップルが多いのは、夜景もさることながら、ここのシェフの作る料理の素晴らしさもある。基本イタリアンだが、独創的で絶妙な味加減は日本人の舌に合う。

「戸塚さんて素敵なお店を知っているんですね」

「あっ、実は僕も初めてなんですよ。色々探したんですが、雰囲気も良くて料理も美味《おい》しい店って中々見つけきれなくて、会社の同僚に思いきって聞いてここにしたんですけど、どうですか？」

「前菜から盛り付けもお洒落《しゃれ》だったし、メインのお肉も最高でした」

と言ったものの、美咲は颯太郎の顔に釘付けで、味の良し悪しは覚えていない。ワインのフワ

ッとした酔いが心地いい。グラスを取りながら、テーブルに目を落とし、

「お店の名前がソラシドって面白いですね。なんでドレミファじゃないんだろ？」

「きっと、ドン！　って言う人が必ずいるからでしょうね」

「ドン……？」

暫く沈黙が続いた後、美咲が、

「あっ、ドレミファドン？　ハハハ、クイズ番組ですか？　戸塚さんもオヤジギャグ的なこと言うんだ」

「すいません、スベっちゃいましたね」

「それこそ真顔で言うから、ビックリしましたよ」

「ホント、すいません」

焦る姿も愛しく見える。そうだ！　この勢いでこれだけは聞いておこう。

「確か、戸塚さんて福井出身なんですよね？」

「えっ？　はい……そうですけど」

「やっぱり越前……いや福井生まれの方って、朝倉義景《あさくらよしかげ》とかよくご存知なんですか？」

「………」

いきなり反応が鈍くなった。えっ？　まずかった？　もしかしてあまり歴史が好きではない？

こっちはかなりのレキジョなのに、相手がまったく歴史に興味のない男だったら、つき合い方を考え直さなくてはいけない。いくらタイプの顔でもこの一線だけは譲れない……かも。

「実は生まれたのは東京で、小学生の時に福井に移ったんですよ。だから純粋には福井出身じゃ

ないんです」

「そうなんですね。朝倉義景をご存知だったんで、てっきり生まれもそうかと思って」

「母方の実家が福井ですし、僕も高校まで福井でしたから、もちろん知ってはいましたよ。……実は僕も歴史マニアで、特に戦国時代は好きなんですよ」

えっ？　えっ？　何この展開いいんじゃない。でも、まさか織田信長好きじゃないよね……。特に深い根拠はないが、美咲にとって信長好きの男はなぜか論外認定されてしまうのだ。

「戦国時代がお好きってことは、誰か推しメン的な武将っています？」

「う〜むそうだなぁ、特別これっていないんですけど、しいてあげるなら立花宗茂とか、大谷吉《おおたによし》継《つぐ》かな？　越前で考えたら朝倉宗滴《そうてき》なんかも好きな方ですね」

何この渋い選択。まさに私好みじゃないか！

「あらっ、宗滴なんてかなりマニアックですね」

まさか朝倉宗滴の名前が出るなんて、戦国好きにはたまらない。宗滴は朝倉家の当主だった貞《さだ》景《かげ》、孝景、義景と三代にわたって仕えた武将。常に当主を補佐しながらも、文武に優れ、とりわけ軍事での活躍は目を見張るものがあった。朝倉家の繁栄はこの武将に負うところが多く、宗滴の没後、朝倉家は箍《たが》がゆるんだかのように戦場《いくさば》で敗戦を続け、やがて滅亡の道を辿ることになる。宗滴がもう少し長く生きていたなら、絶対に信長に一矢報いたはずと美咲は思っている。とにかく派手さはないが、美咲好みの武将の一人だ。

「そうですね。僕は一般的に有名な武将より、その周りで仕えた武将や、ちょっと道を外した武将の生き方に興味あるんですよ。まぁ立花宗茂は王道を歩いた人ですから、少し違いますけど」

「いやいや宗茂だってかなりの波瀾万丈《はらんばんじよう》の武将人生ですよ。関ヶ原で西軍が負けて一度は改易《かいえき》されてますし、普通その名前はサラッとは出て来ませんよ」

立花宗茂——九州は筑後国柳川《やながわ》藩初代藩主。秀吉から「その忠義、鎮西《ちんぜい》一。その剛勇、また鎮西一」と賞賛された文武両道の武将だ。秀吉に引き立てられ柳川十三万石の大名になるが、関ヶ原の戦いで西軍に与《くみ》したため改易、浪人となる。その後、武士としての器量を見込まれ、二代将軍徳川秀忠《ひでただ》の時代になって旧領に復帰し、柳川藩主に返り咲いたのが凄い。後にも先にも関ヶ原の戦いで敗軍の将となりながら旧領復帰を果たしたのは立花宗茂だけなのだ。部下からの信任が厚く、改易後も宗茂の下を離れる人間はいなかったという。

美咲は嬉々として武将トークを続ける。話が合いすぎて怖いくらいだ。神さまお願い！　夢なら覚めないで！

デザートを済ませ、お互いカプチーノとエスプレッソで一息ついた。

高層ビルから街の灯りを見ると、まるで星空が眼下に広がっているような錯覚を覚えるが、そんなきらびやかな灯りも少しずつ消え、街は漆黒《しっこく》のベールに包まれ始めている。

「ところで、田川さんて銀行では融資課なんですってね？」

「ええ、まぁそうですけど」

「最近、お仕事はどうですか？」

何この方向転換。少しブルーな気分に……。

「うーん最近といっても、やることは融資ですから、そう変化はないですね。まぁ個人と法人では多少違いますけど、融資を依頼されたら、その案件を審査して稟議書《りんぎしょ》を作って決裁する。その繰り返しで新しいことはありませんよ」

酔いも手伝ってか、美咲はかなり突《つ》っ慳貪《けんどん》な物言いで返した。その勢いに押されてか、恐縮気味に颯太郎は、

「すいません、仕事の話なんて野暮《やぼ》でしたよね」

「……」

「そうそう融資管理企画部の部長さんって、今はどなたでしたっけ？」

「……」

なんでそんなことを聞くのだろう？　部長の名前？　それを知ってどうする？

「部長は、谷川《たにがわ》という者ですが……何か？」

「いやいや、深い意味はありません……」

完全に空気が変わった。美咲は基本、プライベートな時間に会社の話はしないと心に決めている。しかし、颯太郎はせっかくの初デートの場で、仕事内容どころか、融資管理企画部の部長の名前まで聞いてきた。何か別の目的でもあるのだろうか？　と思いながら、自分は我慢が足りないとも反省し始める。颯太郎だって気をつかって仕事の話題を振ってくれたのかもしれないじゃないか。単なる世間話と流せばいいだけのこと。これだから私は駄目なんだ。健太のいうように、許すっていう範囲が狭すぎる。どうしよう……せっかくのいい雰囲気が自分の性格のせいで台無しになりそうだ。そうだ！　こんな時は困った時の神頼みならぬ、父ゴースト頼み。躊躇《ちゅうちょ》なく呪文を唱えて、洋介を呼んだ。

『何だ美咲、最近呼び出しが多いけど、え～と、ここはどこなんだ？　レストラン？　その男性は？……あっ、お前まさかのデート中か？』

「健太と同じこと言わないでよ。ちょっと気になる人と食事をしてただけよ」

『へェ～、お前ってこういうタイプの男が好みなのか……何だか優しそうな色男だな。で、この彼氏と何かあったのか？』

「ちょっとした会話で、雰囲気悪くなっちゃったんだけど、どうしたらいい？」

『娘の恋の相談なんて、生まれて初めてだな。あっ、いや死んで初めて？　まぁどっちでもいいか』

「生きてる時は、お父さんって気難しそうで相談なんて絶対しなかったけど、亡くなったらお母さんより話しやすくてつい……」

と、ここで戸塚颯太郎との馴《な》れ初《そ》めから今日に至る経緯など簡単に父ゴーストに話した。

『そんなことなら気にするな、と言いたいが……ちょっと気になる黒い気みたいなモノが二人の周りを取り囲んでいるな』

「死ぬとそんなモノまで見えるようになるの？」

美咲の問いには洋介は答えず、

『何でもないと言いたいんだが、ちょっとここは用心した方がいいぞ』

「そうなの？」

『娘の恋路を邪魔はしたくないが……少し冷静になった方がいいかもな。見た目はお前のタイプかもしれないが、恋は盲目というから、うっかり見過ごしてしまう点が出てこないとも限らない』

「そっかぁ、悪い人には見えないけど……。お父さん、一旦この場面をやり過ごすにはどうしたらいいかなぁ。冷えた空気を何とかしたいんだけど」

『う〜む、実は、お父さんは数十秒ぐらいの記憶なら消すことが出来るから、さっきの会話はナシにしちゃおうか？』

まるで魔法だ。いくら死んでゴーストになったとはいえ、この父にそんな凄いことが出来るのか？　疑わしげな目を向けると、

『神道とはこの国独自のシステムだろ？　俺はさ、神道の研究者だったわけだから、神さまの技には詳しいんだよ』

「だからって時間を消すなんて無理じゃない？」

『消せはしない。正確にいうと、時間を戻すんだ。ほら、この地球には時差ってあるだろ？　時間は一定に動いているように見えて、地域によってズレている。それが時差だよな？　それと似たような現象が日常でも起きていて、日本独自の時間軸というのがあるんだ。具体的に言えば一柱一柱の神さまごとに、それぞれ全国の神社が結界を張って、時間の歪みを上手く調整しているんだよ。時間って、地域によって流れ方が違っていて、神さまの治める神域には、神さま独自の時間軸があるんだ。でな、魂になるとそういう時間の流れも見えてくるんだよ』

「なんか酔ってるせいか、全くもって理解不能……でも、少し時間を戻してあの会話ごとなくしちゃうというのはいいかも。それをやってよ、お父さんお願い！」

『ただ、これをやると、前後の記憶も一緒に消えるぞ。今夜ここで、俺と話したことも無かったことになる』

「そっかぁ……でもお父さんとはまた呼び出せば会えるしね」

『時間の流れを変える訳だから、何らかの反作用が起きるかもしれない。身の回りの大切な物を失うとか……それでもいいのか？　まぁプチ神隠しってヤツだと思えばいいが』

「いいわよ。今無くしたいのはこの気持ちだから、物なんか別にいい。それにどうせこの記憶も消えちゃうんでしょ？」

『それもそうだな。とにかくお前は慎重なくせに、ちょっと調子に乗りやすいところがあるから、そこは十分気をつけろよ。恋に焦《こ》がれても、恋に浮かれるんじゃないぞ。じゃあ一旦、目を閉じて。俺の合図で目を開けた瞬間、これまでの話を遮《さえぎ》るように、美咲から別の話を振るんだぞ。違う話題を振りたくなるようにお前の脳内記憶層に埋め込んでおくからな、うまくやれよ。さぁいくぞ〜。目を閉じて息をとめて。飈《シチ》・護《ゴ》・参《サン》、ハッ！』


デザートを済ませ、お互いカプチーノとエスプレッソで一息ついた。


「ところで、」

颯太郎が話し出したところで、唐突に美咲が口を挟んだ。

「そういえば、さっき歴史マニアっておっしゃってましたが、その他に趣味ってあります？」

「えっ？　あっ？　趣味？　そうですね〜。車かな？　最近あまり機会がなくて乗ってませんが、ドライブは好きですよ」

美咲は頭の中で誰かに命令されたかのように、突然話題を変えた。これって何？　何にせよ颯太郎の趣味が車と聞き出せたのは良かった。この後、もしかして誘われる？

「今度、時間がある時ドライブにでも行きませんか？」

やったぁ！　と心でガッツポーズした。あまり喜びを顔に出さないように、

「いいですね。是非《ぜひ》時間を合わせて行きましょう」

そつなく、落ち着いた顔でＯＫを出したが、心拍数はもはやマックス状態になりつつあった。

でも、何か忘れ物をしたような感覚が残っているのも確かだ……これは一体なんだろう？　まぁいいや。今夜の初デートに収穫があったことには違いないのだから。


颯太郎が会計を済ませ、ほんのり酔ったまま二人は店を出た。エレベーター前に着くとちょうど、ピンと鳴って扉が開く。乗り込むと、運良く二人だけだ。颯太郎が一階のボタンを押すと、かなりのスピードで降下を始めるエレベーター。あっ！　まずい！　不得意なエレベーターの降下に、美咲は頭から血の気が引いて意識が遠のいていく。思わず横に立つ颯太郎の腕につかまり、そのまま肩にしなだれかかった。

「どうしました？　大丈夫ですか？」

田川美咲、不覚にもエレベーターの降下中、そのまま意識を失ってしまった。


夢を見た……健太と結衣《ゆい》と三人で走っている。レース？　いや違う、ただトラックを三人で並んで走っているだけだ。コーナーを回るとゴールが見えるはずなのに、突然目の前に石の階段が現れた……えっ？　何これ？　一段目に横書きで大きく明神男坂って書いてあるけど？　三人は誘われるように階段を駆け上がってゆく。てっぺんに何かいる？　誰？　えっ？　何だあれは？

小さな塔の形をした風船が、上昇音と共に段々大きくなってゆく。あれはスカイツリーか？　構わずそこに向かって駆け上がる健太と結衣。美咲は立ち止まり、どんどん大きくなるスカイツリーの風船を見ている。上昇音がピーッとかなり高い音階で止まった。その時だ、スカイツリーが突然、怪獣に変身した！　あれは健太の部屋で見たジラースだ。そして、どんどん膨らむジラース。あっ！　破裂する！　耳を押さえる美咲。

「美咲さん！　大丈夫ですか？」

ハッと気がつくと、ソラマチ内のベンチで横になっていた。颯太郎に抱きかかえられて起き上がる。

「すいません、実は私エレベーターが昔から苦手でして、ワインのせいかちょっと意識が飛んでしまいました。もう大丈夫です。立ちくらみのようなもんですから」

「念のため病院で診《み》てもらいましょうか」

「いやいやホントに大丈夫です。少しこうやって休んでいれば問題ないです」

「それならいいんですが……びっくりしましたよ、突然でしたから。でも、顔色も良くなってきたし良かったです」

このところ、融資の審査や決裁が続いてストレスが溜まっていた？　今日は残業もこなして疲労困憊《こんぱい》だったかもしれない。

やっぱり、エレベーターは鬼門だな。健太みたいなタワマンなんて絶対無理だ。でも、もし颯太郎と暮らすなら十階までなら大丈夫かな？……妄想は時として活力になる場合がある。

大分気分が良くなったので、ソラマチを出た。地下鉄の入口をスルーして歩く二人。風が少し冷たく感じるようになってきた。

暫くしてゆっくり肩に腕を回す颯太郎、それに応える美咲、立ち止まり二人はごく自然に、口づけを交わした。

さっきとは違う意味で意識が遠のいてゆく。こんな気持ちは久しぶり……いや、初めてだ！　絶対に初めてだ。この恋の行方がどうなるかはまだわからないが、あっという間に恋の兵糧はたっぷり補給されたような気分になった。ただ、やはり何か忘れ物をした感覚があるのだが……いや、そんなことはどうでもいいとばかりに、今はキスに夢中の美咲だった。

十章　軍資金争奪合戦

妹の結衣の彼氏、本城和宣《ほんじょうかずのぶ》が苦手だ。彼にお姉さんと呼ばれるたびに虫唾《むしず》が走る。美咲にとって、和宣のようなチャラいミュージシャンは男として範疇外《はんちゅうがい》だし、自分は音楽という夢を追っているんだ、とばかりに遠い目をする仕草が生理的に受け付けない。

夢を追うのはいい、しかしいつまで自分勝手に追っているんだ？　確かあと二年で三十路ではないのか？　ついでに、その派手な普段着も何とかならないものか？　フリルのついたシャツって、三十間近の男の格好としてはどうなんだ？　バンドの音楽ジャンルがビジュアル系なので、あれは仕事着みたいなものと結衣に言われたことがあったが……そうは言っても普段からネイルやメイクをする男に、美咲は馴染めない。最近は外回りの男性営業マンでも軽くメイクをしている者がいると聞くから、美咲のような考え方は多分時代遅れなのだろう。

戦国武将を愛する美咲としては、男は男らしくという昔気質《かたぎ》な考えがどうしても先行してしまうのだ。勿論、このことを面と向かって、本人に言う気はない。そこは結衣の姉としてわきまえてはいるつもりだ。

そう言えば前に一度、結衣から和宣のバンドのCDを聴かせてもらったことがあったが、何が何だか一向にメロディが頭に入ってこなかった。唸《うな》り声というか、ダミ声をもっとつぶしたようなボーカルで、最初は本気でノドの調子が悪いのかと思った。どうやらあの歌唱スタイルはデスメタルというらしいが、歌声を聴いた瞬間に脳内聴覚機能はストップした。

その和宣と結衣の二人が美咲の目の前に座っている。結衣がどうしても話がしたいというので、平日の仕事終わりならと日程を調整し、夜の丸の内で待ち合わせたのだが、一人で来ると思ったら、指定したカフェにはちゃっかり和宣が結衣の横にいたのだ。コーヒーで一息ついたところで美咲から切り出した。

「和宣くん久しぶりよね。最近はどうなの？」

「えっ？　あぁ最近ですか？　えと、最近はちょっと気温が高いですね」

そうじゃねーよ。お前の仕事だ。

「お天気の話じゃなくて、バンドの方はどうなの？」

「あっ、バンドですか？　ボチボチですかね。最近やっと、ライブハウスも客を入れてOKになりましたから。ここのところソールドアウトが続いて、もう天下取った気分っすよ」

天下？　天下布武《ふぶ》……すっと頭に浮かぶ織田信長の印判。比べるのも変だが、夢を追うならもっとデカい夢にしろ！　と、心で舌打ちしつつ、顔には軽い笑みを浮かべ、

「それは良かったわね。ライブ活動が出来ると出来ないとじゃ大違いだから、結衣のためにも頑張ってよ」

「ありがとうございます！」

三人膝をつき合わせての当たり障りのない会話はそう長くは続かない。近況を話すと、暫く沈黙が続き、

「じゃあ結衣、そろそろバンドリハに行くわ。あの、ここいいですか？」

「もちろんいいわよ」

「すいません、ご馳走《ちそう》さまです！　ではお姉さんまた」

案の定、虫唾が走ったが、和宣は機嫌良さそうにギターケースを肩にかけ店を出ていった。

「ねえ、結衣ホントに大丈夫なの？」

「何が？」

「彼の仕事というか、バンドの方よ」

「うんまぁ、今言ってた通りボチボチで良くもなく、悪くもないかな？」

「あんた、いつまでもコーヒー代さえ払えない彼氏でいいの？　先のことも少しは考えないと
……」

「へぇ～、お姉ちゃん、カズのこと心配してんだ」

「真面目に言ってんのよ。健太の結婚もあんな感じでダメになっちゃったし、妹の伴侶のことは、ちゃんと知っておきたいのよ」

「ハハ、伴侶ってなんかレトロで可笑《おか》しい。今日のお姉ちゃん何だかお母さんみたいね」

結衣はククク と笑って、

「そうそう、カズったらさ、今日お姉ちゃんに会うって言ったら、俺も行くってついてきちゃったんだよね。あいつ、お姉ちゃんと先のこととかちゃんと話がしたいと思ってるみたいよ。銀行員だし頼りになるって」

えっ？　そんな気が彼にあるのか？　急に和宣が可愛く見えてきた。

「バンドが軌道に乗ったら結婚もと思ってたらしいけど、今のご時世バンド活動は先が読めないからね。でもカズってさ、意外に作曲のセンスはあるみたいなんだ。だからそっちも頑張るとか言ってんのよね。この間も、頼まれ仕事で地下アイドルの曲を作ったら評判良くってさ、その気になってんだよ」

「ふ〜ん、そうなんだ。上手くいくといいわね。いつまでもフリルにメイクってわけにはいかないだろうしね」

「あっ、やっぱりお姉ちゃん、ああいうのダメなんだ」

「何で？」

「前にね、きっと俺みたいな男って、お姉さん嫌いだと思うって言ってさ。初めて会った時からそう感じたって。長年あんな格好してると、人の見る目に敏感になるみたい」

「ううん、別に嫌いってわけじゃない。理解出来ないだけよ」

「それって、ダメってことでしょ？　ま、普通そうよね、フリルも似合えばいいけど、カズのいかついルックスにはちょっと厳しいかもね」

バンド名は「フリルとルージュ」という。

「いつでもいいけど、機会があったら、カズの話も聞いてやってね」

「もちろん、いいわよ」

そっか、ヤツはヤツなりに意外に分かっているんだ。少しポイントは上がったかもしれない。まぁ、奇抜な格好のビジュアル系も派手な婆娑羅《ばさら》武将みたいなものと思えば我慢できる。好きじゃないけど織田信長だって洋装のマントをつけて馬に乗ったりしてたし、天下御免のかぶき者と言われた前田慶次《まえだけいじ》もその部類だ。和宣なりに先のことを考えているなら、少し見方を変えてもいいかもしれない。

「で、今日は何の話だったの？」

結衣から会いたいと言って来たのは初めてだった。和宣との別れ話かな？　と思っていたが、違ったようだ。子供の頃からあまり甘えるということをしなかった結衣。確かに、健太と美咲のバトルが日常茶飯事でありすぎて、兄や姉に甘えるどころではなかったのだろう。一度健太と美咲が取っ組み合いの喧嘩をした時、怖かったのか、大声で泣き出したことがあった。こんなバトル兄姉の身近に育つと、自然と独立心が旺盛になるのか、三人の中でいち早く実家を出たのが末っ子の結衣だった。就職においても、悩む兄姉を尻目に、結衣は専門学校で手に職をつける道を選んだ。

「実はねアタシ、今の店を辞めようかと思うんだ」

「えっ、そうなの？　もしかしてヘッドハンティングされたとか？」

「ううん、全然違うの。実は……」

その後、結衣の口から出た意外な言葉に美咲は驚いた。今の店にいても先が見えず、チーフになるには上がつまっている。大きなチェーン店だからこそ歩合制で、顧客の数や技術次第で給料も上がると思っていたが、ウィズコロナの影響もあり、さほど景気も回復せず、給料は歩合制から固定に変更されたまま据え置きになっているという。そこで思いきって店を辞めて、自分で店を持ちたいというのだ。

「決断したのは悪くはないけど、お店を持つには先立つものが必要でしょ？」

「う〜ん、そこで相談なんだけど、お姉ちゃんの銀行で融資してくれないかな？」

「融資って言ったって、あんたウチは一応都銀よ。取引口座もない、仕事の実績もないじゃあ、いきなりは無理よ」

「じゃあどうしたらいいの？」

「あのね、結衣。銀行って所は確かに事業資金を融資するのも仕事の一つだけど、それには担保というのが必要なのよ」

「担保？」

「そう、貸したお金が万一、戻ってこない時の、保証になるものよ。例えば土地とか家とか、後は預金とか。そういう担保になるものって、結衣にはあるの？」

「う〜ん、預金なら四百ぐらいあるかな？」

「えっ？　えっ？　ちょっと、そんなに持ってるの？」

「アタシ、無駄使いしないし、そのためにコツコツ貯めて来た……というのは少し嘘になるけど、実はね、ずっと銀座や六本木でホステスをやってたんだ。よく言う、接客業との2ウェイってやつだけどさ。もちろん店には内緒にしてた。あっ、これお母さんにも絶対秘密にしててよ」

美咲は驚きのあまり言葉に詰まった。我が妹ながら大したもんだと思いつつも、どことなく危うさも感じた。

「けっこう貯めたのね。それなら独立を考えるのは悪くないけど、次は具体的な手順よ。場所の当てはあるの？　いつ頃、どこに、どんな広さの店を開くのか。お客さんがどれだけついていて、どのくらいの売り上げが立つのか。事業計画というんだけど、ひとつひとつ説明できないと、銀行は相手にしてくれないよ」

「そうかぁ、まだそこまで詰められそうもないわ。取り敢えず、知りあいの店の場所貸しでの仕事から始めて、馴染みのお客を増やしていくしかないかもね……」

「それがいいと思う。お金を借りるのは、もう少し時間をかけて考えてみれば？　私も相談に乗るからさ、ねっ？」

「うん、わかった。そうするよ」

融資は難しいと言われても、そう落胆していないように見える。美咲は、何か言いたそうな結衣の顔が気になり、

「どうしたの？　まだ何かある？」

「ううん、こんなこと聞くのはどうかと思うんだけど……あのさ、遺産ってアタシも貰えるの？」

「えっ？　遺産？」

「そう、お父さんの……」

当然その権利は結衣にもある。法律上、妻である母の紀子が父の遺産の半分を貰い受け、残りの半分を私たち子供が受け取る権利がある。つまり父の遺産の半分を三人で均等に分けることが

可能なのだ。ただ、父が残した遺産がどのくらいあるのかは不明だ。父の預金通帳は母が持っていると思うが……。正直フィギュアのことで頭がいっぱいで、遺産のことをすっかり忘れていた。美咲は内心驚きつつも、そんな素振りは見せずに、

「勿論、結衣も相続出来るわよ。でも、まずはお母さんに話をしないと。実際にいくらあるかわからないし、家の名義をどうするかも関わってくるから」

生々しい話が出て、瞬《また》く間に二人の間の空気感が変わった。遺産相続においては、ドロドロの係争になる場合がよくある。銀行に勤務して、そういうケースをよく知る美咲だったが、まさか自分の家でも同じことが起きるのだろうか……。

救いと言えば、結衣がそれ以上遺産のことで突っ込んだ話をしてこなかったことだろう。今後この問題は家族間で慎重に扱わないといけない。具体的な金額の話になった場合、健太の動向が気になるところだ。頭の痛い問題がまたひとつ増えたなと思ったと同時に、体中で新たな陣太鼓がドンドンと鳴り響き始めた。

その後、何事もなかったかのようにお互いの近況や世間話に終始したが、早々に話題が尽き、結衣とは店を出てその場で別れた。辺りはすっかり暗くなっている。遺産の話もびっくりしたが、自分の店の開店資金のために、一時的とはいえ、結衣が銀座や六本木でホステスをやっていたという話はかなり驚いた。預金の額を比べても、妹の生活力は、私より完全に上だなと思った。

ふと、健太の借金のことが頭をよぎった。あれから豊洲のタワマン売却の件はどうなったのだろう……カフェを出て、何気なく健太に電話してみたが、やはり繋がらない。多分着信拒否している可能性が高い。

今後、田川家の遺産を巡る戦いの火蓋は切られるのか？　きな臭い匂いに顔をしかめながら、ため息をつく美咲。まずは、田川家に残された父の遺産が一体どれぐらいあるのか知るのが先決だろう。父ゴーストに聞くのが手っ取り早くて一番だが……。親子、兄弟間の血で血を洗うお家騒動といえば戦国時代の風物詩。武田信玄は父である信虎《のぶとら》を追放。秀吉も我が子秀頼《ひでより》に家督を譲りたいがために、関白だった甥の秀次《ひでつぐ》を一族もろとも滅ぼした。力のあるものが弱いものを抹殺する方程式に、自分はどこまで抗《あらが》えるのだろうか？　出来れば穏やかに事を進めたいが……そうも言っていられない。美咲は何とも言えない武者震いに襲われ始めた。

十一章　私的遺産分配論

遺産相続。あまりに突然の問題発生に、真っ直ぐ家に帰る気がしなくなり、美咲は結衣と別れた後、そのまま繁華街をあてどなく歩き続けている。

時計を見ると、夜の九時前だ。颯太郎《そうたろう》に連絡でもしてみようかと思っていたところに携帯が鳴った。画面を確認すると以心伝心とはこのこと、「戦国最愛武将」と表示されている。二度と健太と間違えないよう、颯太郎をこの名前で登録しておいたのだ。メールでのやりとりはあるが、声を聞くのは初デート以来になる。

あの晩、颯太郎との初めてのキスは天に昇るほどの夢心地……このままどうにでもなれとも思ったが、意に反して颯太郎はそれ以上求めず、最寄りの駅まで送ってくれただけで別れた。消化不良な気持ちが、言葉にならないモヤモヤを心と体に残した。でも、後で冷静になって考えると、あのまま颯太郎と一夜を過ごすのはやはり時期尚早だったと、自分の浮かれ度合いを反省した。

結果として、颯太郎の紳士的態度に救われたことになる。颯太郎への思いはどんどん強くなるが、そうなればなるほど、心のエンジンブレーキがかかってしまうのは何故だ？　何か大事なことを忘れているような引っ掛かりが、走り出したい美咲を止めようとするのだ。……呼吸を整えて電話に出た。

「あっ、美咲さん。今大丈夫ですか？」

「はい、大丈夫です！」

「あの、前回お会いした時に、ドライブでもとお話ししたのを覚えていますか？」

「あ、はい」

「突然なんですが、今度の土曜か日曜辺りはどうでしょう？　美咲さんのお仕事の都合もありますから、無理にとは言いませんが」

「えっ、あっ、ちょっと待って下さい、折り返し電話してもいいですか？」

「もちろんです。あっ、今日はお兄さんと間違えられなくて良かったです」

お互い笑いながら電話を切り、慌ててスケジュールを確認する美咲。残念ながら、今週末は投資セミナーの予定が詰まっていた。でも、何とか来週末なら……有給休暇を一日ぐらい申請しても通るだろう。働き方改革によって、表向き休暇は積極的に取るよう求められているが、銀行の場合、実際に休めるかどうかは部署や上司の性格による。ただ、今の上司なら大丈夫だろう。

早速折り返し、来週の土曜日ならと言ったところ、颯太郎も大丈夫ということで、ドライブデートが決定した。前日の金曜日にはエステを予約しないと。心は焦りつつも高揚感に包まれ、すでに全身がウキウキしてきた。父親の遺産を巡る家庭内紛争の火種がくすぶり、さっきまでズッシリ重かった気持ちが、急にスッキリ軽くなってきたのだ。おかげで足取りも軽くなり、美咲はそのまま真っ直ぐ帰宅し、早めに休んだ。夢は見なかった。

翌日、来週の金曜日に有給休暇を申請した。上司からは快く受け入れられたものの、その分、今週は目一杯働かないといけない。今の美咲の体は全身パワーに溢れている。

いつものように「ファイトマン！　全力！」と心でつぶやき、栄養ドリンクのファイトマンを一気に飲み干す。これこそが恋する女の強さなのだ。

美咲は勢いあまって、ランチ休憩後、大胆にも自分のデスクで父ゴーストを呼び出した。かしこみもうす〜かしこみもうす〜……心なしか合い言葉の呪文も弾んで明るい。騒がしいオフィスの時間が止まり、静寂に包まれる。

『上機嫌だな。おいおい、何だよ今日は会社なのか？』

「たまには娘の職場見学もいいでしょ？」

『そりゃいいけど……へぇ〜銀行ってこんな感じなのか？』

美咲の部署である融資管理企画部はいくつかのパーティションで仕切ってあり、美咲のデスクも独立している。美咲は自分の椅子を差し出し、

「座る？」

『あ、いいよ、浮かぶ……』

ふわっと美咲のデスクの前に浮かんだ父ゴースト。

そのままだと目線が合わず話しづらいと思ったのか、洋介はすーっとデスクを通り抜けるように半分体を沈めた。ちょうどいい目の高さになったところで、

『今日のお前は、嬉しそうだが、何かいいことでもあったのか？』

「へへ、とうとう彼とドライブに行く約束しちゃった」

『彼って、この間のヤツか？』

「この間？　お父さんにはまだ紹介してないけど」

『えっ？　そっか、あの記憶はないのか』

「何？　記憶って？　最近お父さんに会ってないよ……」

先々週、ソラマチのレストランで父ゴーストを呼び出した記憶は美咲からごっそりデリートされているのだった。父ゴーストは慌てたように話題を変えて、

『ドライブは何処に行くんだ？』

「まだ決めてないけど、お互い歴史好きだから、近郊のお城でも観に行けたらなって思ってるけど」

『城？　この辺じゃ限られているんじゃないか？　まさかお前たち泊まるのか？』

「そこなのよ……。どうしたらいいと思う？」

『どうしたらいいって、そんなこと俺に聞くなよ』

「だって、お母さんには言えないし、同僚にも説明しづらいし、ましてや健太や結衣には無理でしょ？　何だかゴーストになったお父さんが一番話しやすいのよね」

『そりゃ娘の恋の後押しはしたいが……そこは慎重にな。彼は何か目的があって、美咲に近づい

てきたかもしれないし』

洋介はあの夜、レストランで颯太郎の周りから出ていた黒い気のようなものを気にしているのだが、それも美咲の知るところではない。

「何でそう思うの？」

『いやいや、ゴーストの勘てやつ……まさに霊感さ』

「私なんかに近づいて、どうしようって言うのよ。ただの銀行員よ」

『そこかもしれないぞ』

「私が銀行員だから？　お金誤魔化《ごまか》して男に貢《みつ》いじゃうみたいな？　そんな馬鹿馬鹿しい犯罪に加担する？　私が？　ないない」

『そりゃ、お前がそこまでするとは思わないけど、一応美咲はこの銀行の、しかも融資管理企画部という部署にいるわけだからさ、融通が利くと相手が勘違いしているかもしれないぞ』

父ゴーストの言葉に、颯太郎に対して感じている、何か忘れていたような違和感を思い出した気がした。もちろん颯太郎に限ってありえないと信じているが、確かに全くないとは言い切れない。この恋だけは慎重に進めないといけない……。いつも美咲は恋に落ちると、相手の本質を見極められなくなる悪い癖がある。前につき合っていた同期の銀行マンの浮気癖を見分けられなかった苦い過去があるのだ。

「わかった。そこは慎重に考えます。どうしよう？　泊まらない方がいい？」

『そこまで俺に言わせるな。どうせ腹ん中は決まってんだろ？』

「う〜ん、一応お泊まりセットは持って行こうかな？」

『こんな会話をお前の会社でするとは思わなかったよ。ちゃんと避妊しろよ』

「やだ、やめてよそんな話。颯太郎さんって紳士だから、大丈夫だと思う」

『やれやれ、娘のこんな話を聞くために死んだんじゃないけどなぁ』

「あっ！　そうだ。消えちゃう前に、聞いておきたいことがあったんだ」

『何だ？』

「お父さんって、遺産をどのくらい残してたの？」

『何だよ、やぶからぼうに』

簡単にかいつまんで、昨日結衣から遺産分配の話が出たことを告げた。

『そっかぁ、自分の店を持つために、夜のバイトまでしてたのには驚いたな』

「そうなのよ。私もびっくりしたけど、結衣の貯蓄額にも驚いちゃった。あの歳で、もう四百万ぐらいあるみたいよ」

『そいつは凄いな……』

「で、遺産ってどれくらいあるの？」

『そう、せかすなって、そうだなぁ……通帳は机の引き出しに入れっぱなしだったからなぁ……死んでからは記憶が曖昧なんだが、多分なんだかんだで、まだ一億二、三千万ぐらいはあるんじゃないか？』

「え～っ、そんなにあるの。ウチってお金持ちじゃん！」

『ほら、昔、鰻屋やってた祖父さんの土地やら家屋の権利やら、売っぱらった金額を遺産として全部俺が貰ったろ？　場所も神田で東京のど真ん中だったしな。税金を差し引いてもかなりの額になったよ。代々受け継いできた家業を俺が継がないってだけで、さっさと土地や家屋まで売ってしまったもんだから、周りもかなり心配してたらしいけど、結局は俺に残したかったんだな。祖父さんは俺には優しかったから……俺も散財する気はサラサラなかったし、まんま残ったんだよ。でも今の家を買ったり、健太にもマンションの購入資金を貸したから、もっと少ないかもしれない。詳しくはお母さんに聞くしかないな』

「じゃあ、健太には遺産相続の前渡しって感じなのかな？　生前贈与？」

『その時はまだ、俺も生きてたから、細かいことは何も考えていなかったんだよなぁ。その辺はお母さんと相談してくれよ。そうそう、ああ見えてお母さん、しっかり株をやってるからな』

「うそ！　あのお母さんが？　株？」

『これが結構いい勘してるみたいなんだな。一度大当たりしたとかで、腕時計買ってくれたよ。結婚する前は実家で経理をやってたから、数字には強いんだよ。魂の昇華中で、はっきり覚えてないが、株で遺産がもっと増えてたような気もする。あっ、そろそろ時間みたいだ、じゃあな、彼とのドライブ旅行は気をつけていくんだぞ！　早まるなよ〜』

すーっと、フェイドアウトしながら机の下に消えて行った洋介。同時に止まった時間が動き出し、忙《せわ》しなく銀行の業務が始まった。母親が株だって？　同じ屋根の下で暮らしていても知らないことだらけだ。しかも、父の預金がそんなにあるとは。もしかして、それを結衣は知っていた？　そんなわけないか。でも健太と結託して、遺産の額を知った上で狙《ねら》っているとしたら……。

急に背中にザワザワと悪寒《おかん》が走る。美咲は颯太郎との週末ドライブのために雑念は即座に打ち消し、仕事に没頭し始めた。陣太鼓は鳴らなかった。

十二章　洋介と特撮怪獣

小六の初夏に少彦名命《すくなひこなのみこと》と神田明神で話して以来、洋介は怪獣フィギュアにどんどんのめりこんでいった。神田祭で、『好キナコトヲ、好キナダケ続ケナサイ……』そう少彦名命に囁《ささや》かれてから、洋介は小遣いの殆どを、特撮映画と怪獣フィギュア関係に費やすようになったのだ。

一九六〇年代後半、まだフィギュアという言葉はなく、ブリキの玩具とか怪獣ソフビと呼ばれ市場に出回っていた。種類もそれほど豊富ではなかったので、スチュワーデスをやっていた従姉《いとこ》のお姉さんに洋介は頼み込んで、日本では発売されていないゴジラのブリキ玩具を、海外から買って来て貰っていた。いつも引っ込み思案で、普段から大人しい洋介が真剣に目を輝かせて頼んできたので、従姉もその願いを叶えてあげたいと思ったのだろう。

当時からゴジラはアメリカでも人気があり、日本よりもゴジラの玩具は沢山出回っていたという。ただ、どれも正式な許諾を得たものではなく、いわゆるバッタものとして売られていたらしい。現存するならば、マニアの間でかなり高額で取引される希少価値のある玩具になるはずだ。ただ、それらの殆どがメイド・イン・ジャパンだったというのも皮肉な話である。

ブリキ玩具以外では、ソフビやプラモデルの怪獣も集めるようになった。当然、小学生の小遣いでは限界がある。ただし実家が老舗の鰻屋だと、古くからのご贔屓筋《ひいきすじ》が沢山いて、その方面からのお小遣いやお年玉もばかにならないのだ。そういったものを、洋介はしっかり貯め込んで、怪獣フィギュア収集に遣うようにした。

特撮映画の方は、鰻屋の主人である父親も好きだったのか、公開の度に連れて行ってもらったが、店が忙しくどうにもならない時は一人で行くようになり、小学校高学年になると、ほぼひとりで鑑賞するのが普通になっていた。

そんな洋介が初めてゴジラ映画を観たのは小学校に入ったばかりの頃。一九六二年の夏休みに公開された東宝映画『キングコング対ゴジラ』だった。それを皮切りに『モスラ対ゴジラ』『三大怪獣　地球最大の決戦』に『怪獣大戦争』と立て続けにゴジラ映画の洗礼を受けることになる。そして、映画『ゴジラ・エビラ・モスラ　南海の大決闘』が公開された一九六六年、七月に現在でも人気の巨大変身ヒーロー『ウルトラマン』のテレビ放映が始まった。そう！　わざわざ映画館に行かなくても、毎週テレビで怪獣が観られるという、まさに画期的な番組がスタートしたのだ。

ウルトラマンと言えば、怪獣が悪役で、最後はウルトラマンに退治されるというストーリーが基本だが、小五になっていた洋介は、当初から怪獣側にシンパシーを感じていた。当時としては珍しい、アンチウルトラマン派の子供でもあった。

テレビに登場した怪獣のフィギュアは、ウルトラ怪獣シリーズとして発売され、洋介もウルトラマン以外は、ほぼ集めた。特にブリキ製のリモートコントロールで動くジラースは、洋介の大のお気に入りになった。後年、健太が無断で持ち出すことになる、ゴジラの首にエリ巻きを付けた姿の、あの怪獣フィギュアだ。

同年代の子供と同じように、洋介も特撮テレビ番組に夢中になっていたが、どちらかと言うと、大きいスクリーンの映画館で怪獣映画を観る方が好きだった。当然、東宝以外の特撮映画、大映の『大怪獣ガメラ』『大魔神』や松竹の『宇宙大怪獣ギララ』なども観ている。ただ比べてしまうと、特撮映像は老舗の東宝の方が一枚も二枚も上だなと密かに思っていた。

やはり、映画界でゴジラを生み、テレビ界ではウルトラマンを生んだ、特技監督である円谷英二《つぶらやえいじ》の存在は大きい。小学生の洋介にとって、円谷英二は特撮の神さまのように思えてならなかった。

洋介が中学生になったのは一九六八年の春のこと。特に部活にも入らず、学校から帰宅すると、すぐに神田明神に向かい、男坂を駆け上がりながら、今日こそ少彦名命に会えますようにと祈るのが日課になっていた。明神男坂を登り切ると左に曲がり、あえて随神門《ずいしんもん》から境内に入るのも洋介のルールだった。そのことに、さしたる根拠はないのだが、いったん心で決めたら毎回欠かせない習慣になってしまったのだ。

一礼して門をくぐり、本殿を正面からじっと眺める。毎日のように観ても飽きない風景がそこにあり、ここに神さまが住んでいるんだと思うだけで、神聖な気持ちになった。少彦名命に出会うまでは、ただの遊び場だった境内が、少彦名命との邂逅《かいこう》によって、洋介にとって全く違う場所へと変貌したのだ。

本殿に向かってゆっくり歩き、お賽銭《さいせん》を入れ、二拝二拍手一拝をしながら、今日こそ少彦名命に会えますようにと祈る。もちろん、何も起きない。それでもいい……。中学生になった洋介はいつ少彦名命に会ってもいいように、それまで観た特撮怪獣映画のパンフレットを何冊か持ち歩くようにしていた。

神田祭の時、『イズレ元服《げんぷく》ヲ迎エルト吾《わ》ハ見エナクナルダロウ。ソレマデ楽シメ』と言われた言葉が気になる年頃になってきた。元服は戦国時代なら十四歳か十五歳だから、もうすぐだ。その前にもう一度、少彦名命に会って話がしたい……。洋介は、姿は見えなくても、境内にいるだけで、少彦名命の存在を感じることが出来た。

そんなある日のこと。日課であるお参りが終わり、いつものように本殿横の石段に腰掛け、洋介が読み始めたのは日本神話の研究書。中学生にはまだ難しい部分もあるが、洋介にとって興味を引かれる本なのだ。少彦名命、怪獣フィギュア、日本神話、特撮映画。それぞれまったく脈絡のない存在が、洋介の中ではすでに一本の線で繋がっている。どれも自分にとっては楽しいことなのだ。……そう思った瞬間だ、

『其方《そのほう》モ大キクナッタナ』

えっ？　思わず周りを見回す洋介。しかし、声の主は見えない。目を閉じ声に出さずにつぶやいた。

「少彦名命ですか？」

『ソウダ。毎日其方ヲ見テルゾ』

「神さま、僕もそろそろ元服を迎えます。その前にお姿を見たいのですが」

『其方ニハ、モウ吾《わ》ノ姿ヲ見ルコトハ出来ナイ』

「………」

『落胆スルコトハナイ。見エナクトモ其方ハ吾ヲ感ジルコトガ出来ルヨウニナッタ』

「神さまをですか？」

『ソウダ。吾ハイツモ自然ノ中ニイル。生キルコトハ、信ジルコトカラ始マル……コレカラモ好キナコトヲ、続ケナサイ。楽シイト思ウコトヲ、続ケナサイ。ソウスレバ、吾ハ其方ノ側ニイツモイル』

目を閉じているにもかかわらず、どんどん涙が溢れてきた。心が感動のあまり震えている。この気持ちを端的に表現すれば、それは感謝になるのだろうか……洋介にはその言葉しか思い浮かばなかった。

少彦名命との約束を果たすために、父親には申し訳ないが、自分が家業の鰻屋を継ぐことはない……自分にとって好きなこと、楽しいと思える仕事を見つけて、生きて行くことを、その時、洋介は神田明神の境内で誓った。

十三章　特撮神田明神

夢だと分かっていても、冷静に見続けることがある。美咲は今見ている風景が現実ではないと知りつつ、映画を鑑賞するかのように客観的に見ていた。夢の世界に登場している自分は幼い。おそらく小学校に上がる前だ。美咲は父親の洋介と手を繋いで街を歩いている……ここは何処なんだろう？　しばらくして、古い家屋の玄関先に暖簾《のれん》がかかったお店の前で二人は立ち止まった。暖簾には鰻の絵が……鰻屋さん？　あっ！　お祖父ちゃんの家？　ということは神田明神の側《そば》なの？　その辺りは幼い頃に何度か父親と行ったことはあるが、生まれた時には、既にお祖父ちゃんはこの世に亡く、お店もお祖父ちゃんも、美咲はアルバムにあったセピア色の写真でしか知らない。ということは、二十年以上昔の記憶を私は今夢で追体験しているのか？　予知夢の逆パターン？　見上げると空は夕陽が白い雲を赤く染めて、目に染みるほど真っ赤になっている。気がつけば二人は神田明神本殿前に立っていた。おもむろに洋介は賽銭を入れ、二拝二拍手一拝して本殿の中へ入って行く。えっ？　ここ入っていいの？　と思いつつ、美咲もちょこんとお辞儀をしてしずしずと洋介の後に続いた。

本殿に入った途端に音が消えた。まるでノイズキャンセリングのイヤフォンをしたかのように外部の音が遮断され、ほぼ無音状態だ。本殿内は外観から想像するよりも数十倍広く、美咲の目の前にはコンサートホールのように数段高くなったステージがある。しかも、その上には豪華に装飾されたお神輿《みこし》のようなものが鎮座している。お神輿といっても、祭りで人が担ぐような正方形ではない。高さも横幅もかなり大きく、ミュージカルのステージセットのように巨大なお神輿だ。

何ここ？　美咲はその不思議な別世界の様子に、ポカンとしながら辺りを見渡した。その時だ！　本殿がゴゴーという轟音《ごうおん》と共に、グラグラと大きく揺れ出した。地震？　でもこれは夢だ！　怖くない怖くない！　と自分に言い聞かせながら、冷静にその揺れに身を任せる。しかし、揺れは中々収まらない。思わず側にあった柱にしがみつき、フッと後ろを振り向いた。

「あーっ！」

美咲は思わず叫んだ。本殿正面の出入口から見える風景が空中なのだ。飛んでる？　恐る恐る腹這《はらば》いになって、出入口に近寄り下を見た。東京の町並みが眼下に広がっている。朱色に染まった雲が同じ高さに見えてきた。まるで、特撮映画のワンシーンのようだけど、空飛ぶ神社なんて聞いたことない。揺れは相変わらずで収まる気配はないが、美咲は何だか楽しくなり、

「神田明神って空を飛ぶんだね、お父さん！」

と、腹這いのまま振り返ると洋介の姿が見えない。あれ？　お父さんは？　どこ？　急に心細くなった美咲は柱づたいにヨロヨロと立ち上がり、キョロキョロと洋介を必死で探すが、父の姿を見つけることが出来ない。思いあまって大声でお父さん！　と呼んだ時だ。フワッと自分の右手を誰かに摑《つか》まれた。驚いて下を見ると、小さな人型のお人形が宙に浮かびながら、美咲の手を取ってニコニコ笑っている。しかも、その手を右に左に振るたびに美咲の背が伸び、大人の姿になってゆく。小さな人型お人形は、神社の宮司さんのような和装に、古代の埴輪《はにわ》みたいな髪型をしている。

あなたは一体誰なの？　とばかりに美咲が首をかしげると、小さな人型お人形も首をかしげてケラケラ笑い出した。それが合図のように揺れが収まり、笑い声だけが本殿内に響き渡る。小さな人型お人形が人差し指を上に差し出すと、本殿内いっぱいにガーンとドラの音が鳴り響いた。同時に今度は、宙舟《ソラフネ》・神田明神が凄い勢いで上昇し始めた。ちょうど遊園地のアトラクションのように、かなりの速度で垂直にドンドン上がってゆく。それでも美咲の体が倒れないのが不思議だ。すると、宙舟・神田明神のギューンという上昇音に呼応するかのように、今度は目の前の豪華なお神輿が光を発しながら、さまざまな楽器の音を奏《かな》で始めた。トランペットにトロンボーン？　フルートにサクソフォン。クラリネットの音もする。ギターかな？　ピアノにドラム。まるでビッグバンドそのものだ。

しばらくして、お神輿前で宙に浮いた人型お人形が、オーケストラの指揮者のように、小さな両手をゆっくり上に上げてからサッと下ろした。楽器の音が一瞬止む。お人形の合図でもう一度、一つずつ楽器の音が鳴り出した。それまでバラバラだった楽器の音が少しずつ合わさって、スウィング・ジャズのように一つの曲になっていった。その軽快なメロディに合わせるかのように、人型お人形は楽しそうに踊り出す。グレン・ミラーの『イン・ザ・ムード』のようだが、どことなく懐かしさが込み上げてスキップしたくなるような曲だ。聞いているだけでウキウキして心地よい。幸せな気分って、きっとこういう感じなんだろうな……。美咲は踊る小さな人型人形を見ながらそう思った。

でも、この夢は一体何なの？　神社でジャズ？　そうだ！　お父さんは神道学者だから、こういうことには詳しいかもしれない……夢から覚めたら後で聞いてみよう。それにしても、お父さんは何処？　和装の踊る小さな人型お人形って誰？

その時だ！　美咲の頭に閃《ひらめ》いたワード。これは私の夢の世界だから、もしかして、私の好きな戦国時代の武将のなりすまし？　声には出さず心でつぶやく……音楽が止まった。その小さな人型お人形が美咲を見て怪訝《けげん》な顔をした。再び人差し指を上に掲げ、今度はそれを下に向けた。と同時に本殿もグルッと天地がひっくり返り、美咲は天井に足がくっついたままの逆さづりの状態になった。しばらくすると、ゆっくりと本殿が下に落ち始め、次第に落下速度を上げてゆく。エレベーターの降下が大の苦手の美咲はキャーっ！　と絶叫し、思わずその場にしゃがみ込む。えっ？　えっ？　えっ？　落ちる？　ギューンと落下音がドンドン大きくなる。えっ？　えっ？　武将のなりすましなんて思ったから怒ったの？

このままだと地面にぶつかる？　もう一度美咲はわーっ！　ごめんなさい～と叫びながら両手で耳を押さえる。衝撃がドスンと軽く体を貫いた。

「着きましたよ」

「えっ？　あっ！」

「よくお休みになっていたので」

「………」

夢から覚めた美咲が、この状況を把握するまで数秒かかった。今日は待ちに待った颯太郎とドライブデートの日だったのだ。今週はこの日のために、いつも以上に気合いを入れて仕事をこなし、昨日は昨日で久々にエステへ行き、まるで合戦前の武将のような決意で身を清めたつもりだったのに……よりによってデート本番当日、颯太郎が運転している車で爆睡するなんて、あり得ない失態ではないか！　戦国武将なら切腹ものだ。

この日のために用意周到、準備万端整えて臨んだことが裏目に出たようだ。思った以上に美咲の体は疲れていたらしい。昨夜も興奮のあまり眠れないまま朝を迎えてしまい、颯太郎の車に乗った瞬間から睡魔に襲われ始めていたのだ。おそらく、首都高から東名高速に乗った辺りで、完全に爆睡状態だったのだろう。

二人が目指した場所は静岡県三島市にある山中城跡。小田原北条《ほうじょう》家が西の防衛として築城した山城だ。美咲はまだ行ったことがなく、三日前の電話で颯太郎から提案され、飛びつくように了承した。私の行きたい場所がわかるなんて、以心伝心！　気分は高まり、嬉々として当日を迎えたはずだったのに……。先日のディナーの時の失態といい、今日といい、予期せぬ負の出来事ばかり起こるのは、何か悪い暗示なのか？　もしかして、颯太郎との相性は悪いのか？

「ごめんなさい……私ったら爆睡しちゃって」

「いやいや、お疲れなのかな？　と思ってそのまま起こさず来ちゃいましたけど、ご気分はどうですか？」

眠ってしまったことを揶揄《やゆ》せず、逆にこちらの体を気遣ってくれる颯太郎……なんて優しいんだ！　やっぱり相性はいい！　悪いはずがない！　負の思考の連鎖に取り込まれる寸前で、美咲はそれを一刀両断で断ち切った。

「何か楽しい夢でも見てましたか？」

「えっ？　変なこと口走ってました？」

「いえいえ、楽しそうに笑ってましたよ」

笑う？　そんな楽しい夢ではない。話せば笑われるような夢だ。まさか神田明神が空を飛んで、本殿内には大きなお神輿があって、そこからスウィング・ジャズが流れ、小さな人型お人形が踊り出したなんて、とてもじゃないが上手く説明出来ない。しかし、何であんな夢を見たんだろう……。

もしかして、同僚との何気ない会話で、恋でも仕事でも、ここぞという勝負時には、銀行の氏神でもある神田明神の「勝守《かちまもり》」が効果覿面《てきめん》と聞いたからか。翌日のランチ休憩時に、美咲はわざわざお守りを買いに走ったのだ。それにしても、空飛ぶ神田明神に小さな人型ダンシング人形……こんな特撮チックな夢に、恋愛成就《じょうじゅ》に関わる特別な意味があるとは思えない。変な夢を見るために熟睡してたのかと思うと、情けないったらありゃしない……。

「ここに着くまで殆ど寝てたなんて、ホント恥ずかしい」

「ハハハ大丈夫ですよ、美咲さんの寝顔が拝見出来て、むしろ僕はラッキーですから、ホントに気にしないで下さい。じゃあ、そろそろ山中城探訪に行きましょうか？」

意気消沈のまま美咲は車を降りたが、あまりの陽射しのまぶしさに思わず目を細めた。風が気持ちいい。夢とは違う真っ青な空が広がっている。美咲はふと車のフロントに付いているエンブレムを見て、ポルシェ？　と思った。しかし、美咲自身が知っているカエルのような形と違う。いずれにしても高級車だろう。後で颯太郎の口からポルシェのカイエンSUVと知ることになる……。

内装ひとつ見ても、こんな高級そうな車に乗れるなんて、颯太郎ってそれなりの地位なのだろうか？　昨今、IT関係はピンキリだと言われるが、颯太郎は勝ち組の部類なのか？　物腰も柔らかくてグイグイこない性格だし、イケメンで経済的にも余裕があるってことは、周りの女性がほっとかないはずだ。ふと不安になる。そう言えば、この人は今までどんな女性《ヒト》とつき合って来たんだろう……並んで歩く颯太郎をそっと見る……自分好みの涼しげな横顔が飛び込んで来た。とっさに立ち止まる美咲。あれっ？　と振り向いて美咲に微笑みかける颯太郎。全身をハートマークに包まれる美咲。えい！　どうにでもなれ！　恋に駆け引きは無用！　今日は今日で成り行きに身を任せるしかない！　高まる心拍数に呼応するかのように、恋の陣太鼓がドンドンと鳴り響き始めた。

十四章　一国一城の野望

　ここ山中城は、戦国時代末期に小田原北条家が築城した、中世を代表する山城だ。山城とは山間部の標高など、自然の要害を上手く利用した城のことで、天守閣があるような一般的な城とは大分趣《おもむ》きが違う。自然の要害を利用したという点では、美咲の推しメン武将でもある朝倉義景《あさくらよしかげ》の本拠地だった越前一乗谷《いちじょうだに》に近いものがあるが、あくまでもここは防衛目的の山城で、一乗谷は朝倉家の館がある城下町だ。山中城は旧東海道を取り込んだ形で作られ、関所の役割も果たしながら、小田原城への西からの侵入を防ぐための最重要拠点でもあった。ところが天正十八（一五九〇）年、豊臣秀吉による小田原征伐により、半日であっけなく落城してしまう。秀吉嫌いの美咲としては、最後まで抵抗した北条家の山城を一度はこの目で見たいと思っていたのだが、なかなかタイミングが合わず、颯太郎とのドライブで来た今日が初めてになる。

　初のドライブが山歩きということで、美咲は淡いブルーのスキニーデニムにボーダーのニット。アウターはパステルカラーのコートで、靴はトレッキングシューズかスニーカーとも思ったが、何だかカジュアル過ぎるような感じがして却下。そこで、ミドルヒールのパンプスにしたのだが、やはり城内は整備されているとはいえ山道なので、パンプスだとどうも歩きにくい。颯太郎はネイビーのストレッチパンツに、靴は歩きやすそうなローファーだ。上は特徴あるスカルマークのポロシャツの上に、暖かそうなダウンコートを着込んでいる。多分フランスのルシアン・ペラフィネだろう。どうやら颯太郎は、洋服も車も高級ブランド志向らしい。美咲も体裁など気にせず歩きやすい靴にすればよかったと、今さらながら悔やんだが、ちょっとした石段に足を取られよろめきかけた時、颯太郎が腕をガッと摑んでくれ、後はそのまま腕を組んで歩くことになった。やっぱりこの靴で良かったかも。美咲は内心ペロっと舌を出して、ほくそ笑んだ。

二人は駐車場から、三ノ丸堀の城道を通って、西ノ丸まで足を延ばす。この隣の西櫓《にしやぐら》が城の最西端で、周囲には「障子堀《しょうじぼり》」という堀が張りめぐらせてあり、西ノ丸の西側の堀があまりに壮観で、思わず美咲は、

「わーっ、これが噂の障子堀なんですね」

と、嬉《うれ》しさと驚きが交差した感情を口にした。

「写真で見るよりワッフル感いっぱいで面白い！　降りてみたいけど、ロープが張ってあるし、立ち入り禁止なんだ……」

突然、美咲のレキジョ魂が炸裂《さくれつ》した。颯太郎の存在を忘れて、おもむろにバッグからスマホを取り出し、色々な角度から障子堀を撮影する。スマホの画面で障子堀を見ていると、遠くから戦いの鬨《とき》の声が聞こえてくるようだ。確か豊臣軍二十万のうち六万七千の軍勢がここを攻め、半日で落としたという。迎え撃つ北条軍は四千足らずなので、力攻めされたらひとたまりもない。でも何で、北条家はあんな無謀な戦いをしたのだろうか？　どう考えても無茶だ。家の存続を考えたら、嫌々でも氏政《うじまさ》、氏直《うじなお》と親子で上洛して秀吉の臣下になる方が賢明だったと思うのだが……それが武士の一分ってヤツなのだろうか？　それとも、成り上がり関白にだけは頭を下げたくなかったというプライド？

秀吉にすれば、四国、九州に続いて天下統一の総仕上げである関東の小田原征伐。ここで天下

無双の力を存分に見せつけようとしたのは当然だ。結果的に、激しい戦闘はここ山中城の攻防ぐらいで、北条家の本拠地小田原城への直接的な一斉攻撃は行われず、じっくり腰を据えて相手の疲弊を待つ、いわゆる秀吉得意の兵糧攻めに転じたのだった。

そうなると、豊臣側も大軍で城を包囲するだけで、あえて戦いを仕掛けない。当然、布陣も長丁場となるが、兵糧はたっぷりあるから、秀吉側に焦りなどは微塵もない。秀吉は、落城には時間がかかると見越してか、布陣中に大坂から側室の茶々《ちゃちゃ》を呼び寄せ、配下の武将達にも妻子を呼び寄せさせた。将兵には遊女を呼んで遊郭を作り、毎晩のようにドンチャン騒ぎに明け暮れたという。次第に守る小田原城側の戦意は喪失し、城内には厭戦《えんせん》気分が漂い始める。こうなると裏切り者が出るのが世の常《つね》だ。武士とはいえ自分の命は惜しいもの。負けと決まった戦いに義理立てすることはないということだ。案の定、時間の経過と共に内通者が続出、城からの脱出者も出始めた。

極め付けは秀吉軍が飲めや歌えの宴会三昧の間、笠懸《かさがけ》山の山頂に築城した石垣山城だ。ここは小田原城から西に三キロの所に位置し、築城中は山林がその姿を遮《さえぎ》っていたが、完成と同時に樹木を切り倒し、秀吉はさもいきなり城が出現したかのような演出をしてみせた。これを見た実質的な小田原城主、北条氏政は腰が抜けるほど驚き、豊臣秀吉の奇想天外な行動力と、その経済力に愕然《がくぜん》としたという。

ほどなく小田原城は無傷で開城。北条氏政は城中の助命嘆願と引き換えに切腹。嫡男《ちゃくなん》の五代目北条氏直は高野山に追放となり、ここに五代百年続いた関東の雄、名門北条家は滅亡する。天下一と謳《うた》われた防衛力を誇る小田原城は、豊臣秀吉の破天荒な戦法と強大な経済力に押しつぶされた格好になったが、こういう部分が最も美咲が秀吉を忌み嫌う理由でもある。金に物を言わせて、力尽くでねじ伏せるやり方がどうも我慢ならないのだ。それに神聖な戦場《いくさば》に側室や遊郭などもってのほかだ。戦国武将なら武将らしく、刀と刀の鍔《つば》迫《ぜ》り合いで決着をつけて欲しいものだ。しかしながら、名門の座に胡座《あぐら》をかいた北条側の油断も否めない。どことなく、織田信長に滅ぼされた越前のかつての名門一乗谷の覇者、朝倉家と被《かぶ》る気がするのは自分だけだろうか……そう言えば朝倉義景も五代目当主だった。

写真撮影が一段落して、ハッと我に返り、少し離れた後ろにいる颯太郎を見ると、スマホで、メールのチェックでもしているのか、今まで見せたことのない険しい表情で画面を凝視している。あれっ？　私だけ盛り上がってる？　颯太郎も戦国マニアを自任していたから、秀吉の天下統一の総仕上げでもあった小田原征伐の要《かなめ》である山中城が興味の対象外とは思えないのだが。ふーっと小さく息をつきながら前を向き、再び障子堀に目をやると……。芝生に覆われた堀の底で何かが動いた。おやっ？　何かいる？　思わずスマホのカメラを向けて拡大すると、兜《かぶと》をかぶった小さな人型お人形が、美咲に向かって手を振っている。えーっ！　夢で見た人型お人形？　その瞬間だ。一陣の強風が舞い、美咲の手から、ヒュッとスマホを吹き飛ばした。まるでスローモーションのようにゆっくり弧を描くとスマホは堀の底に落ちていく。あーっ！　これはまずい！　とにかく早く下に降りてスマホを取りに行かないと。美咲は颯太郎の存在をまた忘れ、慌ててバッグを下に置き、立ち入り禁止のロープをくぐって、恐る恐る斜面に足を踏み出した。しかし靴のせいか足を芝生に取られ、そのまま障子堀の下にズルズルと滑り落ちてしまった。いけない！　ここは降りちゃいけないんだ。焦る思いでスマホをつかみ、斜面をいち早く登ろうとするが、パンプスだと滑ってしまって、どうやっても登り切れない。上から見るより、かなり深くて急なんだなと下に落ちて初めて分かった。このままじゃ上がれない、ホントどうしよう……と美咲がフッと息をついたとき、

「美咲さん！　どうしたんですか？　大丈夫ですか？」

堀の上から颯太郎が、心配そうに顔を出して呼びかけて来た。そうだ！　上には颯太郎がいたんだ！

「ごめんなさい、スマホ落としちゃって、取りに降りたんだけど、ここ意外に勾配《こうばい》が急で登れないんですよ。あれっ、やっぱりうまく登れない！」

思い余って、パンプスを脱いで登ろうとしても、余計にバランスを崩してしまう。

「じゃあ、登れるところまで来て下さい、僕が手を伸ばして引き上げますから」

「あっ、はい！」

颯太郎も何とか斜面の途中まで降り手を伸ばそうとするが、今度は颯太郎が芝生に足を取られてしまい、そのまま滑るように堀の下に落ちてしまった。

「あーっ！　ゴメン！　僕も落っこっちゃいました」

二人は顔を見合わせて笑い合った。互いの声が堀の中で響くばかりで、西ノ丸辺りは誰もいないようだ。笑いながら美咲は手に持ったパンプスを放り投げ、その場で大の字になった。眼前いっぱいに青い空が広がっている。それにつられるかのように颯太郎も横で大の字になった。サヤサヤと風の音がするだけでほぼ無音だ。手が自然に触れ合い……そのまま手を繋ぎ合った。二人はしばらく無言で空を見つめていたが、おもむろに颯太郎が半身を起こし、美咲は上から見つめ

られた。それから、颯太郎はゆっくり顔を近づけてきた。えっ？　えっ？　ここでキス？　ちょっと待って！　思わず美咲が目を閉じたその時、

「大丈夫ですかぁ？」

ハッと上を見ると、公園の管理の人だろうか？　心配そうに二人を覗き込んでいる。

「何やら落下されたようでしたが、怪我はありませんか？　中々堀から上がって来ないので……あの、そこ立ち入り禁止なんですけどね」

「あっ！　すいません。スマホを堀に落としちゃって、今すぐ上がりますから」

障子堀の下で大の字に寝転がっている姿を見られ、バツが悪いのか颯太郎が大声で答えると、関係者らしき人は困惑気味の視線を二人に投げかけて立ち去った。二人は再度顔を見合わせ肩をすくめた。颯太郎のエスコートで、何とか美咲も堀から上がり、洋服に付いた芝などを払いながら、

「やっぱりこの靴は失敗でした」

「確かに、堀の斜面は急な上にすべりますからね。トレッキングシューズの方が良かったのかな？」

「そうですね」

と美咲は答えたが、障子堀での颯太郎とのニアミスはこの靴のおかげ、やっぱりこれで良かったんだと秘かに納得した。それにしても、さっき障子堀の下で兜をかぶって手を振ってた、夢に出てきた小さな人型お人形は？　まさか今も夢？　思わず頬をつねる。痛い！　これは現実だ。

二人は、障子堀のある西ノ丸から、北条丸と呼ばれる二ノ丸、本丸へと移動した。美咲は戦国時代を駆け抜けた武将の生きざまや、その戦いぶりにロマンを感じるレキジョであるが、自分と同じ歴史好きであるはずの颯太郎のノリがさっきから今ひとつなのが気になって仕方がない。

「ここって、小田原征伐の時は、まだ未完だったんですって」

「そうなんですか？」

「山城っていうから、もっと荒れた感じかと思っていたら、とても見やすくて、綺麗に整備されてますよね」

「そうですね」

何だか暖簾に腕押しな感じで、反応が今ひとつだ。

「そうそう、さっきの障子堀も、今は保護のために芝生で覆われているけど、昔はむき出しの土の堀だったようですよ。関東ローム層の赤土って火山灰などが堆積《たいせき》したものだし、粘土状の上に硬くて滑りやすいから、落ちたが最後、将兵が上に上がるのはかなり大変だったでしょうね。もたもたしているうちに、上から北条軍の一斉射撃で狙い撃ちですからね」

「さすが詳しいですね」

えっ？　これくらい戦国通なら常識なはずだが……颯太郎が続けて、

「こういう山城って、天守もなく殺風景ですが、奥が深いというか、中々面白い存在ですよね」

通りいっぺんの感想を返してきた。

ここで再び美咲のレキジョ魂が炸裂し、颯太郎の意見を無視して喋り始める。

「関東のお城って、この赤土を使った土塁がメインでしょ？　ご多分にもれず北条家のお城も当時は石垣ではなく土塁の上に建ってたんですよね。でもまぁ、土塁といってもかなり高く作るから、攻める方は石垣よりすべって絶対登りにくい。あの武田信玄や、上杉謙信でも落とせなかった難攻不落の小田原城。北条氏政、氏直親子も油断したんでしょうね。成り上がり関白のへなちょこ槍《やり》ぐらい簡単に防いでやるわ！　ぐらいの勢いだったのかも」

「……………」

「結局は数の論理というか、多勢に無勢でしたね。どう考えても豊臣軍二十万に北条軍四千弱では敵《かな》うはずがありません」

一気に喋りまくる美咲。知らず知らずのうちに颯太郎を置いてけぼりにしていることに気づかない。

「ところで、颯太郎さんはお城なら何処推しですか？」

「お城？　そうだなぁ……特に推しってお城はないんですが、あえて挙げるなら熊本城かな」

「いいですね～、黒くてどっしりしていて、天守の見栄えもいいし、大男だったという清正《きよまさ》らしくっていい感じですよね？」

「清正？」

「そうそう、加藤《かとう》清正……」

「あっ、そうでしたっけ？」

えっ？　うそ！　本当に知らない？　まさかね。戦国マニアにとって天守など現在の形の熊本城を築城したのは加藤清正ってことは常識なはず……。でも待て！　これだけで戦国通ではないと決めつけるのは尚早《しょうそう》だ。たまたま加藤清正のことは知らなかっただけなんだ！　よぎる疑念を

振り払うように自分に言い聞かせた美咲は、

「そうだ！　反対側にある、岱崎出丸《だいざきでまる》まで行ってみましょうよ」

「えっ？　ああ、はい……」

「岱崎出丸って、戦いの火蓋を切った場所ですからね」

山中城に初めて来て、美咲のテンションはかなり上がっているのに、チラッと見た颯太郎の目に力はなく、どうも美咲と真逆に見える。

「颯太郎さん、大丈夫？　あんまり興味がなさそうですが」

「いえいえ、興味がないわけじゃありませんよ。僕が誘ったわけですし」

そう言いながら、またも目を伏せる颯太郎。憂《うれ》いを帯びた横顔も素敵だ……。

「でも、何だかつまんなそう……」

「こうやって美咲さんと歩いているだけで楽しいですよ……大丈夫です」

「ホントですか？　さっきから心ここにあらずって感じがしますが……」

「すみません、ちょっと、仕事のことでトラブっていて……。あっ、こんなときにこんな話は野暮でしたね」

さっきの険しい顔は仕事のトラブルが原因か？

「そんなことないですよ。そんな大変な時にデートなんて、こちらこそ何だか申し訳ないわ」

「いやいや僕だって、ホント今日は楽しみにしていたんですよ。こういう場所にくると、いつも思うんですよね。男と生まれたからには、一度は一国一城の主《あるじ》になりたいって」

「一国一城の？」

「僕にとっては会社が城ですから、主になるためには独立して、自分で起業しないとダメですけどね。あとは先立つモノですが……」

先立つモノとは資金のことだろうが、それにしてもデート中に独立話？　唐突すぎないか？　思わず颯太郎の目を見ると、物憂げな瞳がさらに美咲の心を捉える。でも、この鄙《ひな》びた山城を見ながら一国一城の夢を語るのは少し無理がある気もするが……。

とにかく、颯太郎が真の戦国マニアなら、岱崎出丸に行けばきっとテンションは上がるはず。今日は天気もいいし、景色も絶対いいだろう。うまくすれば富士山だって拝めるかもしれない。ミドルヒールということも忘れて、颯太郎の腕を取り、軽い足取りで岱崎出丸へと急ぐ美咲だった。

十五章　護国神道・平安伝承

一九七四年、桜もほころびはじめた四月の初旬、國文学院の神道文化学科に進んだ洋介は、同好会である神道伝承研究会に入会した。正門前でもらった勧誘のチラシに描いてあったモスラのイラストについ見とれ、説明を聞いているうちに、慎重な洋介にしては珍しく、その場で加入の返事をしてしまったのだ。まぁ、一度会に出てみて、自分に合わなかったら即刻退会すればいいんだし、仮入会のようなものだと自分に言い聞かせた。洋介は中高と、いわゆる部活動の類《たぐ》いは一切したことがない。晴れて大学に進学し、心機一転という気持ちが多少なりとも働いたのかもしれない。といっても、きっかけはモスラだが……。

数日後、午後の講義を終えた洋介は、迷いながらも神道伝承研究会の定例会に出るため、部室があるという敷地内の学生会館へ向かった。殆どの同好会の部室は二階にあるのに、神道伝承研究会は地下一階にあるという。チラシには【地下一階のどこか】と書いてあるだけで、具体的な場所は不明だ。

会館の正面玄関を入って真っ直ぐ行くと、突き当たって左に地下へと続く階段があった。コの字型の階段を降りると、目の前にまた真っ直ぐな廊下が現れた。地下一階のわりには、随分下に降りた気がしたが……。廊下の蛍光灯が今にも切れそうに点滅している。なんかオカルト映画チックだなと思いながら、部室を探すが、それらしき同好会の表札はどこにもない。用具室と書かれたドアはあるのだが……あとは、使われていないか、物置のような部屋しかなさそうだ。何だか不気味な感じだし、こんな場所に同好会の部室があるのはおかしい。騙《だま》されたのか?……あきらめて踵《きびす》を返そうとしたとき、ポンポンと肩を叩かれた。

「君、新入生?」

びっくりして振り返ると、満面の笑みを浮かべた女性が立っていた。

「ようこそ! シンデン会へ」

「シンデン会?」

「そうよ、神道伝承研究会って長ったらしいでしょ? だから略してシンデン会なの。部室はここよ」

彼女は洋介の左横にある、用具室とプレートが貼ってあるドアに鍵を差して解錠、ホラッ! とばかりにドアノブをゆっくり引いた。

「驚いた？　この会館てさ、来年建て替えるみたいなんだ。だからか、地下は野放し状態で誰も来ないのよ。それにシンデン会、大学には申請してないもぐりの会だしね」

もぐり？　って何か怪しい会？

「そんな、ビックリしないで大丈夫。別に悪いことをしようって会じゃないから。さぁ、入って」

彼女は入口横の蛍光灯のスイッチを入れる。パッと室内が明るくなり、うながされるまま洋介は部室に入った。中は意外に広く、部屋の真ん中には長方形のテーブルがドンとあり、椅子がドア側に三つと、向こう側に三つある。いわゆる対面形式の会議テーブルという趣きだ。そのテーブルの左隅には、大きなラジカセが置いてある。それよりも洋介が、あっ！　と驚きのあまり声を漏らしそうになったのが、テーブルの右縁にデンと鎮座する神棚だった。しかも、神棚の後ろの壁には、天照大神《あまてらすおおみかみ》と書かれた掛け軸が掛けられている。

「高い所に置けないのが忍びないんだけどね。こんなとこに神棚があってびっくりした？」

神道文化学科に入学したぐらいだから、特別驚きはしないが……ただ、一体この同好会は何を研究する会なのだろうか？　政治的な意味合いがある同好会ならば、今すぐ出て行かないと……

当時、学生運動のピークは過ぎたものの、余韻はそれぞれの大学にまだ残っていて、一部の学生サークルが過激な政治活動の隠れ蓑《みの》になっていることはよく知られていた。とはいっても、もしここがそういう場だとしたら、マルキシズムとは正反対のイデオロギーを掲げるサークルということになるが……洋介が不安げに部室を見回していると、

「そんなにビクビクしないで。政治的な活動は一切しない会だから大丈夫よ、安心して。そこでしょ？　君が気になるのは？　顔にそう書いてあるわよ」

図星だ。洋介の不安を言い当てた彼女は、膝上の赤いミニスカートに編み上げのロングブーツ。上は白いシャツに金ボタンがついた紺のブレザーという、流行のニュートラ・ファッションできめている。髪はゆるくウエーブがかかったロング。長身でスタイルがいい、この人は一体？

「私、国文学科四年の上条茜《かみじょうあかね》。よろしく！」

「あ、はい。僕は神道文化学科一年の田川洋介です」

「あなた、シンブン科なんだ」

「シンブン？」

「あっ、ごめんごめん。神道文化学科も長いから、ここでは略してそう呼んでるのよ。シンブン科なら、この会は絶対面白いと思うわ」

と、笑いながら話すが、部室には二人しかいないので、どうも居心地が悪い。

「あの、この同好会って、上条先輩お一人なんですか？」

「ハハ、そんなわけないでしょ。でも人数は極少だから、君の加入はみんな大喜びよ！」

「……」

洋介は完全に出てゆくタイミングを逃した。

「もうすぐ、みんな来ると思うから、ちょっと待ってて」

上条茜がそう言った直後に、遠くから男女二人の話し声が聞こえ、そのまま二人は話しながら部室に入ってきた。そのうちの一人、背が低く小太りで、口髭だけでなく顎鬚《あごひげ》まで生やした、黒デニムにサングラスの男が、早口な上によく通る大きな声で、

「おーっ！　君は新人くんか？　ごっつええな！　久しぶりの新加入ってことやな？　そらもう、

ごっつう大歓迎や！　こりゃ、春からごっつう縁起がええぞハハハ！　俺はシンブン科四年の丸《まる》亀修二郎《がめしゅうじろう》や。仲良うやろな！」

　と、いきなり洋介の背中をバンと叩くと、両手で握手してきた。わっ、こういう人苦手だな、そういう空気を察知したのか上条茜が、

「丸さんの、ごっつうや、ごっつええは口癖だから、そのうち気にならなくなるわよ。やたら声が大きいのが玉に瑕《きず》だけどね。で、聞いての通りコテコテの関西系よ」

「あ、はい、よろしくお願いします」

　と、弱々しく返事をしたあと、もう一人の女性を見ると、今度は正反対にゆっくりした口調で、

「丸さんはね、私達と同じ四年なんだけど、二年ダブってるから歳は二つ上よ。私は茜と同じ国文四年の西園寺《さいおんじ》翔子《しょうこ》。あっ！　君ってこの前、校門の前で、チラシ貰ってくれた人ね。ホントに来てくれたんだ！　そういう律儀な人は好きよ！　ヨロシクね」

　と、いきなり洋介の肩を両手で摑んでウインクした。彼女はブーツカットのデニムに上はタイダイ染めのTシャツで、アウターはデニムジャケット。ストレートなロングヘアに細い革の紐をおでこに巻いている。ヒッピースタイルは、チラシを貰ったあの時とほぼ同じだ。翔子が配ったチラシを受け取って、ここに来たのは、どうやら自分だけらしい……。

「じゃあ、ぼちぼち定例会を始めよか！」

　丸亀修二郎こと丸さんの号令で、それぞれテーブル前の椅子に座った。入口側の椅子の右縁に丸さん。向こう側の椅子に女子二人。一つ空けて洋介は丸さんの隣に腰を下ろした。丸さんは全員を見渡すと、

「さぁ、今日は新人の、あっ？　そういうたら、名前聞いてなかったなぁ。早速やけど自己紹介してな」

「あ、はい。神道文化学科一年の田川洋介です」

「おっ！　俺と同じシンブン科か、ごっつええな。もしかして実家は神社系？」

「いえ、違います」

「さよかぁ、こんな会に入るくらいやから、てっきりそっち系かと思たけど……」

「ちょっと丸さん！　こんな会って言わないでよ。一応、シンデンは同好会としてはかなり長く続いてる伝統ある会なんだからさ」

西園寺翔子の発言に洋介は驚いた。何？　もぐりの同好会なのに昔から続いてる？　しかも、メンバーはどうやらこれだけらしい……。

「すまん、すまん、ごっつええ由緒正しい会に訂正するわ。リーダーは厳しいなぁ」

えっ？　会のリーダーって丸さんじゃないんだ。翔子が続けて、

「君にこの会の趣旨を説明する前にもう一度メンバーを紹介します。彼が議長の丸さん。で、私がリーダーの翔子で、彼女は書記の茜。でね、君には茜と一緒に書記をやってもらうことにする。私たちは四年で、丸さんも来年は卒業出来そうだから、いろいろ引き継がないとね」

引き継ぎ？　書記？　茜さんの前にはノートも何もないじゃん。

「そうそう、言い忘れたけど、この会の存在は学校には内緒だから、紙の議事録はあえて残さないの。だから、いろんな決め事はすべて頭の中で暗記してもらうから。今までの細かいことは茜に口伝《くでん》してもらって」

暗記？　口伝？　何だか怪しすぎないか？

「大丈夫よ！　大したことは議題には上がらないから、記憶力の修練と思って頑張りましょう！」

上条茜はニッコリと、洋介に微笑む。その笑顔に魂を抜き取られたように、洋介はか細い声でハイと返事をするのが精一杯だった。

「えーでは、新加入の……あっと、名前何だっけ？」

「田川洋介です」

「はい、では田川君のために、議長の丸さんからこの会の趣旨を説明します」

議長である丸さんの趣旨説明は口癖の「ごっつぇえ」も出ず、端的で分かり易かった。ずっと議長のままでいてくれたらいいのに……。

神道伝承研究会、略してシンデン会は神道を極めるというより、日本に伝わる民話、伝承などに出て来る神々を、自分たち流に解釈してまとめ上げることを旨とする、ちょっとユニークな会であった。しかも、それを紙に残さない。それぞれの記憶だけに焼き付けるという。忘れたり、分からない部分は書記が補足するというから、書記はかなり重要なポストになるが、記憶力に自信がある洋介には、うってつけかもしれない。

このシンデン会、日本の神話や伝承や歴史的な事件など、過去のあらゆる事象を神さまに結びつけて体系化するという。学術的にはまったく根拠がなさそうだが、子供の頃から特撮怪獣や日本神道の歴史などに触れてきた洋介にとっては興味深い研究になりそうだ。

例として丸さんが話してくれたのが、一二七四年の文永の役。いわゆる元寇《げんこう》と呼ばれる蒙古《もうこ》襲来のとき、日本を勝利に導いた神風は、どの神さまの仕業だったのか？　二回目の元寇のときは同じ神さまだったのか？　こういった問題提起は、洋介の特撮魂を揺さぶるには十分な内容だった。

確かに歴史の様々な事象を、日本の神さまに置き換えて検証したら、意外に面白いかもしれない。神道はこの国を太古の昔からテクノロジーの現代へと導いてきた、アニミズム的祖霊信仰の民族宗教である。

洋介にとって興味を惹かれるのは菅原道真《すがわらのみちざね》の天神さま然《しか》り、恐れられる怨霊《おんりょう》だったものが一転、神さまとなって神社などに祀《まつ》られ崇《あが》められることだ。人間に害を及ぼすという怨霊は、祀って神さまにさえすれば大丈夫という発想なのだろうか……。これはつまり、悪者が英雄に、ウルトラ怪獣がウルトラヒーローになるということではないか。

当初は退会も時間の問題と内心思っていたが、丸さんの話を聞いているうちに、洋介の目の輝きが変わってきた。たださっきから、テーブルの上に鎮座する神棚が気になって仕方がない。その様子を見てか上条茜が、

「神棚でしょ？　田川君、最初から気になっていたもんね。あれはね丸さんの……そうそう、丸さんの実家って神社なのよ。一応そこの神さまをお祀りしているの」

そっかぁ……丸さんの実家は神社なんだ。上条茜の言葉に洋介が頷くと、それを引き継いで丸さんが、

「まぁ、先祖代々実家がやっとるからな。自分は継がへんけど、シンブン科にいて、こないな同好会の議長もやっとる以上、神棚に神さまだけでもお祀りせんと、夢見が悪うてな……なんて、冗談や！　ハハハ！　まっ、神棚でもあった方がそれらしいやろ？　それだけのことで、深い意

味なんてあらへん」

「で、神さまはどなたをお祀りしてるんですか？」

「洋介は知っとるかな？」

おっ、いきなり呼びすてになった。

「七福神のえびす様や。関西ではえべっさんとも言って、商売繁盛の神さまなんやが、うちとこは、えびす様のもう一つの呼び名である少彦名命を祀っているんや」

「えっー？　す、少彦名命ですか？」

「なんや、メンタマ丸うして、そない驚かんでもええんとちゃうか」

驚くも何も、僕はその少彦名命とは長年の知り合いだ。いや！　神さまに〝知り合い〟はまずい……長年の友人……それも違うな。とにかく子供の頃から交流のある神さまなんだ！

もしかして、この同好会に導いてくれたのは少彦名命なのか？　洋介はドキドキしつつ、上がる心拍数を抑えるように深呼吸をし、再び神棚を凝視した。

十六章　裏切りへの前奏曲

岱崎出丸まで行っても颯太郎の気分が上がったようには見えなかった。やはり山城は颯太郎の好みではないのか？　もしかしたら、そもそも戦国マニアですらない？　私に合わせているだけ？　そんな疑惑が頭の中に再度浮上している。帰りの車の中で美咲はイライラしながら、少しだけブルーな気分で外の風景をぼんやり見ていた。カーラジオから首都高の交通情報が流れてい

る。東名の上りはわりとスムーズのようだ。交通情報が終わり、キャスターが今日の主なニュースを読み始めたとき、

「美咲さん、お腹空《す》きましたよね?」

「ええ、まぁ、そこそこ……」

実は朝から何も食べていない美咲は、ペコペコの極限状態だった。気分としては大食い選手権にでも参戦したいほど、さっきから悲鳴のようにお腹が鳴り続けている。そう! 美咲の胃は空っぽエンプティー状態。車でたとえればガス欠寸前……イライラの原因はそれか?

「海老名《えびな》で、何か軽く食べましょうか?」

表向き笑顔で同意する。しかし内心は、海老名? サービスエリアで食事? せっかくのデートなのに、もう少しロマンティックに演出できないものか? 颯太郎らしくない……でも、そこが颯太郎の自然体なところ……。色々な疑問が渦巻きながらも、最終的に颯太郎のこととなるとポジティブ思考の美咲だ。

週末のサービスエリアはどこも人でごった返している。未だ半分以上の人がマスクをしている。美咲と颯太郎も自然とマスクを付けた。歩きながら颯太郎が、

「実は今夜、渋谷の南平台《なんぺいだい》にあるレストランを予約してるんですが、夜は大丈夫ですか?」

おっ! ここで食べるんじゃないのね!

「もちろん大丈夫ですよ!」

喜色満面《きしょくまんめん》で答える。

「まだ時間がありますから、つなぎで何かお腹に入れた方がいいかなと思って」

えっ？　まさか私のキューって空きっ腹の音聞こえた？

「ここに、僕の好きな菓子パンがあるんですよ」

菓子パンって何とも懐かしい響きだ。最近は殆ど食べていない。

「ちょっとお腹に入れて、夜まで持たせませんか？」

「じゃあ私、ちょっとお化粧直しに行ってきますね」

「了解です。パンは僕が買って来ますので車で落ち合いましょう！　えっと、飲み物はスターバックスのアーモンドミルク・ラテですよね？」

あれっ？　どうして私の好きな飲み物を知ってるの？　そんな話したっけ？　この間のディナーの時？　あのときの記憶は確かに曖昧だ。しかし、山中城とは違い、颯太郎は何だか生き生きしている様子だ。

「キー預けておきますね。店の混み具合によりますけど、多分僕の方が遅いと思いますので」

何事もそつがない。紳士的な行動にホッとする反面、どことなく不安を感じるのは何故なんだろう？

車に戻り、助手席に座った途端、けたたましく携帯が鳴った。兄の健太だ。

「珍しいじゃない、何か用なの？」

「いや、別に……」

何かあるな。

「今さ、結衣と一緒なんだけど、これから会えないか？」

「これから？　それは無理よ」

「土曜日は休みだろ?」

「こっちだって色々あんのよ。そっちこそ、何で結衣と一緒にいるのよ?」

「いや別に……」

絶対、何かある!

「とにかく、今日は出かけているし無理!」

「いつならいいんだ?」

「今すぐ、いつって言えないけど……何の用? どうして結衣といるのよ」

「あぁ、実は親父の遺産のことで、ちょっと会っているんだが……お前とも話しておこうと思って」

遺産? そっか! 結衣は私だと埒が明かないからと、健太に相談を持ちかけたんだ。結衣は結衣で中々の策士かもしれない。そんなに遺産が気になるのか? 美咲の体中で、一気に戦の陣ぶれ太鼓が鳴り出す。ここはしっかり兜《かぶと》の緒《お》を締めてかからないと、健太と結衣が手を握り同盟を結んだら、かなり厄介《やっかい》なことになる。

戦国時代は親が子を、子が親を裏切るのは当たり前。兄弟同士でも、覇権を争うための寝返りは日常茶飯事だった。ここに来て田川家でも、兄妹同士による遺産争奪合戦が勃発してしまう恐れは十分ある。嵐を予告する前奏曲のようにホラ貝の音が響き渡り始めた。

遠目に、颯太郎が飲み物と菓子パンを持って戻ってくるのが見える。美咲は慌てて携帯を持って車を降り、健太との話を続けた。

「で、何を話し合うのよ。遺産の話なら、お母さんに色々きかなきゃ」

「いや、まずおふくろ抜きで、俺たちで話したい」

「何で？　お母さんがいないと何も分からないでしょ？」

「とにかく、会える日が分かったら連絡してくれ。俺でも結衣でもどっちでもいい」

「どっちでもって、あんた私の番号を着信拒否してるくせに」

「してないって」

嘘だ！　健太の嘘はすぐ分かる。多分右手で鼻の横を掻《か》いている。そんな癖まで電話越しでも分かるのがたまらなく嫌だ。

「とにかく、連絡してくれ。ウィークデイだと水曜と木曜は俺がダメなんだが。出来たら来週の日曜が都合がいい」

身勝手な要求に腹が立つが、結衣も絡んでいることだし、早く相手方の動向を探った方がいい。スケジュールを確認して連絡すると伝え電話を切った。

しかしだ！　健太も結衣も父親の遺産をどうしようというんだ？　皆それぞれ独立して普通に暮らせているではないか……。母親の顔がフッと浮かんだが、美咲は慌てて打ち消した。今は颯太郎とのデートに全集中だ！　アニメの有名な台詞をつぶやきながら、颯太郎が待つ車に戻った。

「電話、急用ですか？」

「いえいえ、兄からの電話ですから、大丈夫です」

「仲いいんですね」

その逆だ！　と叫びたいのをこらえて、

「あらっ！　いい匂い！　何を買ってきたんですか？」

「お口に合うかどうか分からないんですけど、海老名カレーパンです」

と、手渡されたパンにはエビが丸ごと一本挟まっている。ここが海老名だからか？　オヤジギャグ？

「前々から海老名はメロンパンが有名ですよね？　でも、僕はこのカレーパンの方が好きで、是非、美咲さんにも食べて貰おうと思って」

気持ちは嬉しいけど、ことさらカレーパン好きでもない。それに、私がエビのアレルギーだったらどうするんだ？　海老名なら、むしろメロンパンの方が好みなんだけどなぁとは思ったが……ここは大人の対応で喜んで食べてみる。

あれっ！　思いのほか美味しいじゃない！　このカレーパン、単にエビを挟んでいるだけではない。エビの味と調和するかのように、カレーのルー自体がマイルドで、辛いのが苦手な美咲には丁度いいバランスだ。しかもパンの周りに衣として使われているコーンフレークの食感がまたいい。プチ飢餓状態だった美咲は、あっという間に平らげてしまった。

「初めて食べましたが、これ、ホント美味しいです！」

運転席をチラッと見ると、颯太郎はニコニコ顔でこっちを見ながら、

「美咲さんの食べっぷりって好きだなぁ。ほんと美味しそうに食べますよね」

えっ、お腹空いてたし、いきなりがっつきすぎたか？

「あら、すいません！」

「謝ることないですよ。この間の食事の時にも感じましたが、ご飯を美味しそうに食べる人って、頼もしいというか、素敵ですよね」

頼もしい？　それって、女子が男子に投げかける言葉ではないか？　嬉しいような気恥ずかしいような……でも、颯太郎もいつもの爽《さわ》やかな笑顔に戻っている。確実にさっきまで山中城で見せていた顔と違っている。

「颯太郎さんも、少し元気になったような気がします。……無理に私の趣味に合わせなくてもいいんですよ」

さっきから気になっていたことを、疑惑の矢としてストレートに颯太郎に向かって放った。心の奥にグサッと刺さったのか、一瞬颯太郎は顔色を変え、

「えっ？　そんなことないですよ。山中城は僕が提案したわけですから……」

そのわりには話に乗って来ないし、色々知らないし……そもそも戦国好きというのも怪しい気がしてきた。颯太郎もそんな空気を察知したのか、

「そう言えば、秀吉の小田原征伐では忍《おし》城の攻防が有名ですよね」

いきなり忍城の話？　確かに忍城の攻防はドラマティックだ。圧倒的兵力差で攻めてくる秀吉軍に敢然と抗《あらが》い、小田原城が降伏するまで開城しなかった、北条家唯一の支城なのである。

当時、忍城の城主成田氏長《なりたうじなが》は、小田原城で籠城していたため、城代として城を守ったのは、氏長の従兄弟にあたる成田長親《ながちか》だった。石田三成《いしだみつなり》、大谷吉継《おおたによしつぐ》、長束正家《なつかまさいえ》など、豊臣家子飼いの重臣たちの大軍に囲まれながらも屈せず戦った成田長親。戦国武将として、真っ当で素晴らしいサムライだと、常日頃、美咲が尊敬する戦国武将の一人でもあった。

でも、何故今ここで忍城なんだ？　山中城でのテンションがあんなに低かったくせに、急に忍城の話題を振ってきた颯太郎の態度にひっかかりを覚え、話題を少し変えてみた。

「忍城があるS県のG市って、母の実家がある町なんですよね」

「えっ？　ホントに？」

「それも、江戸時代から続く老舗の造り酒屋なんです」

美咲の母、紀子の実家は『神龍《しんりゅう》酒造』という造り酒屋で、屋号と同じ銘柄の日本酒を造っている。どこでどうして、神田の老舗鰻屋の長男である父親と知り合ったのかは不明だが、母親の強い意向で、結婚後、神田を離れてS県のT市に居を構えたと聞いたことがあった。

「美咲さんのご家族って、みなさん素晴らしい経歴の持ち主なんですね」

「そんなことないですよ」

「いやいや、お父様は大学の教授で、お兄様はテレビプロデューサーで、妹さんは美容師さんで、美咲さんは大手銀行の融資管理企画部のキャリアですからね。そこが一番凄い！　なんか、ドラマになりそうですよ」

何で？　なるわけがない……特撮怪獣フィギュア収集家の父に、特撮怪獣映画オタクの兄、ウルトラヒーロー好きの妹。こんなヘンテコな家族のドラマなんて誰が観るというのだ。しかも、そんな兄妹同士で遺産を巡る戦が始まろうとしているなんて、颯太郎は夢にも思わないだろうが……。

「ドラマになりようがないくらい、普通の家族ですけどね」

「そうかなぁ、僕だったら美咲さんを主人公にして、銀行融資管理企画部の花形ウーマンって役どころにします」

花形？　何をバカな……と、喉まで出かけて美咲は言葉を飲み込んだ。美咲が銀行の融資管理企画部に所属していることに、以前から颯太郎はどうもこだわっているように感じたからだ。フロントガラスから、暖かい陽射しを浴びているというのに、美咲は背中に少し寒気を感じた。

十七章　天真爛漫の正体

日曜の夜は思ったより早く過ぎる。気がつけばもう夜の十一時を回ろうとしていた。最近どうも脱力感に苛《さいな》まれることが多い。美咲は何をするわけでもなくダラダラ惰性で一日を費やした後ろめたさに、大きくため息をついた。楽しみにしていた颯太郎とのデートが、不完全燃焼で終わったことも原因の一つだが、自分の中で思い描いていた戸塚颯太郎像というものが、ここにきて少し崩れかかってきている不安もある。

昨夜、颯太郎が予約したレストランは、渋谷の閑静な住宅街にある一軒屋のカジュアルなフレンチ・レストランだった。おそらくエレベーターが苦手な美咲に配慮してのことだろう。こういう気遣いは嬉しかったが、食事の時の会話はお互い一方通行で、うまく嚙み合わなかった。

レキジョとしては、せっかく山中城に行ったのだから、もっと小田原征伐の話に花を咲かせたかったのだが、どうも颯太郎がそれに乗ってこないのだ。唯一食いついてきた話題が、北条家は小田原城の守りのため、山中城の他に支城を関東一円に百余りも築いているというものだった。美咲はそれを自分の勤務する銀行にたとえ、本店が小田原城なら、周辺の支城は地方の支店みたいなものですね、と言ったところ、颯太郎は今後の銀行の未来や、金融業界の動向、コロナ後の世界経済の日本の立ち位置など、立て板に水の如く語り出した。美咲はポカンとしながら聞いていたが、一番違和感を覚えたのが融資の話をしたときだった。あの会社は、どこそこの銀行にどのくらい借り入れしているとか……美咲にとってはどうでもいい話を長々と続けた。

結局、颯太郎にとって戦国時代は、それほど興味を示す対象ではないことが判明してしまった。勿論、それはそれでいい。趣味が歴史だから颯太郎に惹かれたわけではない！　じゃあ何処に？と、天の声がした。美咲は答える……それは多分……顔だ……。最初の合コンで出会った時から颯太郎の端正な顔に魅了されてしまった。つまり一目惚れだ。あの時のインパクトは今でも覚えている。颯太郎のルックスにクラッシュ・オンした美咲としては、これだけ自分好みの顔をしている男が、嘘をついてまでも私の戦国趣味に合わせようとしてくれているだけでラッキーだし、それはそれで幸せなことではないか……。

食事の後、もう一軒ホテルのバーで飲みませんか？　と颯太郎に誘われた。美咲の心はＹＥＳ！　なのに、つい口から出た言葉はＮＯ！　だった。目を丸くして唖然とする颯太郎。鳩が豆鉄砲をくらったという言い方があるが、まさにそんな感じだった。

車の颯太郎は当然、食事の際に一滴もお酒を飲まなかった。美咲はアペリティフだけは少し飲んだが、颯太郎につき合いワインには手は出さなかった。多分、ホテルのバーなら、そのまま車を置いていけるという算段なのだろうか。心行くまで飲んで、酔って……で、あわよくば……美咲は別に、今夜それはそれでも構わないと思っていたのに……。颯太郎も強引に誘うこともなく、渋谷駅まで送ってもらいそこで別れた。家まで送ると言われたが、丁重にお断りした。一昨日の夜、泊まりセットにするか、日帰りセットにするか悩んだあげく二つのセットを作った美咲……日帰りセットにして正解だったことが、心なしか切ない。

明日から仕事だし、もう寝ようと思った美咲だが、自然と〝かしこみもうす～、かしこみもうす～〟と父ゴーストを呼び出す呪文を唱えてしまっていた。今夜は洋介と話す気力も体力もないはずなのに……この何ともやり場のない気持ちを分かってもらえるのは、今や父ゴーストしかいないのだ。

『おや？　美咲、浮かない顔してどうした？』

「あ、うん、ちょっとね」

『デートはどうだったんだ？』

「……………」

『ははぁ、その顔じゃ、うまくいかなかったんだな？　喧嘩でもしたのか？　喧嘩も見方を変えれば悪くないぞ、お母さんとはしょっちゅう喧嘩……というより、一方的に俺が叱られていただけだけどな』

「喧嘩なんかしてないわ。何だか相手の気持ちが分からなくなってしまってさ」

『ほほぉ、気持ち？　出会ったばかりの他人の気持ちなんて、分かる方がおかしいよ。お互い歴史好きならそのうち上手くいくさ』

「そこなのよ！　颯太郎さん、実は歴史好きじゃないみたい。むしろ私の、銀行の仕事の方に興味がある感じがして、うちの銀行に融資してもらいたいのかな？　って思っちゃったわ」

『やっぱり……』

「えっ、やっぱりって？」

『いや、何でもない』

「何それ、気になるじゃない」

『いずれ話す時が来るから、その時言う。今は駄目だ』

珍しく声を荒らげる父ゴーストに美咲は一瞬ひるんだが、

「なんか秘密があるなら言ってよ。デート中に健太から遺産の件で話がしたいって電話が来るし、もう家のことも会社のことも、全部放り投げたい気分」

『デートがうまくいかなかったのが、そんなにこたえてるのか？』

その通りだ……。デートの不調が尾を引いているのだ。父ゴーストに会って、昨日行きの車中で爆睡した時に見た、不思議な夢のことを思い出した……。

「ねぇ、お父さんてさ、神道には詳しいよね？」

『当たり前だろ。一応神道学者だからな』

「昨日不思議な夢を見ちゃったんだ。私がまだ子供でさ、お父さんと神田明神に行く夢なんだけど……」

『ほぉ、それで？』

「それがね、あり得ない話だけど、本殿が空を飛んだの」

『それは面白い！』

「でね、夢の中で、神社の神主《かんぬし》さんみたいな和装の小さな人型お人形が出て来て、天真爛漫《てんしんらんまん》っていうのかな？　とにかく元気いっぱいなんだ。しまいにはスウィング・ジャズに合わせて楽しそうに踊ったりしちゃうし」

『何？　小さな人型人形？……髪型は下げ美豆良《みずら》だったか？』

「何それ？」

『二つに結んだお下げみたいなもんだ』

「そうそう、それそれ！　何だか古代風の髪型と服装だった」

『……』

美咲の話を聞くなり、父ゴーストはいきなり険しい顔になり、腕を組んで下を向いた。何やら考え込んでいるようだ。

「あれっ？　そのお下げのお人形がどうかしたっていうの」

『……』

「そうそう、それとね、昨日行った山中城に、障子堀っていう防衛用の堀があるんだけど、そこの堀にも兜をかぶった夢と同じ格好の小さな人型お人形がいてさ、私に向かって手を振ったんだ……」

『えっ？　夢の中だけでなく、現実にか？』

「う、うん、見た気がしただけかもしれないんだけどね。確かに夢で見た和装のお人形と同じだったと思う」

尚も考え込む父ゴースト。

「ねぇ、ねぇ、あれって一体何なの？　知ってんだったらお父さん教えてよ。何かの暗示？　それとも？」

ゆっくり顔を上げ、洋介は話し出した。

『まずいことになった……。この間お前にパワーを使ったから、お前にも見えるようになったのかもしれない。倦怠感はないか？』

「久しぶりのデートで疲れただけかと思ってたけど。パワーを使ったってどういうこと？　まずいって何が？　あの人型お人形って何なの？」

腕を組みジッと考えていたが、意を決したように洋介は話し出した。

『その、小さな人型のお人形はな、おそらく少彦名命だ』

「えっ？　えっ？　えっ？　スクナヒコナ？　って……誰？」

『神田明神にお祀りされている神さまだ！』

思わず美咲は息を飲んだまま、無言で洋介を見つめ返した。

十八章　神さまは平和主義

父ゴーストの話はあまりにも衝撃だった。そのせいか、週も半ばを過ぎたというのに、美咲は集中力に欠け、重要な融資の仕事でケアレスミスを連発してしまっている。今日も上司に注意を受けたばかりだ。少彦名命？　神さま？　それって何？　自分の中の常識という範疇を完全に超えてしまっていて、脳内思考回路はほぼ停止状態だ。しかも、空飛ぶ神田明神の夢を見た翌日から、時折キーンと刺すような頭痛が起きる。今日も勤務中、そのせいでデスクに突っ伏していると、運悪く……というか、むしろ運良く課長に見つけてもらって、強制的に会社を早退させられた。あのまま会社にいても仕事は捗《はかど》らないし、結果オーライと前向きに考えるものの、怠《だる》い体はまだ土曜日のデート疲れを引きずっているようだ。

会社を出た美咲の足は、自然と神田明神へ向かう。歩ける距離としても二十五分ぐらいはかかる。疲れた体と裏腹に、気持ちはあの不可思議な夢の検証を試みようとしているらしい。行って何かしらヒントになるものを感じられればいいのだが……。

いつものように隨神門《ずいしんもん》から入ると、午後の境内は閑散としていた。キーンという痛みが残る中、軽くこめかみを指で押さえながら、夢と同じようにゆっくり前に進み、本殿前に立つ。案の定何も感じない。ところが、お賽銭を入れ、二拝二拍手一拝の参拝を終えた途端、嘘のように頭痛が治まった。えっ？　これって、もしかして神さまの御利益？　いやいや、さっき飲んだ市販の頭痛薬がようやく効いてきただけだろう。少し眠気も感じる……。

美咲にとって、神田明神は縁深い神社だ。昔、祖父のお店が近所にあったということもあり、物心ついてから、家族揃ってのお正月の初詣《はつもうで》はいつもここだった。兄妹がそれぞれ大きくなるにしたがって足が遠のいたが、両親は毎年欠かさず訪れていたようだ。その後、美咲が大学を卒業して、入った大手町の銀行の氏神様が偶然ここだったり、自分と神田明神は不思議な縁で結ばれているのかもしれない……。

少し離れた場所から本殿を眺めてみる。夢とはいえ、これが空を飛ぶなんてあまりにも非現実的だ。空を飛ぶってことは、移動するってことだから、全国各地の神社にこれに乗って神さまは出張するとか？　まさかね……。

怪獣映画大好き家族に囲まれて育ち、幼い頃から特撮映画を強制的に見せられていたせいか、美咲はファンタジー系の映画やテレビは本来苦手だ。ただ、空飛ぶ神田明神に関しては、夢とは思えないぐらいリアルに覚えているからか、それほど嫌悪感を抱いていない。むしろ思い出したび胸がスカッと爽快《そうかい》な気分になるので、出来ることなら、もう一度見たいとさえ思っている。

耳をすますと、遠くで子供たちの遊ぶ声が聞こえてきた。父も子供の頃は神田明神が遊び場だったのだ……。そうそう、父ゴーストは私が語ったわずかな手懸かりだけで、夢に登場した小さなお人形を少彦名命だと断定したが、もしかしたら父も昔、少彦名命に遭遇したことがあるのかもしれない。神道学者になったのもそのせい？　すぐにでも呪文で呼び出し、問いただしたい衝動に駆られるが、今はやめておこう。

さらに美咲は境内を散策しながら、推理小説の謎解きのように、起こった事実を一つ一つ頭の中で整理してみた。自分は神田明神にお祀りされている神さまと、夢の中とはいえ出会ってしまった。いやいや夢だけじゃない！　山中城跡の障子堀でも、チラッと見かけたのだ。あのお方が神さまなら、現実に目の前に姿を現すなんて奇跡そのものだ。うん？　奇跡ってキリスト教独自の概念だっけ……？　でも、自分の体験だって奇跡には違いない。でもそれがどうして私に起きたんだ？　まてよ、これを奇跡と呼ぶなら亡くなった父親が期間限定とはいえ、父ゴーストとなって現れたことも奇跡ということになるな。この一連の出来事は、父が神道文化の研究家だったということと関係しているのか？　では一体それらは何を暗示しているのだろうか。父ゴースト、少彦名命、神田明神、考えれば考えるほど、堂々巡りの迷路にハマってゆく。そういえば、夢で見た少彦名命と呼ばれる神さまは、スウィング・ジャズに合わせて楽しそうに踊ったりして、けっこう愉快なお方のようだ。

境内を歩くと、本殿周りにはいくつもの末社《まっしゃ》があることに気がつく。神社が祀っているのって、一つの神さまじゃないんだ。美咲はあらためて神道の多様性に触れた気がした。色んな神さまが一つの所にいて、揉めたりしないのだろうか？　単純な疑問が湧き上がるが、そういう話は聞いたことがないので、恐らくないのだろう。西洋の神話だと、神さま同士の争いは日常茶飯事のような気もするが、きっと八百万《やおよろず》の国の神さまは平和主義者なのだ。流行りの「分断」というワードも、神道の神さまにはあてはまらないのかも。それに引き換え、田川家では兄妹による遺産分配合戦が今にも起きようとしている。兄の健太、妹の結衣が同盟を結んでいるようなので、勢力図で考えると自分の陣営は、かなり不利だ。日曜には健太と結衣と遺産のことで話すことになっているが、それを思うとズンと気が重くなる。何ごとも平和でありたいのに、田川家にとって、今や「平和」は一番遠い所にあるようだ。

そう言えば、あの初ドライブ以来、颯太郎からの連絡がない。渋谷で食事のあとホテルのバーで飲む誘いを断ったからか？　多少後ろ髪を引かれる思いが残ったが、あれはあれで良かったのだ。まだ、一夜を共にするには早い……そう思う……でも……もし、あのときホテルで飲んで、万が一でも颯太郎と……そう考えるだけで気分は微《かす》かに高揚する。いや、きっと過去の例からして、すぐ後悔の海に沈むはずだ。それに、お泊まりセットを持ってなかったのだから、瞬時に踏みとどまった行動を自分なりに評価していい……と思う。とはいえ、気まずさが心の底に少しずつ沈殿し始めている。

フッとため息をついた瞬間、携帯が鳴った。スマホの画面を確認すると、「戦国最愛武将」という表示が飛び込んできた……颯太郎だ！　絶妙なタイミングに、思わずテンションがピンと上がった。

「颯太郎です」

「あっ、どうも」

「実はさっき、美咲さんの銀行に伺ったのですが、早退されたと聞いたものですから……どうしました？　具合でも悪いんですか？」

銀行に用？　颯太郎が？　何で？　いくら用事があっても、いきなりデート相手の職場に来る？　私の体のことを気遣ってくれるのはありがたいと思いつつ、土曜のドライブデート以来、どうも疑《うたぐ》り深くなっている。

「大したことないから大丈夫ですよ。先日はご馳走様でした」

「いえいえ、こちらこそ楽しい一日をありがとうございました」

いや、あなたはそんなに楽しくはなかったはず。それほど歴史好きではないということもバレてしまったし、颯太郎の言葉を全面的に信じるわけにはいかない……と内心でツッコミを入れつつも、やはり声を聞くだけで心がウキウキする。フッと颯太郎のシャープな横顔が浮かんだ。これが惚れた弱みってことか？

「颯太郎さんこそ、銀行に用なんてどうしたんですか？」

「いやぁ～ちょっと所用で近くまで来たんで、お顔だけでも見れたらなと思ったのですが、いきなりはまずかったですよね」

「そんなことないですよ」

嬉しいにきまってる。フワッと暖かい空気に包まれた。

「実は美咲さんに折り入ってお話ししたいことがありまして、今度ランチでも如何《いかが》ですか？」

えっ？　何々？　もしかして愛の告白とか？　キャー！

「実はですね、今度会社を辞めて、自分で起業しようと思ってるんですよ。それで美咲さんに相談に乗って頂けないかと思いまして」

何だ、そういうことか……。

「それでしたら、法人口座の開設の担当者が行内におりますので、ご紹介しましょうか？」

「えっ？　あっ、それは大丈夫です。詳細はまた今度お会いしたときにでも」

「あ、はい、分かりました……」

それだけの会話で電話を切ったあと、何か釈然としない思いが残った。起業って、この間山中城で言っていた一国一城の主になりたいってことか？　デート中の話題としても唐突だったが、今の電話で、さらに不意打ちをくらった感じがした。一瞬、告白かと思って上がったテンションが急激に下がってゆく。しかし、個人的な相談で何の連絡もなく突然職場を訪ねてくるなんて、いささか非常識では？　私のことを受付で何と言ったのかも気になるし、行内で変に誤解されたら大変だ。そもそも今の時代、たとえIT分野でも、起業して軌道に乗せるのは難しいと聞いている。さらにそれを安定させるのは、もっと大変だろう。今後、颯太郎と交際することになるなら、彼の将来は他人ごとではない……些《いささ》か不安になってきた。そういえば、父ゴーストも颯太郎にあまり良い印象を持っていないようだが……。その理由って、彼の先行きへの懸念なのだろうか？

十九章　神道伝承研究会

頭が割れるように痛い。しかも喉はカラカラに渇いている。猛烈な二日酔いで目を覚ました洋介。昨夜はシンデン会（神道伝承研究会）のコンパが新宿であって、丸さんにしこたま飲まされた記憶はあるが、あとのことは全然覚えていないのだ。一体ここは何処なんだ？　ベッド？　恐る恐る横を見ると、裸の女性（多分）が寝息を立てている。えっ、えっ、何この状況？　ガンガンする頭でも、ここが自分の部屋ではないことは分かる。壁にはジミヘンのポスターが貼ってあるし、一体この部屋は……裸の女性はこちらに背中を向けているので、誰だか認識出来ない。思いきって、洋介はそうっと体を起こし、謎の女性の顔を覗き込もうとした途端、彼女が目を開けた。

「おはよう。大丈夫？」

神道伝承研究会のリーダー、西園寺翔子だった。えっ、まだ状況を把握しきれていないが、唯一判明したのは、ここがヒッピースタイルの西園寺翔子の部屋だということだ。

「あ、翔子さん……」

「君さぁ、丸さんに飲まされてつぶれちゃったのよ」

「………」

「覚えてない？　君はお店のトイレで便器抱えて、倒れていたのよ」

慣れない酒で気持ちが悪くなったところまでは覚えているが……。

「でも、吐いたものは律儀に流したみたいだから、周りも君の服も汚れてなかったのはラッキーだったわね」

「そうだったんですか……ご迷惑おかけしました」

「さすがに丸さんもまずいと思ったみたいで、お店から一番近い私んちにタクシーで君を連れて来たのよ。意識はあったから二人で抱えてこれたけど、覚えてないわよね。あ、服は丸さんが脱がしたから安心して」

ハッと気がつけば、洋介はパンツ一枚だ。いきなりの状況に驚く洋介。でも、映画やドラマでありがちな一夜限りのラブロマンス的展開ではなさそうだ。ホッと胸をなで下ろす反面、ちょっとガッカリした気分。それにしても、この部屋はかなり広い。ベッドもダブルよりも大きいのではないか？　二人で寝ていても全然余裕だ。

「えっと、田川君ちょっと、あっち向いててくれる？　私寝るときは裸じゃないと眠れないのよ」

「あ、はい！」

彼女の着替える音が洋介に淫《みだ》らな妄想を抱かせるが、思い切り両方の頬をつねって目を閉じた。

「もう大丈夫よ。君も服を着たら？　あっ、それよりまず水ね」

「ありがとうございます」

翔子が持ってきたコップの水を洋介は一気に飲み干した。

「君さぁ、お酒がそんなに強くないのに丸さんと勝負なんかしちゃだめよ。あの人底なしなんだから」

ボンヤリ記憶が戻って来た。確か丸さんと神さま談義になって、何処でどう間違ったか、「酒を沢山飲める方が神さまに近づける」という丸さんの根拠のない持論に、つい食ってかかったのだ。あげく、子供の頃に少彦名命に遭遇したという自負から、「自分は丸さんより酒が強い！」と酔った弾みで言い放ってしまった。その結果が、この有り様だ。ホント馬鹿なことをしたものだ。頭がズキズキ痛む。ただ、食べたものは全部吐いたようで、二日酔いなのにかなり空腹だ。

その時、ドアが乱暴に開く音が聞こえた。

「洋介、まだおるか？」

丸さんだ！　突然の来訪に驚いた翔子が玄関に向かう。

「あれ？　丸さん帰ったんじゃないの？　どうしたのよ」

「いやいや、洋介の様子がごっつう気になって戻って来たんや、潰してもうた責任もあるし、あいつは？」

「大丈夫よ。さっき、起きたところ。私もつい横で寝ちゃったのよ」

「えっ？　えっ？　あいつの隣でか？　翔子って寝るときは裸やないとダメなんやろ？」

「彼は全然大丈夫よ。雰囲気というか直感で分かるから」

何が分かるんだ？……そんな会話を耳にしながら、洋介も服を着てリビングに。

「丸さん、すいません！　昨夜はとんだ失態で、ホントに申し訳ありませんでした」

「おっ！　下戸《げこ》くん！　夕べはすまんかったなぁ。俺もムキになってしもた。なんか胃に入れとかんとアカンさかい、二日酔いにごっつう効くメシ作ったる」

「えっ？　丸さんが？……」

「そや、翔子んちは米がないから、一旦家に戻ってメシ炊《た》いてきたんやけど、おい翔子！　台所借りるで」

丸さんが手際よく作ってくれたのは、生姜《しょうが》と大根おろしがはいったお粥《かゆ》だった。

「どや？　ごっつう美味《うま》いやろ？」

「あ、はい」

二日酔いで弱った胃にしみわたる。だしも利いて卵でとじてあり、かなり本格的なお粥だ。

「翔子も食うか?」

「私はいい。そうそう、夕べ丸さんが君の家に電話して、丸さんの部屋に泊まったことにしたから、君もそのように話を合わせてね?」

「はい、すいません、何から何まで……」

今まで洋介があえて避けてきた仲間意識というものを、にわかに感じたせいか、自然に涙が溢れてきた。

「おっ! なんや、ごっつう美味いのに感動したんか?」

「丸さんって、こう見えて面倒見もいいし、マメなのよね。料理の腕は私たちより上かもね」

「そんなことないで。俺が作るのは普通の和食や。横文字のようわからん西洋料理は作れへんかな」

洋介は小一時間ほどで、翔子の部屋を丸さんと出た。翔子の部屋は明治通り沿いのマンションで原宿にも近い。振り向きながら丸さんが、

「ごっつう豪華なマンションやろ? 翔子のおとんは丸弁商事のお偉いさんで、この辺の土地持ちでもあってな、あの部屋は大学の入学祝いで買うてもろたらしいで。どんだけ金持ってるんやって感じやな。まぁ、あいつは、お金持ちのお嬢ってことや」

そうなんだ……。そのわりにはファッションはヒッピー風だし。上条茜さんに比べるとかなり地味というかラフだ。そう言えば、夕べ茜さんはどうしたんだろう? 二人は明治通りを渋谷方面に歩き、竹下口あたりまで来た。土曜日の昼下がりのせいか、かなり人出は多い。

「原宿って、人がぎょうさんおるなぁ。なぁ洋介、ちょっとその辺でお茶でもせえへんか？」

「分かりました」

時あたかも一九七四年。原宿がどんどんお洒落《しゃれ》に変貌し始めた頃だ。二人は、竹下口の明治通り沿いに二年前に出来たばかりの、ファッションビル一階にあるカフェに入った。まだ珍しい、オープンカフェを兼ね備えたお洒落な店だ。

「ここええやろ？　翔子に教えてもろたんやが、中々一人じゃ入りにくくてな。翔子って、帰国子女やねん。英語もごっつうペラペラや。おとんが長いこと海外赴任やったらしいから当たりまえやけどな。ここ、翔子んちからもごっつう近いで」

丸さんの口ぐせである〝ごっつう〟には大分慣れてきたが、もしかして、丸さんて……翔子さんに恋しているのではないだろうか？　〝ごっつう近いで〟の時のごっつうが、何か特別な感情がこもっているように聞こえたのだ。

丸さんは頼んだコーヒーで一息つきながら、

「洋介があないごっつう酒を飲むやなんて、めっちゃ驚いたで」

「つい調子に乗っちゃって」

「ほんま、しゃーないわ、終いにゃ二人でビールに焼酎まで入れて飲んでたんやで、もう無茶苦茶や」

「すんません……その辺の記憶が曖昧です」

「でな洋介、神さまの話からいきなりスイッチが入ったようやけど、何ぞ神さまとの因縁でもあるんか？」

えっ？　いきなりこの話？　思わず洋介は口ごもる。

「いやな、知っての通り俺の実家は神社なんやけど、俺自身はなんも感じへんのや。でもな、茜はなんか感じることがあるらしい。そやから、洋介も神さまに縁があるんかな思うて」

そうなんだ……シンデン会の先輩三人のうち、少なくとも一人は神さまの存在を感じているんだ。この同好会は随分長く続いているというから、歴代そういう人間が自然に集まっているのかもしれない。ということは、やはり、この会への参加は少彦名命のお導きなのか？　しかし、幼い時とはいえ、神田明神で少彦名命に会ったことがあるなんて、丸さんにはまだ話せない。洋介は、話の方向を少し変えることにした。

「家の近所に神田明神があるんですが、子供の頃から普通に遊び場で、そういう意味では神さまは身近な存在でしたね。そうそう、東宝の特撮映画『日本誕生』って知ってます？　僕、実は四歳ぐらいの時に観たんですよ。内容までは無理でしたが、映像はハッキリ覚えていて、特に特撮は驚きましたね。火山の噴火や洪水とかを見事に再現して、まさに日本初のディザスター映画かも」

「おっ？　なんや。俺も観たことあるで。誰にも言うてないけどな、実は俺、東宝の特撮怪獣映画通なんや」

えっ？　えっ？　何この展開！

「丸さんも？　僕もですよ！」

それから、二人は火がついたように、尽きない特撮怪獣映画話に突入していった。どうやら丸さんは、ゴジラやモスラのようなメインの怪獣よりも、『海底軍艦』に登場したムウ帝国の守護神怪獣マンダや、『妖星ゴラス』の南極怪獣マグマなど、脇役的な怪獣が好きらしい。マグマは後に、円谷プロ製作の特撮テレビ番組『ウルトラQ』第二十七話「206便消滅す」にも登場。怪獣トドラとして使い回しされたことも熱く語っていた。

「で、洋介は今まで観た怪獣映画の中で、どの場面が一番好きなんや？」

「一番ですか？　色々ありますけど、そうだなぁ……『三大怪獣　地球最大の決戦』の、モスラが人間のために共闘してキングギドラをやっつけようと、ゴジラとラドンを説得するシーンで、ゴジラが『我々が人間を助ける理由は何もない。人間はいつも我々をいじめているではないか』と拒否して話し合いが決裂してモスラだけで戦いに挑む、あの瞬間が印象に残ってますね。その時、初めて人間ってゴジラをいじめていたんだと気がつきましたよ。僕はずっとその逆と思っていましたから……立場が変わると、見方も変わるんだなぁと、小学生ながらしみじみ思いました」

「おっ！　洋介もごっつう怪獣通やな！　確かにあの場面は、地球最大の怪獣会議やな。そや！小美人《しょうびじん》の役で出てたザ・ピーナッツの存在感も凄かった。モスラの歌をほんまもんの歌手が歌うから、ごっつう心に響いたしな」

「丸さんが好きなシーンは？」

「俺も色々あるけど……そうそう、その『三大怪獣』と同じ一九六四年に上映された『モスラ対ゴジラ』でな、ゴジラが名古屋城のお堀でコケたとき、怒って天守閣を粉々にするのがなんや可笑しかったな。その時のゴジラの表情がごっつう好きやねん」

「そんなシーンありましたっけ？」

「あれって、スーツアクターがホンマにこけたアクシデントだったらしいで。まさに、偶然の産物特撮やな」

「そうなんですね。それは知らなかった」

「あの年は『宇宙大怪獣ドゴラ』も上映されたから、東宝は一年で三本もの怪獣映画を製作したんや。まさに、特撮怪獣映画祭りの年やった。しかし、ドゴラってポスターイメージと映像では大分違ってて、ガッカリしたなぁ」

結局、二時間以上もカフェで怪獣話に没頭し、洋介の思惑通り神さまの話は避けることが出来た。店を出て、丸さんと竹下口で別れた洋介は、一昨年開通したばかりの地下鉄千代田線の明治神宮前駅から乗り、新御茶ノ水駅で降りた。家に着いてからは夢も見ずに泥のように寝てしまったが、どのくらい時間が経ったのだろう……いきなり父親に叩き起こされた。

「おい洋介！　上条さんっていうサークルの女性から電話だぞ」

「えっ？　えっ？　上条さん？」

「今、寝てるって言ったんだが、何やら急ぎの用らしくてな」

洋介は慌てて一階に下り、受話器を取った。

「もしもし、田川です」

「あっ、田川くん、お休みのところゴメンなさいね。昨日は大丈夫だった？」

「はい、丸さんと、翔子さんに介抱してもらいましたので。ご迷惑をおかけしました」

「私は大丈夫よ。二人に任せてあのまま帰ったから」

「僕その辺りの記憶が全然なくて……。でも、今も寝てましたから、もうスッキリです」

「そう……じゃあ、今から会えない？」

「えっ？」

上条茜の思いがけない誘いに、特撮映画のように洋介の体は二センチほど宙に浮いた。

二十章　奇襲！　遺産分捕り合戦

健太が兄妹会議のために指定した場所は、あろうことか結婚当日、新婦に結婚披露宴をドタキャンされたホテルのラウンジだった。破談のショックは完全に吹っ切れたってことか。ああ見えて、健太は意外に図太い神経の持ち主なのかもしれない。今日は心して立ち向かわないと……何しろ向こうは、健太・結衣の連合軍、美咲にとってはあきらかに分が悪い戦だ。

昨夜、健太から来たショートメールに『実印を持って来るように』とあり、不審に思った美咲は、印鑑証明はいらないのか？　と返信したものの、それにはレスがなかった。しかし、実印なんて何に必要なんだ？

ホテルは渋谷駅から歩いて五分余り。日曜日ということもあって、渋谷の街は人で溢れている。待ち合わせの時間ピッタリにエントランスから入ると、既に健太と結衣はラウンジにいた。二人だけ先に待ち合わせていたのかもしれない。全身で陣太鼓がドンドンドンと鳴り出した。

結衣が手を振って合図をする。

「さすが、お姉ちゃん。時間通りだね」

時間にルーズな結衣にだけは言われたくない言葉だ。

「二人とも早いわね。何か事前打ち合わせの必要でもあったの？」

「まさか」

目を合わせる二人。あきらかに何かを話し合っていたようだ。意趣返しのつもりで、美咲は健太に、

「ねえ、このホテル懐かしいわね」

「ああ、いつまでも、立ち止まってるわけにはいかないからな。テレビマンは切り替えが早いんだよ」

「へぇ、結構前向きなのね。素敵な披露宴だったもんね」

「……お前ってさ、いちいち癇《かん》に障ること言うよな」

「お兄ちゃんもお姉ちゃんも、抑えて！　もう、ホントに二人とも似た者同士なんだから。今日はちゃんと話し合いましょうよ」

珍しく結衣が諌《いさ》めた形になったが、健太と似た者同士というのは納得いかない。

「で、今日の話し合いって何なの？　遺産のことって聞いたけどさ」

「まぁ、単刀直入に言うけどな、ぶっちゃけ俺も結衣も今まとまった金が必要なんだ。そこでだ、オヤジの形見のフィギュアの件ではお前と一悶着《ひともんちゃく》あったけどな、それはまぁ、ひとまず水に流して、オヤジの遺産の分け方について三人で相談しようと思ってさ」

「分け方って言ったって、大富豪の家でもないのに、分配するほどの遺産なんかあるわけないじゃない。学者の給料なんてたかがしれてるわよ」

「給料だけならそうだ……だがな、ほら、うちはお祖父ちゃんが神田で鰻屋をやってたろ？　オヤジが店を継がないと分かると、スパッと土地や家屋を売っ払ってさ、それを丸ごとオヤジに遺

産として残したらしいんだよ」

「何でそんなこと、知ってんのよ」

「知っての通り、俺が結婚用にタワマン買った時、オヤジに少し援助してもらっただろ？　その時、オヤジがさ、お祖父ちゃんの遺産だから気にすんなとポンと貸してくれたんだぜ。あ、それはもう返済したからな」

「えっ？　そうなの」

「早く返さないと、お前にネチネチ言われ続けるからな。あのタワマン、場所的にも人気らしく、お陰さんですぐ買い手がついたよ。オフクロから聞いてないか？」

今初めて聞いた。健太の行動の素早さには驚くばかりだ。まぁ、言われてみれば父が亡くなってそろそろ四ヶ月になるし、相続の手続きを始めなければならない。

「返済したのは分かった。で、お父さんの遺産が沢山あるって確証はあるの？」

「間違いない。あの手堅いオヤジがだよ、いくら息子のためだからといって、自分の蓄えからポンとマンション資金を二千万も出すと思うか？」

「それもそうだけど……」

「多分、俺の返済金を合わせて一億以上はあると思う」

「お兄ちゃんから聞いて最初はビックリしたんだけど、アタシもさ、美容師として独立したいしさ。銀行に勤めてるお姉ちゃんに相談したらって、頼んだのよ」

やはり首謀者は健太か……。

「私は融資課だから詳しくないけど、仮にホントに一億円の預金があったとして、お母さんが半分。残りの半分を兄妹三人で分けるのが相続の基本だけどね」

「じゃあ、結局いくら貰えるの？」

「結衣、お小遣いじゃないんだから……そうね、三人で分けるとなると、五千万割る三で、ふ～む約一千六百万円ぐらいかな？」

「そっかぁ……」

「どうしたの、それだって大金でしょ？」

「でも、それじゃ美容室の開店資金にはちょっと足りないな」

「結衣、贅沢《ぜいたく》言わないの。後はコツコツ貯めてからでもいいじゃない？」

「……」

「そこでな、美咲。相談があるんだ」

待ってましたとばかり、健太が口を挟んできた。

「さらに相談？」

「お前はさ、ずっと実家暮らしだろ？」

「だから？」

「今後も住み続けるんだろ？」

「そんなの分かんないけど。私が住み続けるとしたら何なのよ」

「オヤジが建てた家も、相続の対象だよな？　要は、お前がずっと実家に住むなら、俺たちが相続することになる土地や建物の取り分を、お前に買い取ってもらいたいんだよ」

「えっ？」

「つまりな、オヤジの預金と実家の土地や建物を、オフクロが半分、俺たち兄妹が六分の一ずつ相続するわけだろ?」

「そうよ」

「でも、俺と結衣はもう別に家があるし、今後、二度と実家に戻ることはない。だからこれからも実家に住むお前に、俺たちの取り分を買って欲しいと言ってるんだよ。俺の見積もりでは、あの家、四千万くらいの価値はあるだろ? そしたら俺と結衣が家に関して相続するのは、半分の二千万を三で割って、一人頭六百六十万くらいになる」

しばらく啞然としていたが、健太の言っている意味をようやく理解した美咲は、

「ちょっと待って。そんなこと急に言われても、決められるわけないじゃない。だいたい何よ、私がずっと実家で暮らすって決めつけてるけど、私だって結婚して家を出るかもしれないでしょ」

「そんな具体的な予定があるのか?」

「それはないけど……」

颯太郎のことが頭をよぎり、思わず口ごもった美咲の隙をついて、結衣がぽつりと呟《つぶや》いた。

「実はねお姉ちゃん……アタシ、今の美容室辞めちゃったのよ。だから、早く自分のお店を持ちたいの。あっ、あとカズとも別れるつもり。バンドの調子が良くなって、また病気が始まっちゃってさ、どうやらあいつ若いファンと浮気してるみたいだし、アタシの将来には要らない男かなって」

妹の恋愛事情なんてどうでもいい。差し迫った問題は、実家の土地建物の分割問題という爆弾をどう処理するかだ。

「あのね結衣、あんたって全部自分のこと優先でしょ？　今、その家に暮らしてるお母さんの気持ちも聞いてみなきゃ」

するとと健太がコーヒーをすする手を止め、

「オフクロはさ、俺たち三人がそうしたいって言えばＯＫしてくれるさ。むしろオフクロがこれからも安心してあの家に住めるように、兄妹間で権利を整理しておこうって言ってるんじゃないか。一応承諾書を作ってきたから、お前はここにハンコを押してくれたらいいから」

何だと！　事前の根回しってヤツか？　これって、戦国時代で言えば調略ではないか！　調略上手の秀吉の顔がサッと美咲の頭に浮かんだ途端、一度冷静になった怒りが活火山のように噴火した。おもむろに立ち上がると、

「ふざけんな！　私はあんたらの好きなようにはさせない！　金輪際《こんりんざい》あんたらとは兄妹の縁を切るからそのつもりでいて！」

そう啖呵《たんか》を切った瞬間、時間が止まり、目の前に父ゴーストが現れた。

『何だ美咲？　今日はどうしたんだ？』

「えっ、お父さん、呪文を唱えてないのになんで出てきたの⁉」

『兄妹の縁を切るなんて穏やかじゃない言葉が聞こえたから、呼ばれてついつい出てきてしまったじゃないか』

美咲はことの経緯《いきさつ》を父ゴーストに話し、

「当事者のお父さんはどう思うの？」

『うむ、俺はお母さんや美咲がいいなら全然構わないさ。健太にも結衣にも色々事情があるみた

いじゃないか？』

「親の遺産に頼るなんて、それって単なる甘えじゃない？」

『う～む。でも、子は親に頼っていいいんだよ』

「えっ？」

『お前もいずれ、子供を持つと分かると思うが、子供への愛情というのは特別でな。まぁ無償の愛っていうのか、親はな、子供に頼られたいいんだよ』

「……」

『すべての親がそうだとは言い切れないけど……大抵はそういうもんさ。子供が選んだ道っていうのは、親は全力で応援したいんだ。遺産がその役に立つなら、どんどん使ってもらってかまわない。それが切っても切れない親と子の絆《きずな》ってことさ。美咲も健太も結衣も、ちゃんと健康に育ってくれただけで、親としては幸せなんだよ。お前達はしっかり自分の道を歩んでくれている。そのおかげで、俺は豊かで愛しく、素晴らしい人生だったって心から言えるからな。死んでみて分かったことなんだが、死は永遠の別れじゃないいんだ。親と子の絆を確かめ合い、それをもっと深める始まりの時でもあるんだ。だからお前達の人生のために、どんどん親を頼っていいんだぞ』

　こんな風に父ゴーストが考えていたなんて……思いがけず涙ぐむ美咲。でも、さっき健太と結衣に向かって放った啖呵は取り消せない。どうしよう……。色々思いを巡らせていると、キーンと頭痛が美咲を襲った。それと同時に、目の前の父ゴーストがスーッと消えていく。一瞬目眩《めまい》を覚えたが、時間の流れはちょうど美咲が怒って立ち上がった瞬間、啖呵を切ったところから再開されたようだ。

「縁を切るからそのつもりでいて！……というのは冗談として……」と、独り言のようにブツブツ呟いて、美咲はその場に座った。

「何だお前……大丈夫か？」

「お姉ちゃんどうしたの？　立ったと思ったらいきなり座って」

「あ、いや別に何でもない。じゃあさ、ここで話をしても結論は出ないから、お母さんを交えて今日の話をしてみない？　現実問題、どのくらい遺産があるのか、直接お母さんに聞かないと話は進まないでしょ？　それからでも、手続きは遅くないし」

「いいけど、話すのはなるべく早い方がいいんだが……」

「わかった。今連絡してみる」

銀行に勤めているだけあって、てきぱきと事を進める美咲。母親とその場で携帯でやり取りし、二人のスケジュールを確認しながら、今週水曜日の夜、実家に全員集まることにした。

このあと二人は、健太の行きつけの店に食事に行くという。美咲も誘われたが、今は到底そんな気分になれず、その場で二人と別れた。渋谷駅までの道のりの数分間、ふと、先日この街で別れた颯太郎のことを思い浮かべてみたが、以前のようにワクワクする感覚は消えていた。

二十一章　護国神道術式目《ごこくしんとうじゅつしきもく》

洋介はまだ少し酒が残る体を奮い立たせて、上条茜との待ち合わせ場所に向かった。今、茜は御茶ノ水駅前の「アルプス」という喫茶店にいるという。表に出ると、オイルショックにもかかわらず、東京は相変わらず車が多い。排気ガスの臭いにムカムカしながらも、逸《はや》る気持ちが体を軽くさせているのか、夕暮れ時、駅までの道のりをかなりの早足で駆けつけた。荒い息づかいで喫茶店のドアを開けると、一見山小屋風の店内から、有線放送だろうか、最近ヒットし始めているグレープという新人フォークデュオの『精霊流し』が耳に飛び込んで来た。見回すと、上条茜は入口から一番奥の四人掛けのボックス席に座って本を読んでいる。洋介は急いで駆け寄り、

「どうも……昨夜は醜態をさらしてしまって、ホントに申し訳ありませんでした」

「私の方こそいきなり呼び出しちゃって、ゴメンなさいね。今日は神保町に本を探しに来たんだけど、田川君の家が神田って聞いてたから、ちょっと話がしたくてね。迷惑だった？」

「いえいえ、迷惑だなんて、そんな……」

「あ、何か飲む？　私は色々飲みすぎたからもういいけど」

「じゃあ、僕はコーヒーを」

一息ついて、上条茜はいきなり訊ねてきた。

「ねぇ、田川君って、神道系の神さまの存在を感じたことあるんじゃない？」

「えっ？」

「もしかして、実際に遭遇した？」

洋介は思わずプッとコーヒーを吹きそうになった。

「その顔だと図星なのね」

「……」

「昨日、丸さんがふざけて吹っかけた議論に、田川君ってすぐ飛びついたでしょ？」

「あれは……酔った勢いで」

「まだそんなに飲んでなかったわ。大人しかった君が食いついてお酒のピッチを上げるから、もしかして、と思ったのよね。前も部室で神棚を興味深く見ていたし……」

「だとしたら、何なんでしょうか？」

「うん……そのね、もし神さまに遭遇したことがあるなら、どういう場面でどんな話をしたのか聞きたかったのよ。安心して。シンデン会の書記として、記憶にとどめておくだけで、紙に記録はしないから」

「……」

「実はね、私も神さまの声を聞いたことがあるのよ。こんなことうっかり喋ると、変な人みたいに見られちゃうから誰にも言ってないんだけどさ」

　茜が言うには、去年の夏、友人と神田の古本屋巡りをしたあと、二人で近くの湯島聖堂に寄ったという。門に続く石の階段を登りながら、その日はあまりにも暑かったので、〝神さま涼しくして下さい〟と、何気なく呟いたら、〝暑いね〟と、誰かが答えたというのだ。もちろん同行した友達には聞こえていない。空耳かと思い、その時は気にしなかったのだが……。

　そのあと、友人が近くにある神田明神のお守りが欲しいと言うので、ついでにお参りしたという。二拝二拍手一拝を済ませた時もまた〝暑いね〟という声がハッキリと聞こえた。そこで茜は目を閉じ、今度は〝神さま涼しくして下さい〟と語りかけるようにお願いした。すると、フッと冷たい風が頬を撫でたというのだ。

「あれって、絶対神さまの仕業よね？　で、田川君はどんな体験だった？」

「……」

「何か言えない理由でもあるの？」

約束をしたわけではないが、少彦名命との邂逅《かいこう》は自分の胸の中だけに収めておきたいと決めている。そんな洋介の態度を察知してか、

「別に無理に言わなくてもいいわよ。話したくなったらでいいから。まぁそういう時が来るかどうかは疑問だけど……」

上条茜は鋭い。まるで洋介の心の中を覗いているかのような口ぶりだ。さらに茜は、

「私はね、神さまを感じた日からどうも気になって、こっそり神道文化の講義に出たり、図書館で資料を探したりしたんだけど、意外に神さまの声を聞いたとか、出会った事例ってないのよね。でもさ、調べていく中でこんな本に辿り着いたのよ」

と、上条茜がテーブルの上にポンと置いた本は、さっきまで彼女が読んでいたものだろう、かなりインクが薄くなっているが『護国神道術式目《ごこくしんとうじゅつしきもく》』という、年季の入った古本だった。

「シンブン科（神道文化学科）の田川君なら知ってるかな？　と思って」

「いやぁ、僕も知らないですね。これって、相当古い本ですよね」

「昭和二十年代に出版されたものらしいけど、代々写本してきたものを、書籍化したって感じみたいね。だから原書のルーツはもっと古いと思う」

「ちょっと、見ていいですか？」

「勿論！」

手に取ると、何か得体のしれない振動が伝わってきた。ページをめくると、いくつかの章に分かれている。護国神道術というほどだから、国を守るための術式なのか？　それはそれでかなり怪しげな感じがする。

　第二章で目に止まった「逆時間法則」って何だろう？　表現が古風で読みにくいが、何とか解読すると、自分の存在する結界内の時間を戻すということらしい。でも、それに伴う「寿命減《じゅみょうげん》殺《さい》」って？　要するに、時間を戻すと寿命が縮むってことか？　それはそれで怖いな。あと「八《や》百万《およろず》神邂逅」で「神力取得」とあるのは八百万の神に遭遇すると、人に不思議な力が自然に備わるということか？　ただ、力を得たり、それを使うことによって「鬼一口」となる、ともあるがこれは……かなり危険ということなのだろうか？

「田川君、大分興味持ったみたいね。それ持ってっていいわ、読んであとで私に解説してくれる？」

「えっ？　いいんですか？」

「実はちょっと今、卒論の準備があって持て余し気味なのよ。それに、これはさ、専門学科の人間に解読してもらった方が手っ取り早いかなとも思ってね」

「だったら、僕より丸さんの方が適任じゃないですか？」

「丸さんは駄目よ。あの人は神さまとか何も感じないタイプだし、性格的にちょっと面倒でしょ？　それにあの人に言うと、翔子にも筒抜けになっちゃうしね。これはさ、田川君と私の秘密ということにしたいのよ。ねっ？」

　ニコッと微笑みかけられ、心がズキンと反応した。もちろんＹＥＳ！　だ。

「知ってる？　丸さんてさ、翔子にぞっこんなのよ。本人あれで隠してるつもりだけど態度でバレバレよね」

やっぱり。

「翔子って面白いのよね。帰国子女で英語はネイティヴなのに、そっちを生かさず、国文学に興味を持つんだもんね。しかも、シンデン会のリーダーを買って出るなんて変わってる」

確かに、翔子さんは一風変わった魅力の持ち主だと思う。どこか巫女《みこ》的な匂いもする。でも……と洋介は思った。今どきのニュートラ・ファッションで決めているお洒落な上条茜も、『護国神道術式目』などという古本に興味を持つなんて充分不思議で変わってる。好みで言えば、やっぱり目の前の茜の方だな……と、洋介は秘かに心をざわつかせた。

「そう言えば田川君てさ、実家が神社でもないのに、何で神道を勉強しようと思ったの？」

さすがに、このタイミングで子供の頃、少彦名命に会って興味を持ったとは言えず、

「家の側に神田明神があったのが大きいですね。子供の頃、あそこは普通に遊び場でした。後でそこが神聖な場所だと知って、神社への興味から神道を勉強し始めたんですけど、その自由度というか多様性に惹かれたっていうのもありますね」

「へぇー、そうだったんだ。で、神田明神で神さまに会ったとか？」

「あっ、いえいえ」

焦《あせ》りまくる洋介。

「そのようね。今は詳しくは聞かないから安心して。で、田川君にとって神道の魅力は何なの？」

「そうですねぇ……八百万の神と呼ばれるくらい、日本の神さまって、そこかしこにいるじゃな

いですか。しかもそれが自然に僕らの生活に溶け込んでますよね。外国からの宗教も受け入れちゃうし、日本の神さまの臨機応変なところは面白いなと思います。それに神道って、聖書やコーランのような聖典がない分、厳格な規則に縛られない。タブーも他の宗教より緩い気がするんですよ。それって、凄くないですか」

「うん、確かにそうよね。生活に密着している分、お辞儀とか人に礼を尽くすとか、そういった日本人のマナーの原点も神道なんでしょうね」

それから二人は、時間を忘れて神社や日本の神さまについて熱く語り合い、さまざまな意見を交換した。そこで分かったことは、茜はかなり神道に精通しているということ。彼女は国文学専攻なのだが、知識は神道文化学専攻の洋介の上を行っているかもしれない。

「神道って、徳川家康の東照大権現や豊臣秀吉の豊国大明神のように、生前の偉業によっては、人間でも神さまとして祀っちゃうじゃないですか？　多様性を超えた臨機応変さっていうのかな？　そんな点も面白いと思うんですよ」

「王や英雄が死後に神格化されるという、いわゆるエウヘメリズムね。シンデン会も、人と神さまが歴史的事例にどう関わったのかを検証する会だから、田川君が入ったのは必然だったのかもね」

「だといいんですが……」

「お互い書記として色々記憶していきましょう。あっ、まずはさっきの『護国神道術式目』の解読をお願いね」

「了解しました！」

「なんか田川君と話をしてると、シンデン会の新たな道が開けてくる気がする。そうそう、道っていえば、神道って他の宗教と違って『教』じゃなく『道』よね」

「そうですね……神教とは言わない」

「そこも面白い点よね。誰かに教えられるのではなく、人生という道を自分で切り拓けってことでしょ？　そんな私たちの周りには、沢山の神さまが寄り添っている……そこが神道の本質って気しない？」

「確かに……」

「考えたら日本って、意外にこの『道』がついたものが多いわよね」

「『柔道』や『剣道』とか……ですか？」

「そうそう、『茶道』や『華道』もだけど、自らが修行して道を極めるってことでしょ？」

「なるほど……」

「ねぇ、今から神田明神に行ってみない？」

「いいですけど、もう閉まってますよ」

「境内には入れるわよね？」

「それは自由ですから、大丈夫ですけど」

「じゃあ、行こう！」

茜は二人分のコーヒー代をテーブルに置くと、サッサと店を出ていった。上条茜は、こうと決めたら、すぐに実行する人なのだ。洋介はその行動力に驚きながら、慌てて代金をレジで支払い追いついた。すると茜はいきなり洋介の腕をとって、自分の腕を絡ませてきた。

「田川君って、こういうの慣れてないでしょ？」

「あ、はぁ……」

顔が赤くなっているのが自分でも分かるくらい体が火照《ほて》ってきた。腕を組んで神田明神方面に歩き出すと、茜の鼓動が、まるで心電図のピッピッという音のように感じ取れる。リズミカルな振動が洋介の腕に伝わると、今度は洋介の興奮した速い鼓動が体全体を覆ってきた。次第に茜の鼓動とリンクし、ピッタリ二人の心拍が同じになった時、ピーッと永遠に続くような長い心電図音が頭の中に鳴り響いた。と、同時に茜は急に立ち止まり、ジッと洋介を見つめた。まるでブラックホールに呑み込まれそうな小惑星のような気分だ。

「ねえ、神社詣ではやめない？」

「あ、はい……」

「田川君」

「あ、はい……」

「私と寝ない？」

「あ、はい……えっ？　えっ？　えーっ！」

二十二章　田川家埋蔵金顚末

健太と結衣に会ってから、頭痛が起きる間隔が狭まっている。鎮痛剤を飲みながら月曜、火曜と仕事をこなした美咲だったが、今日は朝から五月雨《さみだれ》式に軽い頭痛が続いている。会社を休むほどではないが、倦怠感を伴う痛みは食欲を減退させ、昼休みにランチに行く元気もなく、自分のデスクで突っ伏していた。そこへ、ランチを終えた同じ部署の後輩、吉田七海《ななみ》が声をかけてきた。

「美咲さん、大丈夫ですか？」

「あぁ、大丈夫よ。ちょっと頭が痛いだけ」

「ならいいんですが……あの、ひとつ聞いていいですか？」

「何？」

「美咲さん、ムーンライトの方と付き合ってるってホントですか？」

「えっ？　ムーンライト？」

「戸塚さんですよ。戸塚颯太郎《そうたろう》さん」

そうだ！　颯太郎の勤め先がムーンライトだった。彼はムーンライトで、どんな国の通貨でも、ネットで支払いが可能となるようなシステム開発をやってるって、本人から聞いたことがあった。

「先週、美咲さんが早退した日に、戸塚さんが美咲さんを訪ねてきたじゃないですか、あれ、けっこう騒ぎになっていて、美咲さん、お付き合いしてるのかなってみんな噂してますよ。あの合コンで会ったんですよね？」

颯太郎に出会ったのは、七海に懇願され人数合わせで参加した合コンだった。

「そうだけど、別にお付き合いってほどじゃないわよ。食事とか、ドライブには行ったけど……」

「へえー、そうなんですね」

「一体どうしたの？　戸塚さんのこと、七海は何か知ってるの？」

「いえいえ、私は何も……ただ、先輩の前でいうのも何なんですが、あの人のあんまり良くない噂を耳にしたんで、もしお付き合いしているならお耳にいれておこうかな……と」

「何なの？　よくない噂って？」

「あの人、お金にかなりルーズらしくって、サラ金に手を出したり、色んな人に少しずつお金を借りたりしているとか……」

「それ、誰に聞いたの？」

「あ、同じ合コンで出会った、サンセットの正木《まさき》さんからです」

サンセットは「スペース・クラッシュ」というシューティングゲームで大当たりした会社で、正木はそこのゲームプロデューサーだという。

「正木さんに、この間戸塚さんが美咲さんを訪ねて銀行に来たって言ったら、真剣な顔して理由を聞くもんだから、私も逆に戸塚さんって何かあるの？　って、質問して聞き出しちゃったんですよ」

そんなこと聞き出せるほど、七海は正木と親密な関係なのだろうか？　まぁそんなことはどうでもいいが……。

「正木さんが言うには戸塚さんて、イケメンっぷりをいいことに、女性からお金を引っぱるのが上手いんですって。あの手のルックスに弱い女って結構いるみたいですよ」

私だ……耳が痛い……。しかし、あまりのネガティブ情報に、頭痛はすっかり何処かへ行ってしまったようだ。

「美咲さんはしっかり者だから大丈夫だと思いますが、気をつけてくださいね」

「わかった。色々心配してくれてありがとね」

「いえいえ、あの合コン無理矢理誘ったのは私だし、美咲さんに何かあったら大変ですから。いや、美咲さんに限ってそんなことはないと思いますけど。じゃあ。また彼の情報は仕入れておきますね」

それだけ言うと七海はサッサと自分のデスクに戻って行った。再びデスクに突っ伏しながら、美咲は考えた。今聞いた颯太郎の噂は本当だろうか？　フェイク情報であって欲しいと思うと同時に、最近の颯太郎の行動からして、あり得ることだとも思う。折り入って相談というのはお金の話かもしれない。そういう予想がついたからか、七海の情報に驚いているわりに、美咲は激しく動揺はしていなかった。それより、今夜は実家で母親を交えて、遺産についての話し合いが行われる。こちらの方が今の美咲にとって優先順位ナンバーワンの重要案件なのだ。


今夜の家族会議という名の兄妹の戦にあたり、事情を知らない母親の紀子は、久しぶりに家族全員集まるなら、皆で食事をと提案したが、かなりドロドロした話になりそうで、いくら家族とはいえ和気あいあいの食事になるとは思えない。それぞれ忙しいと美咲はやんわり告げて食事は取りやめにし、夕食は銘々で済ますことにした。二人には、夜九時ぐらいに実家へ来るように連絡した。

取り敢えず美咲は、勇み立つ気持ちを抑え、兄妹間の合戦に集中しようとしている……。今のところ、颯太郎のとんでもない噂のせいか頭痛は治まっているが、さっきから陣太鼓がドンドンと心拍数に合わせて鳴り響いている。母親はおそらく中立の立場を取るだろうから、美咲としては健太・結衣連合軍に対し、どう立ち向かうかが大事になる。ことに実家の持ち分については、今後の美咲の人生設計に関わるから、自分がこの先どう生きていくつもりなのかを主張しなくてはならない。奇襲攻撃か先制攻撃か、はたまた力攻めか……とにかく今夜も油断は禁物だ。

そんな家族会議を控えて、母親の紀子は、

「久しぶりに家族全員で集まるっていうのに、何だか美咲もギスギスしてるわね」

「私もって、二人もそういう感じなの？」

「夕方に健太から電話があったけど、口調でいつもと違う雰囲気だということぐらい分かるわよ」

さすが母親。子供のことになると敏感だ。

「そんなに心配することはないわよ。今夜はお母さんも交えて、ちょっと聞きたいことがあるだけだからさ」

「そうなの？　健太もそんなこと言ってたけど……でもまぁ、お父さんが亡くなって、久しぶりにみんなが揃うから、きっとお父さんも喜んでるわよ」

そっかなぁ……遺産分配のことだから心配してると思うけど……美咲が軽くため息をつくと、おもむろに紀子が、

「ねえ、美咲、この間出掛けた方とはどういう関係なの？　もう付き合ってるの？　あれから、何だか具合が悪そうだけど……」

いきなり颯太郎とのことを直球で攻めて来た。

「いやいや、まだ全然、付き合うって感じじゃないわよ。それに私、当分結婚なんかしないつもりだし」

「しないつもりって、そろそろ本気で考えないと駄目じゃない」

「何言ってんのよ。私が今結婚して、家を出たらお母さん一人になっちゃうでしょ？　淋しくないの？」

「あんたが所帯を持ったって、ここで暮らせばいいじゃない」

おっ、そうきたか……。

「それはさぁ、相手もあることだし、その時が来たら考える」

そっかぁ、結婚してここに住むという選択もありか……そうなると、颯太郎をこの家に入れて、後から健太や結衣にあれこれ言わせないためにも、健太の提案する権利買い取りに応じる選択肢が現実味を帯びてくるが……いやいや、何で颯太郎のことを今考えるんだ？　あの男のことは一旦忘れて、自分のこの先のことを考えなきゃ。すんなり健太の思惑通りには行かせない……。再び強く兜の緒を締め直す。

午後九時ちょうどに、健太と結衣が来た。結衣は紀子とは久々だったので、近況などを話し込み、世間話に花を咲かせている。美咲は健太に、

「今夜の経緯は私から話すけど、この間私に提案した土地建物の買い取りの件は、あんたからお母さんに分かるようにちゃんと説明してよね」

「ああ、それは分かった……それよりお前さ、かなり顔色悪いけど大丈夫なのか？　日曜に会った時より青白くみえるぜ」

「あら、心配してくれるの？　でも大丈夫よ、ちょっと今仕事が立て込んで忙しいだけだから」

頭痛は治まっているが、実は今また美咲は軽い目眩に襲われていた。

やがて家族全員、リビングに集まり、会議の準備は整った。結衣がお土産で買ってきた、母親が大好きなキルフェボンのイチゴタルトを食べながら、頃合いを見て、美咲は自ら開戦を告げる心のホラ貝を鳴らし、田川家の遺産を巡る分配合戦の火蓋を切った。

先《ま》ずは美咲の方から、亡き父洋介の遺産相続について健太と結衣から話があったことを紀子に説明し、それを受けて、今度は健太が、先日渋谷のホテルで美咲に提案した実家の土地建物の分け方について紀子に分かり易く説明した。その際、健太も結衣も今まとまった資金が必要であるということも付け加えた。紀子はイチゴタルトを食べながら健太の話を聞いていた。

「お祖父ちゃんの、鰻屋さんを売ったお金ってどうしたの？」

「もちろんそれは、お父さんがお祖父さまから受け継いだわよ。大分前のことだけど、一億円以上はあったかな？」

フーッと息を吐いて、紀子が懐かしそうに語り始めた。

「神田のお祖父さまには感謝しかないわ。学者の給料だけじゃ、この家だって買えなかったしね。でね、ここを買ったお金を差し引いても、半分以上のお金が残ったのよ。それをね、お父さんの了解のもとに、実はお母さんが株で増やしたの」

「えぇーっ！」

母親曰《いわ》く、父親の洋介は学者肌でお金のことは無頓着。この家の購入の件も全部母親の紀子に任せていたという。

そしていわゆるバブル期に、紀子は株で勝負に出て大幅に資産を増やしたというのだ。

母親が株をやっていたことを父ゴーストから聞いていた美咲はさほど驚かなかったが、健太と結衣は初めて聞く母親の株式投資武勇伝に目を丸くしている。バブル崩壊前に見切ってスパッと利益確定させたので、まったく火傷《やけど》もしなかったし、損もしなかったという。まさにやり手の株相場師！　何という母親なんだ！　田川家の陰の軍師かと、呆れるほど感心した美咲だった。母親の実家はS県のG市で造り酒屋をやっていて、そこで経理を任されていた経験が株式投資に生きたと父ゴーストは言っていたが……それにしても凄い！　驚きながらもさり気なく美咲は聞いた。

「で、お母さんさぁ、株で大当たりして増やしたってどのくらいになったの？」

「そうねぇ……まぁ都内にビルを買えるぐらいには増やしたかな？」

「ホントに？」

「それも一つじゃないわよ」

「えっ？　マジ？」

「そうよ。お父さんもビックリしてたわね」

「じゃあ、その金は俺達も相続出来るんだよね？」

暫く沈黙が流れたあとで、紀子はタルトを食べていたフォークをテーブルに置いて言った。

「貯金はなくなったのよ。すなわちゼロ」

えっ？　遺産ゼロ？

「厳密に言えば、健太から返してもらったお金はあるけど、純粋なお父さんの貯金はもうないわ」

空気が止まった。唾《つば》を飲み込んで健太が話しだす。

「えっ？　まったくないってこと？」

「そうよ」

それまで沈黙を守っていた結衣も、

「そんなにあったお金、一体どうしちゃったのよ」

「そうだよ、都内にビルを買えるぐらいの資金が、何で今ゼロになってしまったんだよ」

「それはね、お父さんが全部使っちゃったからよ」

「え――――――っ！」

ドッカーンという爆発音と共に画面が揺れる昭和のコントのように、三人は声を合わせた。それはまるで世界中の空に響き渡るような勢いだった。

二十三章　神話的和合術

突然、「私と寝ない？」と上条茜に誘われた洋介は、その場でフリーズしたまま呆然と茜を見つめた。すぐに「冗談よ！」という台詞を期待して待った……が、茜は半ば強引に洋介の腕を取ると、神田駅方面に歩き始めた。

「なんかワクワクしない？」

「いや、でも……その……」

「何照れてんのよ。和合《わごう》はあくまでも儀式よ。神を感じる者同士の当然の義務なんだから」

「和合？　義務って？……」

「そう！　イザナギ、イザナミの心意気で行きましょう」

それって無理がないか？　あの二人はあくまでも夫婦であって、天《あま》つ神からの指令で、国を創《つく》るという大義があった。自分たちにそんなものは無い。しかも古事記《こじき》という、神話の中での話じゃないか。

「あの、ちょっと冷静に……」

「何言ってんのよ、こんな時に冷静になったら駄目だって。思い立ったが吉日っていうでしょ？」

思い立ったが吉日って言ったって……戸惑う洋介は茜に引きずられるままに、神田駅界隈《かいわい》のラブホテルに飛び込んでしまった。

「田川君って、こういうとこ初めてよね？」

「あっ、はい」

「ねえ、さっきから、ちゃんと言葉を喋ってないんじゃない？　私だって初めてなんだから、お互いに探検するつもりでさ、後学のための社会勉強よ」

茜は初めてとは思えないほどの手際でフロントで交渉し、代金を支払っている。こういうホテルが前金なのを初めて知った。洋介は付き添い人のように茜の後ろで佇《たたず》んでいるのが精一杯だ。

「ねえ見てこの鍵、ベルサイユの間５０５って書いてある。なんか笑っちゃわない？　大体このホテルの名前が、ニュー竜宮城よ。何だかシュールよね」

二人でラブホテルにいることの方がずっとシュールだと思う。エレベーターを五階で降りると、煙草とアルコールの饐《す》えた臭いがプーンと漂ってきた。いかにもって感じで廊下には赤い絨毯《じゅうたん》が敷き詰めてある。非常灯がチラチラついたり消えたりして淫靡《いんび》な雰囲気を醸《かも》し出しているが、問題は洋介自身が上条茜と寝るという行為に現実味がないこと。そりゃそうだ、大学の先輩後輩というだけで、彼女のことは殆ど知らない。そんなんでいいのか？　こういうことは勢いだって茜は言っているが、その勢いが洋介にはないのだ。

「見て見て、なんか凄いわよ」

先に部屋に入った茜が興奮気味に、

「天井が鏡になってる。何このベッド、円形だわ」

最近よく、テレビや雑誌などで紹介されている、今流行りの回転ベッドなのだろう。天井の鏡は薄汚れていて、映るものが何とか目視出来る程度だ。部屋のビロードのような壁は廊下よりも一段暗めの濃い赤で、小さめのシャンデリアがぶら下がっている。内装も安っぽいロココ調の白と金で統一され、これがベルサイユの間ということなのだろうか。茜は早速、ベッドサイドにあった回転スイッチを見つけてオンにした。意外に回る速度が速い。

「うわっ、目が回る！　これじゃ無理よね」

何が無理なんだ？　若干引き気味になっている洋介を無視するかのように、お構いなしに突き進む上条茜……ついて行けない……洋介はぽつりと呟いた。それと同時にベッドの回転スイッチを切った茜が、

「ねぇ、田川君もここに座って、ビールでも飲みましょうよ」

「……………」

「あのさぁ、別に気分が乗らなかったら、このまま帰ってもいいんじゃない？　そんな怖い顔しないでよ。無理矢理取って食おうなんて思ってないからさ」

洋介が隣に座った途端に、茜は立ち上がり、冷蔵庫から缶ビールを取って、側にあったコップ

に注いで洋介に渡した。

「じゃあ、私たちの神さまに乾杯！」

茜は缶のまま残ったビールを一気に飲み干す。それを見て洋介もコップのビールをグイッと飲み干した。不思議なことに、さっきまで感じていた茜に対する猜疑心《さいぎしん》のようなものが一杯のビールで、嘘のように鎮まった。

数秒の沈黙の後、茜は空いた缶をベッドサイドに置くやいなや、洋介の手を取って引っ張り唇を合わせてきた。洋介の脳内から、理性で無理矢理抑え込んでいた欲情マグマが噴き出し、そのまま二人はベッドに倒れ込んだ。無我夢中でぎこちなく服を脱ぎ捨て体を寄せ合う。若い体にスイッチが入ったら止めることはほぼ不可能だ。正規のレールを走らない暴走列車と化し、行き着くところまで行かないと、けして止まらない。つまり一線を越えるまでは二人が離れることはないのだ。だが、しばらくして、この暴走列車は終着駅に到着する前に突如失速した。慣れない若者にはよくあることだ。まだ息づかいは荒いが、自然に二人は離れた。言葉はなく、並んで裸の体を薄汚れた天井の鏡にさらしている。不思議なことに羞恥《しゅうち》という感覚がない……いや、麻痺している。イザナギ、イザナミというより、禁断の実を食べる前のアダムとイブのようだ。そのまま体を並べ、鏡に映る全裸の二人に洋介が話し始めた。

「すいません……なんか、上手く出来なくて」

「あら、全然いいのよ」

「でも……」

「田川君、何でこんな事するんだって思ってるでしょ？」

「……」

「私ってさ、かなり人見知りなのよ」

「えっ？」

「う～ん、何て言うか……人との距離感が上手く測れないのよね。だから、出会っても深く付き合えない。それにね、相手の心が見えちゃうのよ」

「見えるって、相手の心が読めちゃうってことですか？」

「いつもじゃないのよ。ただ、気持ちがお互い高まるとね。露骨な男の下心って手に取るように見えちゃうから、恋人が出来ないのよね……」

一瞬うつむいた横顔に、洋介はドキッとするほどの色気を感じた。

「ほら、さっき神田明神に行こうとして喫茶店を出たじゃない？」

「はい」

「並んで歩いてたら、田川君の心拍が聞こえて来たのよ。そしたら、自然に心が読めちゃって……君って心の底から純粋なんだね。神さまを感じる人は心も綺麗なんだって思ってさ、君なら私を受け止めてくれるかな？　って。あっ、別に重く受け取らないで、今夜だけのことだから」

今夜だけって、そっちの方が重い……まだ上手く理解出来ていないが、洋介は思い切って告白した。

「実は僕、こういうことに慣れてないというか……つまり……女性は初めてだったんです」

「あら、そんなこと心配しないでいいわ！　私だって初めてだし」

えっ？　えっ？　上条茜も初めて？

「さっきも言ったでしょ？　距離感がつかめない女は、男からみたら扱いにくいものらしくてね。こういうことにトンと縁がなかったのよ」

「……」

「田川君って真面目で、神さまとの縁もありそうだし、私とは合うかなぁって思ってさ。あっ、恋人関係ってことじゃないわよ。あくまでも体の相性ってことでね。変な言い方だけど、神さまを感じる者同士で寝たら、神さまの世界に近づけるような気がしてさ……ちょっと乱暴だったかな？」

それは乱暴だ。そんなことで、神さまに近づけるわけがない。

「さっきイザナギ、イザナミの和合なんて言ったけど、二人も最初はうまくいかなかったわよね」

「そうでしたね。下界に降りた二人は、天之御柱《あめのみはしら》という大きな柱を造って、その柱の周りをイザナミは右回り、イザナギは左に回って、出会ったところで声をかけ合って和合したと、古事記には書いてありましたけど……確かに初めは失敗したと思います」

「さすがによく知ってるわね。二人とも国生みという、日本を創るという大義を背負ってたから頑張れたと思う……でも、セックスで国土を創ったなんて、エロティシズムって創造の源なのよね」

「天沼矛《あめのぬぼこ》で、下界をかき回して小さい島も創りましたけど、やっぱり男女の営みの方が強力でした。イザナギ、イザナミの和合で、淡路島や四国などが生まれましたからね」

「でも何で最初は上手くいかなかったんだろう」

「それってイザナミが声をかけたからじゃないですか？　確か、女性の方から声をかけちゃ駄目だったんですよ。で、あらためてイザナギが声をかけて誘って上手くいったんだと思います」

「そっか、さっきは私から誘ったから駄目だったのかな？　じゃあさ、今度は田川君が誘ってよ」

「えっ？　もう僕はギブアップですよ」

「そうでもないみたいよ……。ホラ！」

鏡の天井に映し出された、生まれたままの姿が、男性の回復ぶりを如実に表していた。若さとはそういうことだ。心と肉体のアンバランスこそが若さの特権なのだ。いくら言葉で否定したところで、若い肉体は正直に反応してしまう。

ここはイザナギになろうと意を決した洋介は、今度は自ら茜の手を取って引き寄せ、茜の唇を塞いだ。鏡に映った白い滑《なめ》らかな茜の背中を見ながら、ゆっくり洋介は目を閉じた。それから、乱れたシーツの上を泳ぎ始め、甘い吐息に疼《うず》いた汗が二人を深淵の世界へと包み込んでいった……。

二十四章　宴のあと

母親である紀子の放った「遺産はない」という強烈な爆弾宣告は、まさにメガトン級の威力で、それぞれの思惑を粉砕した。健太と結衣はあまりの衝撃に驚きの声を上げつつも、以後は言葉を失った。しかも、紀子の卓越した株取引により数億にも膨れ上がった遺産が跡形もなく消え失せたのは、洋介の散財が原因だというのだ。

美咲は、生前の学者然とした父親を思い浮かべれば浮かべるほど、そのギャップに笑いを抑えることが出来ない。まさか日本中の怪獣フィギュアを買い占めたわけじゃないよね？　一体何に使ったというのだろう。

何もないと分かると遺産分配の話は机上の空論と化し、まさに赤城山の徳川埋蔵金騒動のように、遺産を巡る田川兄妹骨肉の争いはあっけない幕切れを迎えた。そして、この驚愕の急展開に、切り換えが最も早かったのは妹の結衣だ。

「お父さんの遺産がないなら仕方ないわよね。じゃあ、もうちょっと美容師として他の店で頑張るわ。明日から新しい美容院を探さないといけないから、アタシはもう帰るわね……じゃあ、お母さんバイバイ！　また来るね」

しれっと言い放つと、早々に帰って行った。もしかしたら三人の中で、昭和の変身ヒーロー好きな結衣が一番逞《たくま》しく、行動的かもしれない。

それに引き替え、健太の落胆ぶりは目も当てられないほどだ。下を向いたまま微動だにせず、リビングのソファから立ち上がろうともしない。まるでロダンの『考える人』そっくりで、何だか死ぬほど可笑しい。とはいえ、さすがの美咲も健太の様子から、そこを突っ込むのはグッとこらえた。

「じゃあ、お茶でも淹《い》れ直すわね」

そう言って紀子も席を立つと、健太と美咲がリビングに残った。

「ねぇ、健太。遺産はないんだから仕方ないじゃない。そんなに落ち込まないでよ」

「う〜ん、まぁな……。でも、かなりあてにしてたから、すっかり気が抜けちまってさ……」

「怪獣フィギュアバーだっけ？　あれってさ、ペンディングにしたんでしょ？」

「ああ、あれは、いつでも出来るしな。俺、実はさ、ちょっとしたプロジェクトに投資しようと思ってたんだ」

「えっ？　何に？」

「映画だよ。映画」

「映画って……」

「テレビマンにとってさ、やっぱり夢は映画を作ることなんだよ。で、長年書きためていたプロットを少しずつ書き足して脚本にしたんだけどさ、それを懇意にしている映画関係者に見せたら、意外に乗って来ちゃってさ」

「凄いじゃない」

「もちろん、まだメドは立っていないんだが……」

「どんな映画なの？」

「特撮ものだよ。お前の苦手な分野だけどな」

「映画を作るとなったら、膨大な予算が必要なんじゃない？」

「そりゃ、今の時代、個人で映画なんて無理な話さ」

「怪獣とか出てくるの？」

「それがメインじゃないが、俺が作るんだから出てくるさ。で、その脚本を元にプロットのテスト映像を本気で作ろうと思ってさ。そのための資金に遺産をあてにしてたんだよ」

「てことは、アンタが監督もやるってこと？」

「そう、やるってこと」

「脚本読んでないから何とも言えないけど、関係者が太鼓判押してるなら、かなりいいんじゃない？　冒険だけどやる価値はあるわよね」

「なんか、お前に褒《ほ》められると気味が悪いな……」

「別に褒めてないわよ。一つの仕事として、価値があるってことよ。それさぁ、ちゃんと書類作って、ウチの銀行の稟議《りんぎ》にかけてみない？」

「それは無理だな。残念ながら今の俺には担保がない」

「そっか……。そもそも、テスト映像ってどのくらいかかるのよ」

「テストといっても、安っぽくしたくないし、そのプロットのテスト映像で大資本を釣り上げようって思ってんだ。CGアーチストとかも一流に頼んで本格的にやりたいからなぁ……作った一部を本編にも流用するとしても、そうだなぁ、二本ぐらいかかるかもな」

　健太は中指と人差し指でピースマークを作って見せた。

「二百万？」

「なぁーわけないだろ。桁《けた》が一つ少ない。多く見積もって大体二千万だな」

「そんなに？」

「そう、そんなに……。遺産をあてに出来ず、いきなり暗礁に乗り上げたってことさ」

　そこへ、お茶を淹れ直して来た紀子が、

「全部聞こえたわよ。そういうことなら、この間、アンタが返してくれたお金を使えば？」

「うん？　オヤジに借りてたヤツ？」

「そうよ。あれだって遺産と言えば遺産だし、アンタがそんなに真剣に取り組んでいるんだったら、お父さんだってきっと賛成してくれるはずよ」

「でも、その金を全部俺が貰ったら、結衣だって面白くないはず。まだ上手く行くかどうかわかんないし、ドブに捨てることになるかもしれない」

「あら、アンタが遠慮するなんて珍しい。いつもズケズケ勝手に上がり込んで、家を引っかき回してくのに」

「えーっ、そりゃないだろ？　俺だってオフクロの老後とか色々考えてはいるさ。だから、その金はオフクロが使えばいいんだよ。とにかく、俺は遠慮しておくよ」

「へぇー、初めて長男らしい意見を聞いた気がする。見直したよ兄貴！」

「お前、また馬鹿にしてんだろ？」

「してないわよ、素直にそう思ったから言ったまでよ」

「お前の言い草ってイチイチ棘《とげ》があるんだよな。だからかぁ、いつまで経っても、もらい手がないのは」

「何よ！」

「もう、よしなさいって。あんた達って、ホントよく似てるわよね。兄妹だから似てて当然だけど」

「私が？　健太と？　ウソ！　それはないわぁ」

「俺だって、美咲と似てるなんて願い下げだね」

「興味を持った事に一途になれるところは、お父さんに似てるわよ。お父さんってああみえて、意外に情熱的だったのよ。学者然としてるから、アンタ達には分かりにくかったと思うけど。あの歳まで怪獣フィギュア好きっていうのも、今思えば凄いことよね。そこはついていけなかったけど……そう、お父さんはね、好きなことを一生かけて全うした人なのよ。だから健太にもそうあって欲しいわ。もちろん美咲もね。お父さんだって、きっとそれを望んでるはずよ」

「わかった……。この件は少し考えさせてもらっていいかな？　プロジェクトがどう転ぶかにもよるし。そうなったら、俺も会社をやめて受け皿になる会社を起業しないとだし」

「どっちにしても頑張んなさいね！　健太のことはお母さんも、お父さんも応援してるんだから」

好きなことか……確かに健太は自分の好きなことをやろうとしている。それに引き替え私は？銀行業務なんて、本意ではないことを惰性《だせい》でやっている。それを考えたら、健太の方が上かもしれない。そろそろ私も先のこと本気で考えないと……。

その時だ。美咲の携帯が鳴った。画面を見ると「戦国最愛武将」とある。戸塚颯太郎だ！　慌てて、リビングを出て電話に出た。

「美咲さん？　戸塚です。今大丈夫ですか？」

やはり声を聞くと、自然に心がざわついてしまう。

「はい、大丈夫ですよ。何だかちょっとお久しぶりですよね」

「すいません！　連絡できなくて。僕の方がバタバタしちゃっていて……でも、声だけでも聞けて良かったです」

その言葉でポッと心に灯りが点《とも》った気分。私もよ……という言葉を呑み込んで、

「で、何か？」

「あっ、突然なんですが、明日か明後日《あさって》、お会い出来ませんか？」

「えと、明後日なら、夜は大丈夫ですけど」
「じゃあ、明日中に、場所など連絡しますね」

スケジュール確認の短い会話で電話は切れたが、あれだけ疑惑まみれの颯太郎の誘いなのに、意に反して心がホワッと浮かれている。これが惚れた弱みということか？　まぁ、大人の恋は全部が全部、綺麗事で済ませられるものではない。恋なんてずっと透き通った水のままではいられないのだし、最初から少し濁ってた方がちょうどいいのかもしれない。それに、誰だって叩けばホコリの一つぐらい出るもの……。颯太郎の悪い噂は噂として、今はサラッと聞き流しておいた方が無難だ。余計な詮索はせずに、自分がきちんと確かめるまで、このままの気持ちでいることが大切なんだと思う。あれっ？　私っていつからこんなにポジティブ？

颯太郎との電話の後、美咲はそのテンションのままリビングに戻ると、健太が作ろうとしている映画の概要を、さらに本人から聞き出した。紀子が眠そうな顔をするまでの小一時間ぐらいだったが、意外にも健太は作りたい映画のビジョンをしっかり持っていた。日本文化の象徴でもあるアニメと特撮の融合とか、世界各国を分断するイデオロギーという国の思念が怪獣に変異して都市を破壊するなど、話を聞く限りではかなり面白そうな気もした。

ただ、遺産をあてにしていた健太のショックはかなりのものだった。はなから遺産など頼るつもりのない美咲にとっては、遺産がゼロだろうとどうでもいいことなのだが、健太にとっては大問題なのだ……。話すたびにため息を漏らす仕草が妙に生々しく、且《か》つ痛々しい。的確なアドバイスは出来なかったが、多少は健太を兄として見直す、良いきっかけにはなったかもしれない。

今後、健太に協力出来ることがあるとしたら、父ゴーストに巨額の資金を何に使ったかを問い質《ただ》すことだろう。死んでからというもの生前の主な記憶をなくしつつあるらしい父ゴーストが、どれだけ覚えているかによるが……とにかく、一度は聞いてみよう。

二十五章　甘い罠の誘惑

銀行の朝は早い。通常午前九時からの営業だが、バンカーにはそれまでにやるべきことが意外に多い。美咲もほぼ毎日、遅くとも午前八時には出勤している。銀行の花形部門でもある融資管理企画部は朝の勉強会と称して、大口融資先の現状報告や、各種法令の確認、経済新聞などで気になる株の動きや、昨日の日経平均株価の動向や、為替《かわせ》の情報を共有し合う。そして今朝は朝礼で、今後の銀行の在り方と題して、部長が延々講話を続けている。それって、前に聞いたと誰もおくびにも出さないのが、この銀行の暗黙のルールでもある。しかしながら、美咲の耳には全然届いていない……意味不明なお経を聞いているかのように、右から左へ聞き流している。そう言えば、先週日曜の情報番組で、恋をすると体の免疫力が上がるだけでなく、美容にも効果があると、コメンテーターが訳知り顔で語っていたのを、フッと思い出した。そのせいだろうか、颯太郎から電話がきてから心なしかいつもより肌艶《はだつや》がいい。気のせい？　いやいや、今日は化粧のノリがいい。何よりも、毎日のようにあった頭痛がないのが嬉しい。そういう変化は態度や仕草にも出るのか、今朝も、後輩の吉田七海にこう言われた。

「あれっ？　美咲さん！　何だか楽しそうですね。それに今日は一段と綺麗？　というか、何だか色っぽい？」

「ええ、そうかなぁ？」

「あっ、もしかして今夜はデートですか？」

「えっ？　違うわよ」

それは、明日だ。

「ああ、良かった！」

「なんで？」

「まだムーンライトの戸塚さんと付き合ってるのかなぁって思って。あっ、正確には元ムーンライトですけどね」

「そうなの？」

「ちょっと、ちょっとこっちへ」

いきなり給湯室に連れていかれ、周りを見つつ七海は声を抑えながら、

「戸塚さん、ムーンライト辞めたみたいですよ！」

「ホントに？」

「理由は分からないんですけど、これか、これかもって噂です」

七海は小指を立てた後に、人差し指と親指で円を作った。つまり、女か金ってことだ。ただそれも、まだ噂の域を脱しておらず真相は不明だという。自分としても、颯太郎が会社を辞めたことは気にはなるけど、颯太郎の悪い噂は今に始まったことではないのだ。

「自分から辞めたというより、クビって話もあるみたいですよ」

「そうなの？　お金の問題ならわかるけど、女の問題ってなんだろう？　だって、あの人セクハ

ラって感じでもないわよね」

「いやぁ、わかりませんよ〜。ヒツジの皮を被《かぶ》ったオオカミって言葉もありますからね。それに、これは都市伝説ぽいですけど、あの人、実は結婚しているって噂もありますよ」

「ホント？　ちょっと信じられないなぁ」

「ダメダメ、ダメですよ、そんな男に引っ掛かっちゃあ〜。美咲さんなら、もっといい男性が見つかりますって。顔だけが取り柄の男ってなんか信用出来ないし、所帯持ちの尻軽男なんかの誘いに乗っかっちゃダメですって！」

　顔だけが取り柄？　所帯持ちの尻軽男？　そこまで言われ美咲は若干ムッとした。それにしても、最近の七海の態度も不自然だ。最初は私に対する親切心かな？　と思っていたけど、どうも私が困惑するのを、心の底では楽しんでいるような気もする。そういうねじ曲がった心理状態を察知する能力に、女はたけているのだ。そう言えば、あの日の合コンに出席した他の同僚に聞いた話によると、当初、颯太郎を狙っていたのは七海の方だという。そうなると、七海の言っていることもどこまで本当か怪しくなる。

「ありがとう。男なんてこの世に掃《は》いて捨てるほどいるし、私も七海を見習って、慎重に頑張るわ」

　と、明るくボケてみた。

　自分が狙った戸塚颯太郎を奪われたくないという気持ちが、私に対する余計なお節介に繋がっているのなら、こんな失礼で怖いことはない。翌日颯太郎に会うことを悟《さと》られないように、美咲はさり気なく、その場をやり過ごしたのだった。

そして、ちょうど眠気に襲われそうになったタイミングで、お経のような部長の講話が終わり、美咲はハッと我に返った。いつもと変わらぬバンカーの慌ただしい一日の始まりだ。

翌日の業務を終え、銀行を出た美咲は颯太郎との待ち合わせ場所である渋谷に向かった。渋谷へは東京メトロの半蔵門線で大手町から十五分余り。少し早めに着いた美咲は渋谷周辺を散策し始めた。駅周辺は凄い人でごった返している。スクランブル交差点を公園通り方面へ渡る。これだけの人が溢れているのに、知っている人間が皆無という不条理。大都市の孤独を人混みの中に感じ取りながら歩く。

先ほど颯太郎から電話があり、まだお店の予約が取れていないので、取り敢えず渋谷駅のハチ公前で会うことになった。ハチ公前で待ち合わせなんて、美咲にとっても久しぶりでかなり新鮮だ。

その昔、映画『ハチ公物語』をリメイクしたハリウッド版『ＨＡＣＨＩ　約束の犬』を家族で観たことがあった。大学生の頃だったかな？　その時はたまたま父親と母親と三人だった。リチャード・ギアの熱烈なファンである母親のリクエストで観たのだが、母親の感動ぶりが尋常じゃないほどで、見終わってからも映画のシーンを思い出しては涙を浮かべていた。意外だったのが父親の洋介だ。特撮怪獣映画しか興味がないのかと思いきや、こういうヒューマンドラマもよく観ているという。美咲としては涙の押し売り映画は苦手なのだが、ストーリーが分かっていてもこの映画は感動した。いや、筋が分かっていたからこそ感動出来たのかもしれない。ところが、映画を製作したアメリカでは一般上映が中止になった。興行収入が望めないのが理由だともっぱらの噂だったが、こんないい映画を上映しないなんて、アメリカ人はセンスがないと、珍しく母親が怒っていたのを思い出した。

　何の目的もなく街をブラブラするのも久しぶりだ。ウインドウショッピングを楽しむのもいいもんだ。こういう時間の潰し方は嫌ではない。ふと見上げると、ビルで切り取られた空が迫ってくる。前回のデート中に見た夢のように、空からまた東京を眺めてみたいものだ。空飛ぶ神田明神なんて、考えただけでも面白い。この夢のことを健太に話してみよう。少しは映画のアイデアの切れ端になるかもしれない。少し早いが、美咲は待ち合わせ場所のハチ公前を目指した。スクランブル交差点を駅方面に渡る。その時だ。横断歩道を渡る人の肩の上で、夢や山中城で見た、小さな人型お人形が美咲を見て手を振っているではないか。父ゴーストが言うには、それは少彦《すくなひこ》名命《なのみこと》という神さまだという。えっ？　何？　と思った途端、見えなくなってしまったが……何かの暗示だろうか？　手を振っていたというより、ダメダメと合図を送っていたような気もする。何がダメなんだ？　もしかして、今日のデートか？　いや、そんなことはない……と思いたい。それより、こういう不思議な場面に出くわしても、さほど慌てない自分にも驚いた。頭痛も起きなかった。

　ハチ公前は、相変わらず人でいっぱいだ。そう言えば忠犬ハチ公の公って、偉い人につける接尾語じゃなかったっけ？　平安時代で言えば、菅原道真《すがわらのみちざね》の菅公《かんこう》とか、戦国時代では信長公や家康公など、偉人たちに敬意を込めて呼ぶ時に公をつけたものだったのに、時代と共に落語のクマ公や、教師の先公、あばずれを意味するズベ公など品位はどんどん下がるばかりだ。それでも忠犬ハチ公は、武士の忠義という意味も含め、日本人の心を表すというか、愛犬への愛情を込めた深い呼び名に違いない。

スマホが鳴り、颯太郎は少し遅れるという。そう言えば、外での待ち合わせで、颯太郎は時間通りに来たことがない。そこが最も気になるところ……。バンカーである美咲は時間厳守をモットーにしていて、時間にルーズな人間は信用に値しないとまで思っていた。恋はまさに盲目なのだ……。

二十六章　恋の権謀術数

颯太郎が案内してくれたレストランは、健太が結婚披露宴をドタキャンされたホテルの四十階にあった。最近はこのホテルに縁があるなぁと思いながらも、美咲は健太の失態を颯太郎に話す気などサラサラなかった。それより、今日の店も高層ホテルの最上階だ。以前、ソラマチの高層階のレストランで会い、私が帰りのエレベーターで気を失ったことを覚えてないのだろうか？私がエレベーターが苦手なことを気遣ってくれなかったことが、美咲的にはかなりショックだ。エレベーターが上昇すればするほど、美咲のテンションは下がってゆく。気分も悪い。今夜はエレベーターの狭さが息苦しく感じられる。高所恐怖症に加えて、閉所恐怖症にでもなったのだろうか？　突然キーンと、ここ数日治まっていた頭痛まで襲って来た。美咲にとってはまさに三重苦。レストラン階に着いたときは、足下がフラついて思わず、颯太郎の肩にしなだれかかってしまった。

「大丈夫ですか？」

「すいません、つい気分が悪くて」

「あっ、美咲さん、エレベーター苦手だったんでしたね？　すいません！　僕失念してました」

どうせ、そんなことだろうと思った……。

「いえ、いいんですよ。でも、ちょっと休みたいんですけど……少し頭も痛くて」

「それは大変だ。食事どころではないですね。この直《す》ぐ下にエグゼクティブラウンジがあります。一つ下ですから、階段で行きましょう。ちょっと待ってて下さい」

颯太郎はレストランに入って行き、おそらく事情を話して、キャンセルしているのだろう。狭いエレベーターから外に出て大分落ち着いて来た。体調を崩すほどエレベーターが苦手ではなかったはずなのに……颯太郎とエレベーターに乗る時だけ、こうなるのが不本意だ……。

エグゼクティブラウンジは、エグゼクティブフロアに宿泊する人間専用のラウンジなのだが、ホテルの特別会員でも使用出来るという。

二人で入った時、係の人間が「いつもありがとうございます」と、颯太郎に声をかけ会釈をした。いつもここに来てるってこと？　やはりこの人セレブなのか？　そんなことを思いながら案内された席に着く。その頃にはすっかり体調も落ち着いていた。

「ごめんなさいね。せっかくの食事をキャンセルしてしまって」

「いえ、いいんですよ。僕の方こそ、美咲さんが高層エレベーターが苦手ということに気がつかずに、失礼しました」

気づかずではなく、忘れていただけでしょ？　しかし、このホテルはよくドタキャンが起きるホテルだ。スクランブル交差点での少彦名命のダメダメもこの事を示唆《しさ》していたのか？

「いえ、もう平気です。一度落ち着けば大丈夫ですから」

根拠のない答えがスッと自分の口から出たのが不思議だ。

「じゃあ、まず何か飲みましょう」

美咲はコーヒーを頼み、颯太郎はブラントンをロックで頼んだ。こういうとき自分に合わせてソフトドリンクを頼む男は美咲の好みではない。しかも、スコッチよりバーボンを頼む方が好ましい。理由は簡単で、何となくその方が戦国武将らしいからだ。この時点で、エレベーターが苦手ということを失念していた颯太郎のマイナスポイントは帳消しとなった。

ラウンジは全面がガラス張りで、どの向きに着席しても全員、夜景が見えるように席や椅子が配置され、渋谷から新宿の高層ビル群まで一望出来るようになっている。まだ客も少なく、ほぼ二人だけのラウンジだから、夜景も颯太郎も全部今は美咲のモノ……そんな妄想を楽しんでもバチは当たらないだろう。神さまいいよね？　一瞬フッと、バツのマークを出している少彦名命の姿が頭に浮かんだ。えっ？　何で……。ダメなの？　美咲がそんな妄想をしているとは思いもせずに、颯太郎が話を切り出した。

「美咲さん、今夜は話したいことがあって……」

「何でしょう?」

「実は僕、会社辞めたんですよ」

「あら、そうなんですね……」

この話は七海から聞いていたが、美咲は知らない振りをした。辞め方が問題なのだ。

「実は僕、前々から計画していた自分の会社を立ち上げたんですよ。前の会社にも愛着はあったんですが、理解してもらって円満に退社しました。引き継ぎなどで時間がかかって、今になってしまったんですが」

円満退社？　そうなの？　七海の話とは大分違う。アイツの情報はやっぱりねじ曲がっていたんだな。そう思うと、肩の荷が下りたように気が楽になった。

「で、次は何をなさる予定なんですか？」

「色々考えたんですが……」

そこが聞きたい。

「お店を始めようかと」

何？　店だと？　このイケメン武将が？

「どんなお店なんですか？」

「お店といっても、eコマースのアンテナショップなんです。すでに青山に物件は見つけていて、いずれ健康オイルや、健康食品なども扱おうと思うのですが、最初は健康茶から始めようと思っています」

「えっ？　お茶？　ですか？」

「そうなんです。お茶といっても、茶の湯からの発想で、戦国武将がここぞという時飲んでいたと思われるお茶を考案したり、あるいはその武将の性格に合わせて新たにブレンドしたらどうかなって思いまして」

それは面白い！　戦国時代の武将のイメージで健康茶が出来るなら、レキジョは飛びつくはず。史料を遡って実際の戦国武将が飲んでいたお茶に辿り着いたら尚《なお》面白いかもしれない。美咲は興味津々で、目は爛々《らんらん》と輝き始めた。

「あとですね、古田《ふるた》織部《おりべ》の所蔵していた茶器を持っている方がいて、それをお借り出来たらお店に展示もと考えているんですよ」

「えっ？　あの織部流の？」

「そうです」

それは凄い！　茶道だと一般的には千利休《せんのりきゅう》が有名だが、時の戦国武将に多大な影響を与えたのは古田織部だと言っても過言ではない。そんな名人の茶器なら私だって興味がある。

「で、ここからが本題なんですが。そのお茶の選定や、戦国武将の性格分析などについて、美咲さんにも手伝って頂きたいと思いまして……」

「えっ？　私に？」

「そうです、美咲さんの歴史好き、特に戦国武将に対する並々ならぬ造詣《ぞうけい》とその知識は、専門家の方よりも分かり易く一般の方に伝わるのではないかと思いまして……どうでしょうか？」

突然、美咲は自分のやりたいことはこれなのでは？　と思い始めた。

「ゆくゆくは美咲さんと二人で、お店を大きくして行けたらな、とも思っています」

それは美咲にとったら、願ってもない申し出に違いない。銀行の殺伐とした業務を漠然と続けて行くより、自分の得意分野である歴史を基本に仕事が出来るのだ。

「ただ、ちょっと今問題がありまして、開店が少し先になるかもしれませんが……」

「えっ？　どんな問題なんですか？」

「お店の場所は、小さくても確保出来たんですが、必要な開店資金がちょっと不足してるんですよ」

「いくらですか？」

「大体、三百万ぐらいなんですが……どうにも、それだけ手当てが出来なくて、今立ち往生状態なんです」

こういう時の決断は、戦国武将のように美咲は早い！　すでに陣太鼓はドンドンと体中に鳴り響いている。

「そのぐらいなら私が個人で、融資しましょうか？」

「えっ？　そんな……」

「私もやりがいのある仕事を探していたところですから」

何か大きな黒い渦に巻き込まれている感じがするが、美咲は流れに身を任せ、賭けてみようと身を引き締めた。その答えを待っていたかのように、颯太郎は頬を緩め、満面の笑みで、

「ありがとうございます！　それならすぐにでも開業出来そうです」

「お金はいつ必要ですか？」

「早いに越したことはないのですが……」

「じゃあ、明日にでも準備しますよ。後で振り込み先を教えて下さい」

預金を下ろせば、なんとか三百万ぐらいは融資出来そうだ。いきなり突っ走ってしまったが……あっ、父ゴーストに相談すれば良かったかな？　でも父ゴーストだって生前、自分の遺産がゼロになるまで散財したのだから、私を止める権利はないはず。神さま！　応援してね。そう念じた時だ。ポンとガラスの向こうの夜景の中に、小さな人型お人形＝少彦名命が浮かんで旗を振

っているのが見えた。その旗には大きくバツのマークが書いてあった。

二十七章　神宣《しんせん》って何？

一九七四年暮れ。今年も様々なことが起きた。スポーツ界最大のニュースは、巨人軍、長嶋茂《ながしましげ》雄《お》の引退だろう。彼がセレモニーで言い放った「わが巨人軍は永久に不滅です」という言葉は、野球の神さまのご神託の如く日本中を席巻した。相撲界においても、二十一歳二ヶ月の大関北《きた》の湖《うみ》が、史上最年少で第五十五代横綱に昇進。現役を去る球界のスーパースターと、これからの国技を背負う若き横綱の対比が世の中を賑わせた。

一方、凶悪な事件では、不特定多数を狙った連続企業爆破事件などが勃発。経済に目を向ければ、日本は戦後初のマイナス成長という、高度成長の未来に初めて不安の影が漂い始めた。

そんな慌ただしい年の瀬、驚愕のニュースが洋介に飛び込んできた。上条茜が十一月の終わりに実家の自室で倒れ、救急搬送されたというのだ。病名はなんと急性骨髄性白血病。そのまま入院し、既に抗がん剤治療は始まっているというが、詳しいことは依然として不明のままだ。洋介は茜との面会もままならず、いきなり喉元にナイフを突きつけられたまま、今年を終えようとしている。

今日は神道伝承研究会、通称シンデン会の納会の日。洋介は重い足取りで、新宿二丁目のいつもみんなで集まる店に向かった。茜の入院で三人だけの納会になってしまったからか、リーダーの西園寺翔子も、丸さんも心なしか元気がないように見える。が、一番落ち込んでいるのは自分なのだ。大体こんな状況で納会をやる意味があるのか?……重苦しい空気を払いのけるように、翔子が口火を切った。

「今年もあと僅《わず》か……思いがけず茜が大変なことになったけど、例年の儀式だからやりましょう。今日をもって今年のシンデン会のシメとします。今年は田川君が入ってくれて、シンデン会を繋ぐ事が出来たのは朗報でしたが、ここはまず、茜の回復を祈りましょう。では、茜の快気を願って乾杯!」

乾杯と唱和した後、丸さんは生ビールの中ジョッキを一気に呑み干した。

「しかし、茜の入院には驚いたわな。治療は上手いことといってるんやろか? 翔子はなんか聞いてんのか?」

「まだ面会も出来ないみたいだし、本当のところ、容体は分からないわね」

「そっか……白血病なんてビックリやな。兆候とかあったんかな? 洋介は書記同士のよしみで、その辺知らんのか?」

「えっ? 知りませんよ……僕だって突然で驚いてます」

翔子も丸さんも、神田のラブホテルの一件を知る由《よし》もない……。

しかもあの後、茜から連絡はなく、二人の関係はまったく進展しなかった。シンデン会の定例会で顔を合わせても、いつも通り、先輩、後輩の立ち位置のまま。あの夜の出来事は一体何だったんだ? 自分は心のどこかで茜と恋人同士のような特別な関係になることを期待していたのかもしれない。

「重く受け取らないで……」茜の言葉が、今さらながら暗然と洋介を突き放すように響いた。その言葉の意味を確かめようと思った矢先、茜は入院してしまったのだ。釈然としない黒くドロドロした思いが、座礁したタンカーから流れ出た重油のように、心に広がってゆく。

洋介はそんなやり場のない鬱憤《うっぷん》をはらすため、限界以上の酒を呑んだ。が、不思議なことに、いくら呑んでも気分が高揚するだけで、以前のように酔いつぶれない。しかも、呑めば呑むほど頭が冴えてくるのだ。

もしかして、これって酒が強くなったってこと？　茜の推測通り、神さまを感じる者同士の和合が、何らかの力を洋介にもたらしたことになる。だからって、酒なんか強くならなくてもいいのに……と、さらにふて呑みしていたところ、丸さんが洋介の背中をバンと叩いた。

「おい、洋介、元気出せや！　大丈夫やって！　ああ見えて、茜のヤツごっつうタフな人間やかな」

相変わらず根拠のない丸さんの言葉だが、それでも多少は救われる。

白血病なんて重病……茜は何か前兆らしき気配を自分なりに感じていたのか？　それを知った上で、自分と一夜を共にしたのだろうか？　疑問は疑問を呼ぶばかりで、解決の糸口が全然見つからない。

こんがらがった頭で考えても、茜は本気であの晩のことを一夜限りのこととして済まそうとしているようにしか思えない。何としても彼女と話がしたいのに……。あの夜、国鉄神田駅の改札口で、

「じゃあね」

と笑って手を振った茜の姿がフッと脳裏によみがえる。

「会いたい……」

思わず小声で口走る洋介……幸い激論中の翔子と丸さんの耳には届かなかったようだ。結局シンデン会の納会はさして盛り上がりもせず、一時間ほどでお開きとなった。丸さんが珍しくつぶれたのだ。彼を二人がかりでタクシーに放り込んだあと、翔子から飲みに誘われたが、そんな気分にもなれず丁重にお断りして、その場で別れた。

最寄りの駅から自宅への帰り道、師走の冷たい風で酔いを醒《さ》ましながら、洋介の足は自然に神田明神に向かっていた。

大学に通うようになってからは、足が遠のいていた神田神社——正式にはそう呼ぶ。ここは子供の頃、少彦名命と遭遇した思い出の場所であり、洋介にとって、神さまと出会った聖地である。今さら悔やんでも仕方ないのだが、茜には少彦名命のことを、もっと詳しく話しておけばよかったと思う。

いつものように随神門《ずいしんもん》から入り、敷地を踏み締めるようにゆっくり歩く。夜の神田明神は、心なしか昼間よりも厳《おごそ》かに見える。本殿前まで進み、手を合わせ心で呟いた。

「神さま、今の自分は日々好きな学問に没頭しておりますが、仲のいい知人が病《やまい》に倒れてしまいました。どうかどうか無事に病が平癒《へいゆ》しますよう、お助け下さいませ」

静寂がしばらく続いた後、頭の中で鈴のような音が鳴り、不意に一陣の風が洋介の頬を撫でた。すると、何処からか、あの声が聞こえてきた……。

『其方《そのほう》モ成長シタノウ。好キナ学問、見ツケタノハ良イコトダ』

懐かしい声だ。テープを早回ししたような、甲高い響きが心地いい。

おそらく少彦名命だろう……そう思いながら、いつもより落ち着いている自分がいる。目を閉じたまま洋介は、

「ありがとうございます！　でも今は、知人の病が気になってしかたがありません」

『知人トハ、其方ノ想イ人ダナ？　魂ノ振動デ分カル。名ハ何ト申ス？』

「はい、上条茜と申します」

『シバシソコデ待テ……』

そう言うと少彦名命は沈黙した。そのまま目を閉じていると、肩にポンと重さを感じた。

『目ヲ開ケヨ』

そこは神田明神の本殿前ではなく、濃く白い霧に包まれた異次元のような世界だった。摩訶不思議な体験には慣れっこの洋介。今回は慌てることなく状況に身を任せている。

『ソノママ座レ』

言われるまま腰をかがめると、下から黒い岩がさっと白い霧をかき分け現れた。その岩に洋介が腰掛けたと同時に、小さな人型お人形がポンと肩から降り、洋介の目の前にフワフワと浮かんだ。まさに、子供の時に出会った少彦名命だ。

『覚エテオルカ？　カツテ、其方ニハ二度ト会エヌト申シタコト』

「はい、夢なのか現実なのか、区別がつきませんでしたが、そのお言葉は鮮明に覚えています
……こうやってまたお会い出来て嬉しいです」

『其方、酒ヲカナリ飲ンデ酔ッテイテモ、頭ハ明敏デハナイカ？』

「はい、飲めば飲むほど頭の中がクリアになる感じで、こんなのは初めてです」

『吾《わ》ハ酒造ノ神デモアル。吾ニ会ウニハ酒ヲ飲ンダ方ガイイ。其方ハ酒ガ強クナッタ』

そっか、そういえば少彦名命は医薬神でもあり、酒は百薬の長とも言われている。酒が自分を少彦名命に会わせてくれたのか。それにしても、何でいくら飲んでもつぶれないのだろう？

「どうして急に酒に強くなったのか不思議です」

『其方ノ神道領域《しんとうりょういき》ガ広ガッタカラダ』

神道領域？　何だそれは？

『吾ヲ感ジル人間、ソウデナイ人間ガイル。其方ハ生マレツキ吾ヲ感ジラレル人間。ソノ人間ガ持ッテイルノガ神道領域ダ。タダシ、吾ノ姿ヲ目視デキルノハ、一、二度ダケ。シカモ元服前《げんぷく》ニ限ラレルノダ』

だからあの時、会うことはないと言ったのか。でも、まだ腑に落ちないことだらけだ。

「あの……なぜ私の神道領域が広がったのですか？」

『想イ人トノ和合ノ賜《たまもの》ダ』

和合の賜？　それって、ざっくばらんに言えば茜と寝たからパワーが増して、神力《しんりょく》アップしたってこと？　それで、酒が強くなって神さまに会えることになった？

「僕の神道領域が広がったのなら、先ほどお願いした、上条茜の病を治して頂けますか」

『ソレハ、デキヌ』

少彦名命はあっさり断った。医薬神なのに……。

「どうしてですか？」

『和合ニヨッテ神力ガ増シタ分、上条茜ノ寿命ハ、サラニ短クナッタ』

「えっ？　和合で短くなった？　ということは僕のせいですか？」

『上条茜ガ自ラ望ンダコト。其方ニ非ハナイ』

「では、彼女の寿命はどのくらい短くなったんでしょうか？」

『ソレハ、分カラヌ』

「……」

『和合ノ前カラ、上条茜ハ特別ナ力ヲ秘メテイタ。其方ハ、上条茜カラ渡サレタ本ヲ熟読セヨ』

「本？『護国神道術式目』ですか？」

『ソレヲ読メバ、神道領域ノ理《ことわり》ガ分カル』

コトワリが分かるっていったって、それを知ってどうしたらいいんだ？

あの、神さま……と、言いかけた瞬間、洋介はハッと正気を取り戻したかのように現実世界に引き戻され、気がつけば神田明神の本殿前に一人佇んでいた。腕時計で確認すると、殆ど時間は経っていない。異次元の世界と現世界の時間の流れは大分違うようだ。

茜は自分との和合によって神力が増し、その分寿命が短くなったと、少彦名命は言っていた。だったら自分だって寿命が危ういはずなのに、酒が強くなったぐらいで、目立った体の変調はない。むしろ不思議なほど力が漲《みなぎ》っているようにも感じる。

先ずは、少彦名命に読むように指示された『護国神道術式目』をもう一度紐《ひも》解《と》いてみるしかないようだ。何だか、少彦名命から院宣《いんぜん》ならぬ、神宣《しんせん》を授かったような気分になってきた。いや、神さまの場合は神託か……？　いずれにせよ、心なしか子供の頃より、少彦名命の言葉がはっきりと、より明瞭に聞こえたような気がした。これも、和合によって力が増した結果なのだろうか。

とにかく今、優先すべきは茜の寿命がいつまでなのかを知ることだ。どんな些細《ささい》なことでもいいから、寿命に関しての手掛かりを見つけないと……。

洋介は、久方ぶりに少彦名命と会っても、それほど動揺しなかった自分に驚きながら、早々に神田明神を後にした。

二十八章　噂を信じちゃいけないよ

晴れた朝。最寄りの駅から銀行までの道すがら、美咲は青空が気になり思わず立ち止まった。色彩学によると心を落ち着かせる色は青だという。青空が気持ちいいのは、そういう視覚的な要素が大きいからだろう。

とはいえ、今日の空は眩しすぎて、心を落ち着かせるというより、天からのエールとして、美咲の決断を後押ししているように感じる。都合のいい解釈とは思うが、美咲は無理にでもそう信じ込もうとしていた。

ちょうど一ヶ月前のこと、颯太郎から聞かされた新事業の内容に美咲は飛びついた。アンテナショップでの健康茶販売は、戦国武将が愛した茶道からの発想で、それぞれ武将のイメージに合った健康茶を創作するという。

そして美咲は颯太郎から、健康茶のタイトルになる戦国武将の選定協力を頼まれたのだ。しかも、その店には戦国武将に茶道の師として多大な影響を与えた、古田織部の器も展示するという。

何もかもがレキジョ魂を揺さぶるには充分な内容で、一気に美咲は舞い上がった。開店資金が三百万円ほど足りないと聞かされると、勢いで不足分は自ら出資すると申し出、即座に預金を崩して振り込んでしまった。

自分でも、大丈夫か？　父ゴーストに相談した方が良くないか？　と思ったのだが、銀行業務に生きがいを見いだせない現状を打破するためには、このチャンスに賭けるしかないと判断した結果だった。

早速、戦国武将の選定を始めた美咲。最初に選んだのは、推し武将の朝倉義景《あさくらよしかげ》は当然として、茶の湯に造詣の深い細川忠興《ほそかわただおき》、伊達政宗《だてまさむね》、松永久秀《まつながひさひで》、佐竹義宣《さたけよしのぶ》、大友宗麟《おおともそうりん》の六人だった。

しかし、伊達政宗以外一般的ではない武将を選んだせいか、颯太郎から是非とも三英傑の信長、秀吉、家康のうち、一人は入れて欲しいという要望があった。美咲は反対だった。いずれ加えるにしろ、初めからこの三人を入れるのは、戦国武将茶のラインナップとしては相応《ふさわ》しくないと思ったからだ。

颯太郎とはメールや電話で何度も話し合い、充分な意見交換をした結果、佐竹義宣、大友宗麟は外し、茶道の完成者、千利休と師弟関係にあった豊臣秀吉を入れることに渋々同意した。

美咲としては、秀吉は一番嫌いな武将だ。しかし、一般受けも考えないといけないし、颯太郎の提案した金粉を混ぜた「太閤茶《たいこうちゃ》」のアイデアも悪くはないと思ったのである。

こうして、アンテナショップの準備は着々と進み、開店も間近になってきた。今日の美咲は足取りも軽く、職場の銀行へと向かった。

「おはようございます！」

声の方に振り向くと、融資管理企画部の後輩である吉田七海だった。

「あら、おはよう！」

「何だか今日の美咲さん、後ろ姿が颯爽《さつそう》と凛々《りり》しく見えます」

またか！　七海が褒める時は、何か裏がある気がするので要注意だ。

「いいお天気のせいじゃない？　私はいつもと同じよ」

「いやいや、青空に映《は》える感じでキラキラしてますよ。美咲さん、何かいいことありました？」

情報通の七海相手に、下手なことは言えない。

「まさか、戸塚さんの新しい仕事、手伝ってませんよね？」

「えっ？」

何で、七海が、颯太郎の新事業のことを知ってるんだ？

「あの人、あのルックスでたぶらかして、方々からお金集めてたみたいですよ」

起業にはそれなりに資金が必要になるから、資金集めは当然のことだが、たぶらかすというのは言い過ぎだ。

七海の颯太郎への言い方にはいつも棘がある。それに何で颯太郎に拘《こだわ》るんだ？　いくら合コンで自分が颯太郎に声をかけられなかったからといっても、その腹いせにしてはかなりしつこい。

「知ってます〜？　あの人、借りたら最後、返さない男で有名らしいですよ。MNRってニックネームで呼ぶ人もいるって聞きましたから」

「何なの、MNRって？」

「マネー・ノー・リターンですって」

そっか、颯太郎に関する七海の情報源は、七海がつき合っているらしい、ゲームプロデューサーの正木だ。

「そう呼ぶ人がいるって、それ、あなたの彼じゃないの？」

「えっ？　あっ！　違いますって」

図星だ。

「でも、最終的にトラブルになってないのが不思議なんですよね」

「それは、ちゃんと返してるからなんじゃない？」

これ以上、七海と話していると不快になるので美咲は足を速めた。それでも追いすがるように七海は美咲の横に並んだ。チッと舌打ちする美咲。

「もう一つ、美咲さん知ってます？」

知らん！　今度は何だ？

「戸塚さん、結婚の噂があるって前に言ったでしょ？」

「……………」

「実は結婚じゃなくて、同棲みたいですよ」

「えっ？」

思わず足を止め、七海を見た。

「お相手は、かなり年上の人らしいんですって」

はぁーと、ため息をついてから、美咲は強い口調で、

「ねえ、七海！　どうでもいい噂を、朝からいちいち言ってこないでくれる？　誰が結婚していようと、同棲していようと私には関係ないから！」

そう言い放つと、美咲は足早に職場へと向かった。美咲の剣幕に驚いた七海は、その場で立ち尽くしたまま、さすがに追いかけては来なかったが、七海の情報に美咲も冷静ではいられず、心の不安を煽《あお》るかのように、心拍数が限界を超える勢いで上昇してきた。

颯太郎が同棲してるって？　しかも年上の女と？　一体、誰？　色んな疑問が疑惑となって頭を駆け巡る。美咲は歩きながら、思わず父ゴーストを呼び出す呪文を唱えてしまった。

『おっ、久しぶりじゃないか。呼び出しがないってことは元気でやってるってことだろうと、安心してたが、朝っぱらからどうした？　何かあったか？』

通勤途中、しかも外の往来で父ゴーストを呼び出すなんて、自分でも驚いた。いつものように時間は止まり、慌ただしい街の雑踏はフリーズした。

「ごめんねお父さん、こんな時間に呼び出すつもりじゃなかったんだけど、つい……」

『いいって、魂《たましい》昇華中のゴーストに朝も夜も関係ない。で、どうした？』

美咲は父ゴーストに、颯太郎の新事業に関わった話と、颯太郎が借金を返さない男だという疑惑、さらに、彼の謎の私生活について七海に聞いたことをかいつまんで話した。

『う〜ん、彼が発する気は健全ではないと、前々から思ってはいたけどなぁ』

「それって、詐欺師的な悪い気ってこと？」

『いや、そこまで真っ黒なら、もっと早く美咲に言ってるよ。たぶん彼は天性の悪人ではないし、そもそも悪いことをしてるって自覚もないのかもしれない』

「自覚がない？」

『そう、ないからタチが悪いともいえるが、その噂が本当だとして、金を借りてもトラブルにならないのは、彼の容姿が関係してるんだろうな』

「容姿？」

『ほら、彼って容姿端麗だろ？　会った人はそれにやられちゃうんじゃないか？』

あっ、耳が痛い……。私もそのひとりだ。

『しかも、スッと相手の心の中に入り込む術を自然に会得していて、彼に懇願されたり、謝罪されたりすると、怒りも自然に治まって、つい許してしまう。だから、トラブルにはなりにくいんじゃないか？　もちろん、これは憶測に過ぎないけどな』

確かに颯太郎の言動には、これまでも怪しい気配があって、もう信用出来ないって思っても、会ったり、電話で声を聞いたりすると、そんなことどうでもよくなってしまう。まさに天才的ジゴロの才能の持ち主ってことか。う〜ん、それにしちゃあ大胆さには欠けるから、根っからのジゴロってわけでもなさそうだけど……。

『美咲だって、彼のルックスに惹かれて、惚れたんだろ？』

「そんな言い方しないでよ。私は顔だけじゃありませんから……」

『ホントか？　まぁいい、彼もある意味、人の気をコントロール出来る力の持ち主かもしれないな』

「………」

『美咲もこれから一緒にやっていくのなら、お前が聞きたいことをストレートにぶつけてみたらどうなんだ？　意外とあっさり答えてくれるかもしれないぞ……。同棲というのも何かの間違いかもしれないし、お金のことが心配なら借用書を取っておけばいい話だし』

私を慰めようとしてくれているのか、父ゴーストの言葉は、何気に颯太郎を擁護《ようご》しているようにも聞こえる。

「そうね。分かった！　折りをみて気になることは本人に聞いてみる。今は自分のやるべきことをやらないとね」

『そう、それがいい。じゃあ、俺は消えるぞ。あっ、それとさ、あと少しで、俺はもう出てこられなくなるからな』

えっ、何？　聞こえない……。かすかにもう出てこられないって言ってたようだけど、お父さん、魂の昇華が完了するの？　それって、二度と会えなくなるってことだよね……。

父ゴーストが消えたと同時に、止まった時間は動きだし、慌ただしい都会の朝が再開した。信号待ちの車の中から街の喧騒に交じり、山本《やまもと》リンダの往年のヒット曲が聞こえてきた。美咲は中森明菜《なかもりあきな》のカバーバージョンでこの歌を知ったのだが、オリジナルもいいもんだ。

『うわさを信じちゃいけないよ～♪』

そうだ！　自分の目と耳で確かめるまで、噂に振り回されるのはやめよう！　美咲はそう固く心に誓った。私の恋も夢も、もうどうにも止まらないのだ！

二十九章　神道領域の謎と壁

大晦日の神田明神界隈は、人の流れも多くかなり慌ただしい。七四年の日本経済は戦後初のマイナス成長というが、正月三が日を迎えようとしている庶民のパワーは相変わらず威勢がいい。

神田で老舗の鰻屋を営む洋介の父、田川秀雄は妻が亡くなってからというもの、毎年暮れから正月は休みと決めてしまった。そのため外の喧騒とは裏腹に洋介の家は静寂そのものだ。

この二週間余り洋介は自室に籠もり『護国神道術式目』の解読に取り組んでいる。文体や表現が古文調で分かりにくく、完全に把握するのはかなり難しい。それでも洋介は國文学院大学、神道伝承研究会書記の名の下に全神経を集中させ、この本の概要だけは何とかまとめ上げようと、要点を少しずつノートに書き写していた。

『護国神道術式目』とは、大学の図書館にあるような、伝統的な神道の研究書とは一線を画する、より実践的な書物だ。序章を要約すると、この国の八百万《やおよろず》の神は、神話から生まれたのではなく、実際に大八洲《おおやしま》の国に住む我々人間の思念が生んだと書き記されている。

それゆえに、太古の昔、神と人間の交流は珍しいことではなく、五穀豊穣《ごこくほうじょう》、無病息災などの祈りは日課であった。では具体的に人間はいかにして神々と意思疎通を図っていたのか。

その鍵を握るのが、この本のメイン、神道から生まれた特殊技能である「神道術」だ。神力《しんりょく》という特殊な力を会得し、術の使い方を身につければ、人は神と交わることが出来るという。いわば「神道術」のトリセツ本が『護国神道術式目』なのだ。忍者に置き換えれば、様々な忍法を書き記した忍術の巻物の類いだろう。

多分、普通の人間がこれを読んだら、あまりにも突拍子もない内容に唖然とするか、バカバカしいと本を閉じるか、胡散臭《うさんくさ》い内容に憤慨《ふんがい》するかのどれかになる。ただ、現実に少彦名命に何度か会っている洋介にとって、「神道術」の解説本は相当興味深い内容になっていた。

本書によると、日本という国には、人間が住む領域と、神々が住む領域の二つの異なる世界が存在するという。

神界と人間界とは結界によって分けられていて、それぞれの領域の境目に神社がある。領域内の時間の流れは、神社の結界ごとに区分されて、二つの世界は別々の時間軸の下に統制されている。

つまり、神界の時間と、人間界の時間の流れは同じではないということだ。これも少彦名命と会った時に感じたことで、洋介には実感として納得できた。

さらに読み進めると、「逆時間軸相互法則の術」なる術法について書かれていた。神力を高めることで、川の流れをせき止めるように時間をストップさせたり、川の流れを逆流させるように時間を戻したり出来るようになるというのだが、本当にそんな術を人間が会得《えとく》出来るのか？　稀《まれ》にその力を生まれながら持っている人間も存在するというが、殆どが覚醒しないまま一生を終えることが多いという。

そりゃそうだろうと思いながら『式目』を読んでいた洋介は、やがて驚くべき記述に出会った。覚醒の手っ取り早い方法に、「神力和合」が有効とある。神力を持つ者同士の和合、すなわち神と交信出来る力のある者同士のセックスで、眠っていた神力が覚醒するというのだ。

まさに、あの夜、茜が言ったイザナギ、イザナミ効果のことだろうと思う。茜はここの部分を読んで、自分との和合を考えたのだろうか？

ただ、これには注意書きがあり、人間が突然神力を得たり、その力が急激に増大すると、副作用として魂の消耗が激しくなり、命の危険が伴うとある。つまり、魂と肉体が消耗する「寿命減《じゅみょうげん》殺《さい》」が起こり、その人間の寿命が極端に短くなるというのだ。

もしかしたら、茜が倒れた原因はここにあるのかもしれない。しかし、洋介が具体的に知りたい、どのくらい寿命が短くなるのかについては触れていない。少彦名命が言った、茜の余命の謎は分からなかった。

また、普通の人間がいかにして神力を得、覚醒できるのかについては、どれだけ『式目』を読んでも理解出来なかった。裏を返せば、神さまの気まぐれで与えられるともとれる。少彦名命は、洋介のことを生まれながらに神さまを感じられる人間だと言ってたけど……もしかしたら、自分は神さまの気まぐれで神力を得ただけなのか？　思わず机の上のゴジラのフィギュアが頷いたように見えた。えっ？　そうなの？

あの七年前の神田祭の日、自分が着ていたゴジラのTシャツに少彦名命は明らかに興味を持っていた。案外神さまも怪獣好きなのかな？　と思い、それまで以上にさまざまな怪獣フィギュア集めに奔走した結果、今では部屋の中は足の踏み場がないほど怪獣フィギュアで溢れている。

父親は部屋に来るたび「これじゃ彼女なんて部屋には呼べないよな」と呆れ顔で笑うが、洋介にすれば、いつかまた少彦名命に会えたら見せたいと思い収集したものなのだ。しかし……どうやってこの怪獣フィギュアを見せればいいんだ？　ふーっとため息をついた後、止めたペンを再びノートに走らせた。

結論として、『護国神道術式目』には、文明の発展や文化の進化と共に、日本人が古来、潜在的に有していた神力は徐々に退化してしまったと記されていた。もともとは神力も、動物がみな備える危険予知能力、第六感みたいなものだったらしい。

結局、『式目』を精読しても、洋介が知りたい「寿命減殺」の詳細については分からずじまいだった。もし茜が洋介との「和合」によって寿命を縮めてしまったとしたら、一体どうすれば彼女を助けられるのだろう。

何とかしないと……茜は洋介にとって初めての女性なのだ。男として彼女を守りたいという思いは募るばかり。このキュンとなる胸の痛み、切ない思い……これが恋というものなのか？　神道の勉強一筋だった洋介には初めての経験だ。会えないというのが、こんなにも切ない気持ちになることも初めて知った。

しかし、その愛しの上条茜は病に倒れ、病院のベッドで眠ったままだ。もしあの夜、ベッドを共にしなかったら、茜は今も元気に大学生活を楽しんでいたかもしれない……。考えたら、やりきれない思いで、本の概要をノートに書き終えると、洋介は急に空腹を覚えた。

朝からなにも口に入れていないのだ。

そのままゆっくり立ち上がり、惰性で一階に降り、キッチンの冷蔵庫を開けようとした時だ、階段下に置いてある電話が、静寂を破るように、けたたましく鳴り響いた。慌てて洋介は電話の場所に戻り、受話器を取った。

「もしもし、田川です」

「あっ、田川君？　上条です」

「えっ？　茜さん？　大丈夫なんですか？」

「大丈夫って言いたいけど。そうでもないかな」

「そんな、今どこなんですか？」

「今はまだ病院よ」

「病院？」

「何とか病室を出て、売店の公衆電話までたどり着いたわ」

「えっ？　そんな無理しないで下さいよ」

「無理しなかったら、連絡できないでしょ？」

それも、そうなんだが……。

「体の具合は、どうなんです？」

「いい日、悪い日とまちまちよ、今日は比較的いい日かな？」

「……」

洋介は返事のしようがなく、黙っていると、

「ねぇ、田川君、会えないかな？」

「えっ？　でも、今はまだ面会謝絶って聞いたんですけど……」

「大丈夫よ。明日なら何とかなるわ」

「でも……」

「ちゃんと近くで話がしたいのよ。あれから君とは話せてないでしょ？」

それは、茜さんが避けてたから……と、喉から出かかったが、

「わかりました。明日お見舞いを兼ねて伺います」

「翔子や丸さんには内密にね」

「あ、はい……。もう大晦日ですし、連絡のしようがないから大丈夫ですよ」

「そうよね、じゃあ、明日のお昼過ぎいつでもいいわよ。とにかく近くに来てくれないと……T

医科大だからね」

そう言い終えると、茜から電話を切った。明日、やっと会えるのか……そう思うだけで心がほんのり暖かくなった。

声を聞く限り元気そうで安心した。明日こそは、少彦名命のことや『護国神道術式目』のことをちゃんと話してみよう。あっ！　病室を聞くのを忘れた。でもまぁ、それは多分受付で聞けば大丈夫だ。

居間からペドロ＆カプリシャスの『ジョニィへの伝言』が聞こえてきた。父親がいつの間にか、商店街の寄り合いから帰宅して、紅白歌合戦でも観ているのだろう。久しぶりに親父と「ゆく年くる年」でも観るかな。洋介は冷蔵庫から缶ビールを二本取り出し、そのまま軽い足取りで居間に向かった。

三十章　涙を拭いて矢を放て

昨夜遅く颯太郎から、青山のアンテナショップの内装が完成し、あとは商品のディスプレーを整えればオープン出来そうだという電話があった。是非一度、美咲に店を内覧して欲しいとも頼まれた。

美咲は願ってもない颯太郎の誘いに、その場でスケジュールを確認し、今週末に行くと伝えたのだが、今日出社したところ、午後に予定した融資の打ち合わせが、先方の都合で急遽《きゅうきょ》延期になってしまい、思いがけず体が空いてしまった。

そこで、思い立ったように銀行から早退の許可を貰い、颯太郎の店を見に行くことにした。大手町駅から丸ノ内線に乗って、赤坂見附で銀座線に乗り換えれば十五分余りで外苑前駅に着く。颯太郎にはあえて連絡しなかった。サプライズされるのが苦手な美咲だが、そういう人間に限って、仕掛けることはけして嫌じゃない。突然行ったらビックリするだろうな。驚いた時のまん丸い颯太郎の瞳が見てみたい！　そんな単純な悪戯《いたずら》心が美咲を突き動かしていた。

外苑前に着いた美咲は、南青山三丁目の交差点を右に曲がって、通称キラー通りを千駄ヶ谷方面に歩き出す。アンテナショップは道の反対側だが、先ずは遠目で店がどう見えるか、自分の目で確認したかった。

足取りも軽く、心も穏やかに弾んでいる。戦国武将の健康茶。なんていいアイデアだろう！これは絶対に当たると信じている。根拠のない自信は颯太郎への思いに通ずるものがある。新たなビジネスが成功するということは、美咲にとって、颯太郎との恋が成就することとイコールなのだ。

とはいえ、今の颯太郎にはいくつか黒い噂があるのも事実。が、だいたいこんな世の中で、叩いてホコリの出ない人間なんていない。全員、何某《なにがし》かの罪を背負って生きているものだ。

美咲は颯太郎に関しては何事も良い方に考えるようにしている……。まさに、惚れた弱みとはこのことだろう。

もしかしたら、父ゴーストが指摘した颯太郎の不穏な気というのは、起業して成功しようとする、男性特有の野心の表れではないか？　だとしたら、それは下剋上《げこくじょう》で成り上がった、戦国武将とまったく同じ論理になる。

戦国時代の三英傑、織田信長、豊臣秀吉、徳川家康は、天下獲《と》りの野心をそれぞれの方法で具体化し、調略、裏切り、権謀術数《けんぼうじゅつすう》を駆使して、高みを目指した。秀吉などは尾張の農民出身で、けして高い身分ではないのに、己の運とツキと実力だけで関白にまで登りつめた。善人に天下は獲れないのだ。

下剋上とは、既存の秩序を破壊しながら、下の者が上の位の者を凌駕《りょうが》し、主君の地位を簒奪《さんだつ》することだが、よくよく考えればある意味、戦国時代は、侍ジャパニーズ・ドリームという社会潮流に背中を押された武士たちが、一番輝いていた時代でもあるのだ。

当然それは、現代の起業に通じるものがある。とにかく美咲は何としても、颯太郎の起業への野心の奥に、戦国武将としての気概を感じたいのだ。そう思うことが、悪い噂を打ち消す免罪符になる気がしてならない。もちろんこれも、然《さ》したる根拠はないのだが……。

颯太郎の夢に乗っかることは、取りも直さず、銀行業務にストレスを感じている美咲の解放にも繋がる。自分の未来を、自分の手で引き寄せるためにも、この夢は何としても軌道に乗せないといけない。陣太鼓がドンドンと体中に鳴り始めた。さぁ、いざ！　出陣だ。

早足で歩いたせいか、美咲は少し汗ばんだ額をハンカチでぬぐった。瞬間的に、冷たい風が美咲の頰を撫でるように吹き流れていった。

しばらくすると、キラー通りを挟んで、ちょうど反対側の街路樹の向こうに、颯太郎と美咲のアンテナショップが見えてきた。ガラス張りになっていて、淡いブルーを基調に、全体を白でまとめあげた清潔感溢れるモダンな店だ。いかにも戦国時代チックではないところが良いと思う。

こういうセンスにかけては、颯太郎は抜群の才能を見せている。建ち並ぶ他のお洒落なショップと比べても、遜色《そんしょく》ないほどだ。

おそらく今頃、颯太郎は電話で言っていたように一人で店のディスプレーを整えているのだろう。早く行って自分も手伝わないと。はやる気持ちを抑えながらも、美咲の足取りはさらに早まった。

暫く坂を歩いて、ちょうど通りを挟みお店の正面に来た。店内の様子を街路樹の陰から覗くと、颯太郎は店内で表に背を向けて、誰かと話をしている。彼の背中の向こう側には相手がいるようだが、颯太郎の高身長に隠れてしまって、あまりよく見えない。遠目で好きな彼の仕事ぶりを眺めるのは、何だかにわかストーカーっぽくてドキドキしてしまうが、話に夢中で、反対側にいる自分に気づいてくれないのが、ちょっとだけ癪《しゃく》に障る。

颯太郎が振り向いたら、思い切り手を振ってやろう。そう思うだけで心がワクワクしてきた。ここにいるよ～と颯太郎に念を送るが、全然気がついてくれない。

しびれを切らした美咲は、このまま通りを渡ってしまおうと思ったが交通量が多くてそれは無理そうだ。一つ先の横断歩道まで行くしかないなと、前方を確認してから、視線を店に戻したときのこと……美咲は自分の目を疑った。

今まで会話をしていた颯太郎の首に、マニキュアを塗った両手が絡みついている。そして、その場で颯太郎は、会話の相手とゆっくりキスし始めたのだ。それもかなり濃厚で熱い抱擁だ。思わず持っていたバッグを下に落とす。えっ？　何なの？　あれは誰？　混乱は混乱を呼び、美咲は後頭部を思い切り叩かれたようなショックを受け、呆然とその場に立ち尽くした。

その後、無意識にフラフラと街路樹の陰から道に飛び出し、正面の店を目指して、目の前の道路を渡ろうと歩き始めたが、往来する車の激しいクラクション攻撃を浴び、あっと声をあげたと同時にアスファルトの窪みにヒールを引っかけ転んでしまった。しかも、勢いよく膝《ひざ》を道路に打ちつけてしまい、グキッと鈍い音のあと強烈な痛みに襲われた。

美咲は、立ち上がれない程の痛みを何とかこらえ、その場にうずくまったまま店内を見た。騒ぎに気づきもせず、おかまいなしにキスを続けている颯太郎たち。二人が横に位置を変えた瞬間、隠れていた相手の顔がチラッと見えた。

どこかで見たような顔だ。彼女が七海の言っていた同棲相手なのか？　ファッションは派手だが、かなり年配の女性に見えた。同棲相手が年上という、七海の情報に符合する。

それにしても一体誰？　と思いつつ、ドライバーの罵声をＢＧＭに、やっとの思いで立ち上がり並木道に戻った。

膝はかなり痛いが、歩けないほどではない。美咲は来た道をハイヒールのかかとが取れたかのように、足を引きずりながら戻ってゆく。

激しい痛みと悔しさとが入り交じり、まるで、全身の水分が涙に変化し、ダムが決壊したかのように涙腺《るいせん》から一気に溢れ出した。そしてそれは、いつまでたっても一向に止まる気配を見せなかった。

夫に浮気され、裏切られた妻は、自分の愚かさを痛いほど知った後、大抵の場合、恨みの刃《やいば》を夫ではなく浮気相手の女性に向けると聞いたことがあるが、今の美咲は違った。

復讐……その二文字が鬱勃《うつぼつ》と胸中に浮かんだ……戦の陣太鼓が全身に鳴り響く中、戸塚颯太郎に向けて、復讐の矢が放たれようとしていた。

三十一章　絆の重さは何オンス？

「美咲、そろそろ支度しないと遅れるわよ。珍しいわね寝坊なんて」

ドアを軽くコンコン叩きながら、母親の紀子が声をかけてきた。

「……………」

返事がないのを訝《いぶか》ったのか、紀子は入るわよと言いながらドアを開け、布団をかぶったまま寝ている美咲に向かって、

「もう、起きなさい。どうしたのよ、昨日も帰るなり、ご飯も食べないで部屋に入ったまま出て来ないし……どこか具合でも悪いの？」

仕方なく美咲は布団からゆっくり顔を出す。パジャマにも着替えず、昨日帰宅したままの服で寝ていた。泣き明かした美咲の腫《は》れぼったい目を見た紀子はハッと息を呑む。

「お母さん、私、今日はダメみたい」

「えっ？」

「膝が……」

美咲はいつもの二倍ぐらいに腫れ上がった左膝を紀子に見せた。

「こ、これは一体どうしたの！　何があったのよ！」

「道路で転んで強く打っちゃって。昨日は何とか歩いて帰って来れたけど、今朝になったら痛く

て足が曲がらない……」

「それなら早く病院に行かないと！　私が運転するから、今から行きましょう！」

「ちょっと待って、お母さんの運転の方が心配よ。打ったのは左膝だし、右足は平気だからオートマなら運転は大丈夫。肩だけ貸してくれればいいから、一緒に来て」

紀子の手助けで何とかジャージに着替えた美咲は、肩を借りてやっとの思いで車に辿り着き、紀子に思い切りシートを下げて貰ってから、ゆっくり運転席に乗り込んだ。ところが、痛みで左足が曲げられず、伸ばしたまま足を下ろすと痛みが走る。ちょうど家にあった木製の箱を持って来て貰い、運転席の左端の奥に置いて足を乗せた。高さがちょうどよく、これなら左足を伸ばしたままでも、痛みを感じず車を発進させられそうだ。

美咲はスマホで調べた近所の整形外科を訪れた。まだ患者もいないのに、スリッパが散乱している。入口の雑然さに若干不安を覚えつつ、受付で手続きして、白髪でかなり年配のドクターに問診を受け、そのままレントゲンを撮った。レントゲン写真を見ながらのドクターの診断は、膝頭を中心に細かいひびが幾《いく》つかあるが、この程度なら手術の必要はないとのこと。歯が一部抜けているのか、よく聞き取れない声でくどくど説明されたが、すでに美咲の耳には届いていない。手術不要と聞いてホッとしたと同時に、転んだ原因を母親の紀子にどう説明するか思案し始めた。紀子は勘がいいので、ただ躓《つまず》いて転んだだけとか、変な誤魔化《ごまか》し方は通用しない。今朝の美咲の姿を見れば、これはただ事ではないと感づいているはず。

その後、膝から下をしっかりギプスで固められ、美咲は人生初の松葉杖姿と相成った。松葉杖は病院でレンタル出来た。

さすがに、帰りはギプスが邪魔で運転は出来ず、仕方なく紀子に替わって貰ったが、車中、紀子は転んだ原因に関して細かいことを聞いてこない。母親の沈黙……その意味するものを考えると一気に気分が重くなった。

家に着いて、すぐさま美咲は今日休む旨を銀行へ電話する。ギプスのままで外回り業務は出来ない。暫く休むことになるが、今日のところは膝のことは伏せて、体調不良で二、三日休ませて貰うことにした。怪我《けが》のことを上手く説明する自信がないのだ。そもそも、なんて言えばいいんだ？ 彼氏と思っていた男が、他の女とキスをしている場面に遭遇し、動揺した挙げ句、転んで膝を思い切り打ったとか？ いやいや、そんなこと口が裂けても言えない。

足を庇《かば》いながら、ベッドにゆっくり寝転び目を閉じると、颯太郎《そうたろう》と謎の女との熱い抱擁の場面が、再び脳裏に浮かび上がる。白昼堂々、ガラス張りの店内で、よくあんなキスが出来るものだ。あきれるというより、その神経を疑う。私なら絶対無理だ。でも、待てよ……あれは周りが気にならないほど、親密だという証拠ではないのか？ 後輩の七海が美咲に吹き込んだ、颯太郎の同棲疑惑は真実だったのか？ あの謎の年上の女が相手なのか？ 疑問が疑問を呼び、渦を巻いてグルグル美咲の頭を駆け巡る。次第にそれはスピードを増して膨れ上がり、巨大な竜巻にでも変わっていきそうな勢いだ。

それにしても、颯太郎は、よくも、私から三百万の開店資金を引き出しておいて、いけシャーシャーと他の女と、私の目の前であんな熱い抱擁に及んだものだ。まぁ見られていると思っていないのだろうが、あれが颯太郎の本来の姿かと思うと……あーっ！ 考えるだけでも腹立たしい！ 一夜明けて今は悲しみよりも、自分の不甲斐なさ、情けなさの涙で溺れそうになる。ダンテの『神曲』では裏切りは最も重い罪で、地獄の最下層で氷漬けなのだ……行き場のない怒りが沸点に届こうとした時、思いがけない人間が美咲の前に現れた。

「美咲、入るぞ」

兄の健太がシン・ゴジラのTシャツ姿で現れた。最近健太は父親の怪獣フィギュアの件で母親に相談しによく実家に顔を出している。おそらく私が転んで怪我をしたと聞いて様子を見にきたのだろう。健太はそんな美咲を見るなり、

「何だよ、ギプスでがっつり固めてんのか？　手術は必要ないって言われたんだろ？」

「そうよ……」

「だったら、その医者はヤブだ。今の整形外科医療は手術不要なら、なるべくならギプスで固めることはしない！　間違いない！」

健太の「間違いない！」はいつも間違っているのだが、なぜかやけに自信たっぷりだ。

「美咲、今から俺の知ってる腕のいい医者の所に行こう。そこでもう一回診断して貰うんだ」

「今から？　でも……」

「俺の車で連れてってやるよ。いきなりギプスで固めたりなんかしてたら完治が遅れるって。善は急げだ」

驚くほど健太の行動は素早い。東京のテレビ局で百戦錬磨のドラマプロデューサーを務める肩書きは伊達《だて》ではないということか？　その勢いに引っ張られ、セカンドオピニオンとして、美咲は健太の薦める医者に診て貰うことにした。心配そうな紀子に見送られ美咲は車に乗り込んだ。

「ねえ、何処なの？　その腕のいいお医者さんのクリニックって」

「六本木だ」

「えっ、六本木？　ちょっと遠くない？」

「遠くても行く価値はある。そこのドクターはアクション俳優やスポーツ選手の怪我を、何人も最速で完治させてる凄腕《すごうで》なんだ」

クリニックは六本木ヒルズの近くのビルの一階にあった。エントランスも広く清潔な感じだ。

健太はそのドクターをよく知っているらしく、急な電話にも快く対応してくれたようだ。少しだけ待合室で待ったが、割と迅速に診て貰えた。問診の後、付けたばかりのギプスを外し、あらためてレントゲンを撮った。

「折れてますね」

「えっ？　前の所では、ひびって言われたんですけど」

「ひびも骨折ですよ。これを見て下さい」

ドクターが示すレントゲン写真は、心なしかさっきの整形外科で見たものより鮮明に写っている気がした。

「ひびも勿論、細かくありますが、ほらここです、膝頭のところに真っ直ぐ一直線の筋が見えますよね？　綺麗に折れてます。でも、このぐらい潔く折れてるなら手術は必要ないですし、完全に固めるギプスも必要ありませんよ。ニーブレースという、取り外し可能な膝関節固定帯で充分だと思います。勿論、まずは安静第一ですけどね。出来たら週に一度、骨のためにカルシウム注射をしに来てください」

クリニックでは、リハビリも行っていて、超音波での施術も出来るらしい。健太が言うように、この程度で下手にギプスをすると、治りが遅くなるのかもしれない。確かにギプスで固めたままだと、色々不便だし、風呂に入るのも大変だ。

結果、三ヶ月ぐらいで普通に歩けるようになるでしょうと診断された。以前のような曲げ伸ばしが出来るかどうかは、リハビリ次第とのこと。朝行った整形外科では、どのくらいで治るのかハッキリ言われなかった。今の時代、医者選びは重要だ。美咲は遠くても来て良かったと素直に思った。何より、ここのドクターの声は聞き取りやすく、患者に安心感を与えてくれる。健太には感謝しなくてはいけない。車の中で、

「今日はありがとう。いいの会社の方は？」

「ああ、大丈夫だ。身内の急用だって言えば何とでもなるさ」

身内……その言葉の響きが妙に新鮮に聞こえた。そう、健太も家族という絆で結ばれた、この世でたった一人の兄なのだ。何やら、熱いものが込み上げてきそうな気配に思わずそっと外を見る。今まで折り合いの悪かった健太のことは、ずっと兄だと感じていなかったが、初めて健太を頼りになる長男として認めた一日になったようだ。

「良かったな、大事に至らなくて。でも、何で転んだんだ？　美咲って運動神経いいはずなのに、はははぁ、お前も歳ってことか？」

いつもなら、健太の軽口に応戦する美咲だが、今日はその気にはなれず、

「そうよね、そうかもしれない……」

いつもの美咲らしくないしおらしい態度に、健太の方が慌てて、

「おいおい、単なるジョークだって！」

「あのさ、兄貴……」

「急に何だよ気色悪い。今さら兄貴なんて呼ぶなって」

「……」

一瞬押し黙った後、この怪我の詳しい経緯を健太に話そうかどうか悩んだが、今は少し頼りになる身内……兄への相談なのだと覚悟を決めて、美咲は洗いざらい一方的で情けない恋の顛末《てんまつ》をぶちまけてしまった。

「そっかぁ……そいつは災難だったな。お前に見られたことはまだ相手の男は知らないんだな？」

「そうね」

「俺も色々あったが、お前も色々あったってことか」

「……」

家に着くまでの間、二人は口を閉じた。健太にすべて吐き出すと、心なしか膝の痛みも心の痛みも少し和らいだ気がする。

首都高を走る車から見える青空がやけに目に滲《し》みる。涙がスーッと美咲の頬を伝い車のシートに落ちた。

三十二章　老舗の味は未来へ繋ぐ精神《スピリット》

七四年、大晦日の夜「ゆく年くる年」を観ながら、洋介は久しぶりに父親の秀雄と酒を酌《く》み交わし、襟《えり》を正して自分は将来鰻屋を継がない旨を告げた。わかってるって、と……秀雄は苦笑いしながら頷いたが、一抹の淋しさは隠しきれないようだ。

「いいの？　百年余りも続いた店を潰しちゃっても」

「いいんだよ。だらだら続けるより、この店売って、お前の将来に何がしかの足しにでもなれば、それで俺は満足さ」

「誰か目ぼしい職人さんに継がせるとかは？」

「それも考えたが、率先して手を挙げる人間はいなかったし、相応しいヤツもいない。それが現実なんだよ」

「……」

「お前の祖父さんから受け継いだ店だからな。愛着がないわけではない……でもな、老舗の味のバトンを繋げないなら、潔く閉めるのは有りだ。それが俺の職人としての矜持《きょうじ》でもある」

「僕が店を継げば問題なかったけどね」

「いやいや、大体お前は客商売に向いてない。そもそも鰻屋に興味がないだろ？　家の都合だけでお前がやりたいことや、選んだ道を諦《あきら》めてしまう方が俺は嫌なんだ」

「ありがとう……ございます」

「何だよ、今さら息子に礼を言われてもなぁ、くすぐったいだけだ。で、お前は大学に行って神道を勉強してんだよな？　先々、明神さんの神主《かんぬし》にでもなろうってのか？」

「いや、神職につこうとは思ってない。この国で生まれた神道をもっと深く追究したい、それだけなんだよ。将来どうするかはまだ決めてない」

「そっか、今はそれでいいんじゃないか？　お前は根っからの真面目人間だしな。その気持ちを忘れずにやっていけば、必ず何か見つかるさ。とにかくだ！　決めたことをとことんやり抜くってことは、俺の意志を継ぐってことにもなる。老舗の味は、お前の精神となって継承されるってことさ。お前には好きなことを楽しめる人生を選んで欲しいんだ」

秀雄の言葉一つ一つに、父親と息子の強い絆と、深い情愛を感じる。洋介の胸に、じわっと熱いものが込み上げて来た。

「なんだか年の終わりに湿っぽくなっちまったな。そうだ！　今からとっておきの酒でも飲むか」

そう言いながら、秀雄は立ち上がり、店の奥から日本酒の四合瓶を右手と左手で一本ずつ、瓶の頭をつまんで、ぶら下げるように持って来た。

「これはG市にある神龍《しんりゅう》酒造さんに頂いたんだが、何でも特別に作った酒らしいんだ」

「神龍」と金の箔押《はくお》しで書かれたラベル。いかにもスペシャルな感じがする酒だ。神龍酒造は江戸嘉永《かえい》年間から続く老舗の酒蔵で、金の箔押し神龍は酒造り百二十周年を記念して特別に醸造したものだという。

そのまま冷やで飲む。まろやかで優しい香りが口いっぱいに広がり、何とも言えない幸福感に包まれた。洋介は初めて日本酒を美味いと感じた。

あっという間に一本を空け、次を飲み始めた頃は酒の勢いも手伝ってか、秀雄はかなり饒舌《じょうぜつ》になり、洋介に若き日の夢を語り始めた。

驚いたことに、秀雄も出来るなら家業は継ぎたくなく、密かにカメラマンに憧れていたと言う。でもまぁ写真を撮って焼いても売れないし、俺には鰻を焼いてた方が金になったと笑いながら嘯《うそぶ》いた。

「カメラマンって、どんなジャンルの？」

「ジャンル？　ふ～む、漠然となりたいと思っただけだからなぁ……強いて言うなら旅のカメラマンかな」

「何で？」

「旅に行けば色んな景色に出会えるだろ？　毎日同じ場所で、鰻をずっと焼いててみろ、たまには全部放りだして、何処か遠くへ行きたくなるってもんさ」

「へぇーっ、父さんもそんなことあったの？」

「そりゃ、ないことはないさ。まぁ、母さんやお前がいたから、そんなのは夢のまた夢で、現実には出来っこないけどな。お前も小さい時は可愛かったんだがなぁ、あっという間にでかくなりやがって」

「ハハ、何だよそれ」

　洋介は父親の知られざる一面を垣間見た気がして、何だかホワッと気分が高揚してきた。夢がカメラマンとは唐突で驚いたが、秀雄が放つ言葉の端々に家族への思いやりが感じられ、育ててくれた父親への敬慕がさざ波のように押し寄せてきた。

　ただ、そんな気持ちになっても、秀雄に神道を極めたい本当の理由を話せないのがもどかしい。幼い日、神田明神で少彦名命《すくなひこなのみこと》に会ったことや、大学サークルの上条茜と和合の結果、神力《しんりょく》が増したことなど、自分の周りに起きた超常現象を上手く説明する自信がない。

　信じる信じないは別にして、不思議な力を持った息子なのか？　と、余計な心配をかけたくないという気持ちがどうしても先に立ってしまう。

神力が増したせいで、相変わらずいくら飲んでも洋介は酔わない。反対に、秀雄は飲めば飲むほど、話がさまざまな方向に飛んで行く。例えば、店を閉めたら世界一周旅行に行って、美味いものをたらふく食って、写真を撮りまくりたいんだと陽気になったり、母さんが生きていれば一緒に行くのになぁと、突然しんみりしたり……。金の箔押し神龍には思ったことを、その場で告白させる力でもあるのだろうか？

「そういや、お前には彼女とかいるのか？」

「えっ！ 何、やぶから棒に」

「いや、今ふっと思い出してさ」

「何を？」

「実はさ、ちょっと前にこの酒持って、神龍酒造さんの社長が店に来たんだよ。そこの明神さまに酒を奉納したついでにウチに寄ってくれたんだが、そんときにお嬢さんも一緒でな……ピンと来たんだよ」

「ピンと来たって？」

「洋介とお似合いだってな。確かお前と同い年で、商業高校を出て、今は神龍さんの経理を手伝ってる、しっかりした娘さんだよ。どうだ？ つき合ってみるか？」

「そりゃないよ。今の時代、彼女を親が決めるなんてナンセンスだよ」

「美人さんだぜ」

「だとしても、俺はパス！」

「そうか。でもな、この話を聞けば、お前も興味を持つかもよ」

「えっ？　何だよ、勿体《もったい》ぶらずに教えてよ」

「神龍さんてS県のG市だろ。地元にも神社があるのに、わざわざ神田まで来て酒を奉納って、おやっ？　て思わないか？」

「確かに……」

「これには、ちょっとしたわけがあるんだよ」

「どんな？」

「何でも娘さんは、神社仏閣巡りが趣味でな、いろんな神社の神さまに精通しているらしいんだ。で、ここからが肝心なところで、あるとき夢枕に少彦名命が立ったらしいんだよ」

「えっ？」

「夢か現実か曖昧らしいんだが、そこで、神さまが神龍の酒が飲みたいとリクエストしたらしいんだ。娘さんが驚いていると、江戸総鎮守へ持ってくるようにとも言ったらしい。それって神田の明神さまのことだからな。で、社長は娘にせがまれて酒を奉納しに来たってことさ。ほら、お前にとって興味深い話だろ？」

　確かに面白い話だ。少彦名命は酒の神さまでもあるから、神龍酒造に現れてもおかしくはない。その娘さんも神力の持ち主なのか？　でも、神力は自分でも気がつかないうちに、力を得たり消失したりすると『護国神道術式目』に書いてあったから……もしかして、神龍の酒が飲みたいばかりに、少彦名命は戯《たわむ》れに娘さんに力を与えて現れたとか？　あの神さまなら、やりかねないな……。

「でもさ、なんでその人たち、ウチの店にもお酒を持ってきてくれたの？」

「ずいぶん前に町内会の寄り合いで、三丁目の武蔵屋《むさしや》酒店の坂井《さかい》さんに社長を紹介して貰ったことがあるんだ。あそこは神龍の酒を卸してるからな。そんとき、ウチの店にも置いてますよって社長に言ったら喜ばれてな。折を見てご挨拶《あいさつ》に伺いますと言ってくれたんだよ」

「へぇ、そうなんだ」

「その娘さん、鰻の食べっぷりも良くてさ、俺はいっぺんで気に入ったよ」

「父さんが気に入ってどうすんだよ」

「ハハハ、それもそうだな。また明神さまに来るとか言ってたから、そんとき紹介すっからな」

「いいってば」

「遠慮すんなよ。世の中に女性は星の数ほどいるが、自分にピッタリの人に巡り会うには人の力も必要なんだぜ。お見合いって制度も捨てたもんじゃないからな」

「わかった、わかった」

　それからの秀雄は、戦後の何年かは鰻の仕入れが大変だったことや、お祖父さんから店を任された時、ベテランの串打ち職人が辞めて四苦八苦したこと、若い頃、神田祭の神輿のぶつかり合いで大喧嘩をして警察沙汰になったことなど、洋介の知らないことを自慢げに語り尽くした。そして決め台詞のように、お前は自分の決めた人生をまっとうするんだぞ！　と、何度も言って、結局その場で酔いつぶれてしまった。

　既に外は夜が明け、一九七五年という新しい年が始まっている。何とか秀雄を起こし寝室まで連れて行き、その後、洋介も自室に戻った。さぁ、明日はやっと上条茜に会える！　逸《はや》る気持ちを抑えて早々に目を閉じた。

秀雄が話した娘が、まさか将来洋介の妻になるとは……その時、洋介は知る由もなかった。

三十三章　天国への階段落ち

病院のロビーは閑散としている……というより、人がいない。正月だからか？　受付で上条茜の病室を尋ねると、受付の女性は感じ良く応対してくれたが、何やら調べたあと、怪訝そうな顔で何度かこっちを見て、

「あの、お身内の方ですか」

「いいえ、大学の友人です」

「そうですか……暫くお待ち下さい」

受付の女性はまた何処かに電話をした後、

「あの、何か病室にお忘れものですか？」

「えっ？　いや、お見舞いなんですが」

「あの、上条茜さまは、昨日の夜にご逝去されました。ご遺体はまだこちらに安置されてますが、お身内の方でないと、ご遺体には面会出来ない規則でして……」

ゴセイキョされたって何？　退院のことじゃないし……ゴイタイ？……えっえっ？　え～っ！

上条茜が死んだ？

後頭部を思い切り鈍器で殴られたような衝撃に、突然視界が歪《ゆが》み、目の前が真っ暗になった。

洋介は手に持っていた神田駅前で買った花束と、自販機で買った茜の好きなハイシー・アップル

を同時に落とした。閑散としたロビーの床にジュース缶がゴロゴロと音を立てて転がってゆく。呆然と立ち尽くす洋介……見かねた受付の女性が、

「どうなさいました？　大丈夫ですか？」

「あっ、大丈夫です。あの、上条茜さんが亡くなったのは昨日の夜なんですね？」

「はい、そのようですが……」

「実は昨夜《ゆうべ》本人と電話で……」

ここで話を止めた。これ以上続けても不審がられるだけだ。信じられない現実に直面し、洋介は何をどうすればいいのか皆目見当がつかなくなった。とりあえず床に落とした花束と缶ジュースを拾い、一旦ロビーの長椅子に腰を下ろした。

確かに昨夜、洋介は茜と電話で話をした。声は元気だったし、なにより会いたいという本人の要望で自分はここへ来たんだ。なのに、同じ頃、茜は亡くなったという……。一体どういうことなんだ？　頭を抱え蹲《うずくま》る洋介……その時だ。館内アナウンスのように、ロビー全体に響くような声が天井から聞こえてきた。

『田川君、聞こえる？』

「えっ？」

洋介は思わず顔を上げ、周りを見回した。受付の女性には聞こえてないのか、反応がない。

『大丈夫よ、そんなに慌てなくても、私の声は田川君にしか聞こえてないから』

「茜さん……ですか？」

今度は声に出さず心でつぶやく。

『そう、私よ』

「何があったんですか？」

『私、死んじゃったのよ。寿命減殺《じゅみょうげんさい》でね』

「寿命減殺って『護国神道術式目』の？　まさか、あのことが原因で？」

『そうそう、あの夜、田川君とイザナギ、イザナミのように一晩中愛し合っちゃったからさ。神力が大幅にアップした分、持病があった私は副作用で命が削られちゃったみたい』

「えーっ？　ホントに？　すっ、すいません……」

『謝《あやま》んないでいいわよ。命を削ってでも神力を増幅させたかったのは私だし、田川君を誘ったのも私だからね。君のせいだなんて、これっぽっちも思ってないから大丈夫よ』

「でも……」

『こっちに来るのがさ、ちょっと早まっただけよ。気にしない、気にしない』

「そう言われたって、気にしますよ……で、昨日の電話は一体どうやって？」

『ああ、あれね。『護国神道術式目』にも書いてない裏技で、神力念動って言うんだけどさ、簡単に言えば電話回線を使ったテレパシーみたいなもんね』

「じゃあ、この会話も？」

『そうよ、ただ神力のある者同士しか通じないのよ。これも和合の賜《たまもの》よね』

「だとしても、まさか亡くなったなんて……急すぎちゃって、信じられませんよ。せめて昨夜のうちに言って欲しかったなぁ」

『田川君だって、私がいきなり死んだなんて言ったらビックリするでしょ？』

「今だってかなり動揺してますよ……。それに、命を削られてでも、神力をパワーアップさせたかったってどういうことですか？　そもそも、なんで死んでる人と話せるんです？」

『う〜んそうよね、不思議だよね……。それじゃ、詳しく話すから、君も少しの間体から抜けてくれないかな？』

「抜けるって何をですか？」

『田川君は神力が強いから、すぐに出来ると思う。まず目を閉じてみて。そうしたら私の姿を思い浮かべて……いい？　柏手《かしわで》を一つ打って、かしこみ、かしこみと、小声でいいから声に出してつぶやいてみてくれる？』

半信半疑ながら、洋介は茜の言うとおりの手順を踏んだ。するといきなり体が軽くなり、宙にフワッと浮かんだような感覚に襲われた。目を開けて眼下を見ると、ロビーの長椅子に座っている自分が見える。浮いている自分は服を着ているが半透明だ。体がやや発光している。

『一回で魂の幽体離脱が出来るなんて、さすがね！』

「これって？」

『君の魂が、肉体から離れたってことよ。生体の場合、幽体離脱はそうは長く持たないから急ぎましょう！　取り敢えず私の声が聞こえる方を向いて、両手を素早く強く上げてみて』

洋介は言われるままに、声のする天井に向かって、サッと両手を上げた。すると、透き通った体はさらに高く宙に舞い上がり、天井を突き抜けドンドン上昇して行く。キーンという音と共に頭に激痛が走ると、洋介は思わず頭を押さえ目を閉じた。やがて音と痛みが消え、気がつけば、洋介の半透明な体は病院の屋上に立っていた。

見上げると、さっきまで降っていた雨は止んでいる。雨雲が上空を厚く覆い、昼間だというのにかなり暗い。そのせいか、体の発光が若干眩しく感じられる。

『ねぇ、私の声聞こえる?』

周りを見回しても相変わらず茜の姿は見えない……厚い雲に覆われた空の上から、声だけが降りてくるようだ。

「聞こえるけど、何処にいるんですか?」

『私の魂はこっち側だから、田川君にはもう見えないのよ』

「……」

『姿が見たいなら、こっちに来ないとね』

「こっちって?」

『常世《とこよ》の国よ』

「それって天国のこと?」

『そうね、黄泉《よみ》の国とも言うけど、名称は何でもいいみたい。要は魂が集う世界ということ……。分かる?』

「いや、全然」

『そうよね。でね、命を削ってまで神力をアップさせたかったのは、常世の国でも上級レベルの魂が集う場所に行きたかったからなのよ。どうせ持病で長くないなら、神力を上げてこっちで最高のクラスに昇華したいと思ってさ。神力の強い田川君を誘ったの。ごめんねアバウトな説明で……。思ったより早く死んじゃったけど、私はこれで良かったと思ってる。そっちでは病気のこともあって色々悩んでたけど……今はもう、前の世界で思い残すことは何にもないわ』

「僕はもっと茜さんと」

『寝たかった？』

「そんなぁ……」

『ハハハ、君って可愛いわね』

「からかわないで下さいよ。この状況を把握するだけで、精一杯なんですから」

『ごめん、ごめん』

「あの、何も知らなくて申し訳ありません……。茜さんの病気ってそんなに深刻だったんですか？」

『そうね……私の病気は先天的な免疫不全が要因らしく、不治の病ということも分かってた。余命で言えば、あと一年ってところだったみたい。寿命減殺で大分短くなったけどね』

……そうなんだ………。

『ちょうど一年前の秋頃から目眩や発熱が頻繁にあって、診て貰ったら意外に深刻でね……再生不良性貧血、いわゆる白血病だった。相当落ち込んだけどね。でも、診断のわりに日常生活にはそれほど支障がなくて、学校にも通えたのよ。でね、そろそろシンデン会のみんなにも話さなきゃと思った時、ちょうど君が会に入ってきたってわけ』

「………」

『そしたらね、何だか奇跡が起こったかのように症状が治まってさ。『護国神道術式目』にあった波動和合かもしれないってピンときたのよ。それって、神力者同士の気で起こる現象だから、君にも神力があるんじゃないかなって思ったのよ』

「神力？　波動和合？　もしかして、茜さんて『護国神道術式目』の内容を既に理解していたんじゃないですか？　で、分からないフリして、あえて僕に読ませようと？」

『ご明察よ。計画ではあの本を君が理解してから、和合に進もうと思ったんだけどね。まぁ成り行きでああなっちゃった』

「でも、それからは、すっかりご無沙汰で……」

『そうね、あの夜以降、田川君を無視したような形になっちゃったのは謝るわ。ただ副作用の寿命減殺がいきなり起きて、心の準備もしなくちゃいけなかったし……田川君だって遅かれ早かれ命が潰《つい》える女とは付き合えないでしょ？』

「寿命減殺を阻止する方法はなかったんですか？」

『それは無理よ。君との和合を果たした時から決まってたことだから。それが私の運命だったのよ』

「運命かぁ……。じゃあ、僕の方からそっちに行くっていうのはどうですか？　そっちで茜さんに会えるなら、ちょっと行ってみたいな。それぐらいの覚悟はありますよ」

『ホントに？　ありがとう……実はさ、私も前の世界に未練がないって言ったけど……最後に一度、君に会いたくてね。それで念動力を使って電話しちゃったの。でも……私がこうやって現実世界の君と話をするのは、実は常世の国の掟《おきて》を破ってることになるのよ。もしかしたらヤバイかも。上手く説明できないけど、自分が得体の知れない何かに変異しようとしてる。もう、この辺が限界ね。ホントは会いたいけど、これ以上話すと、私が私じゃなくなり、君を巻き込んでしまいそう……。ただ……君に覚悟があるなら、この階段を上って……』

茜の言葉が消え入るように小さくなり、聞こえなくなるや否や、ドーンと落雷のような音が天上の空いっぱいに響き渡った。同時に天上を覆っていた灰色の雲が、赤や紫に染まり、何やらおどろおどろしい雰囲気を醸し出しながら空一面に広がってゆく。

これって、何かの合図なのか？……すると厚い雲の一部が切れ、そこからゆっくりと白い光が差し込んで来た。やがて、その光が病院の屋上に到達した途端、驚いたことに天上へと連なる階段に変容した。

「スゲーな、何なんだこれ？　階段？　天国への？」

レッド・ツェッペリンのあの曲が洋介の頭をよぎる。

「茜さん聞こえる？　これを上って行けば会えるんですか？」

茜からの返事はない……。でも、最後にそう言っていた……洋介は階段をジッと見つめながら、茜に会えるならと、覚悟を決めて上る決心をした。階段は洋介の半透明の体のように、やや発光している。怖々と一歩踏み出し階段に足をかけた瞬間、階段は洋介を乗せて動き出した。えっ？自動？　まるでエスカレーターだ。そして、足が階段に拘束されたかのように固まったまま動かない。体も金縛りのように硬直している。えっ？　えっ？　どうしたんだ！　階段を降りようにも、振り向くことさえ出来ず、洋介はどんどん上がってゆく。

心の焦りが不安へと変わったその時、階段の前方遥か上段に白装束の女性が忽然《こつぜん》と現れた。誰？　もしかして茜さん？　後ろ向きなので誰だかは認識出来ない。声を出そうとしたが、口がピシャッと閉められ、糊《のり》づけされたように開かないのだ。こうなると全身を鎖《くさり》でぐるぐる巻きにされたような気分で、指一本動かせない。これじゃまるで囚人が監獄へ護送されてるみたいじゃないか！

その時だ！　聞き覚えのある、あの甲高い声が心に飛び込んできた。

『目ヲ閉ジルノダ！　早クシロ！』

少彦名命だ！　思わず目を閉じる洋介！

『吾《わ》ガ号令ヲカケタラ、其方《そなた》ハ柏手ヲ二度打テ！　イイナ、イクゾ……オーッ！』

その号令で洋介は柏手を二回打った。さらに甲高い声で少彦名命は呪文を唱えた。

『飃《シチ》・護《ゴ》・参《サン》！　ハッ！』

次の瞬間、天上に連なる階段の動きが止まり、福鈴の音が全身に響き渡ってきた。その音と共に固まった体は次第にほぐれ始め、拘束も解けて体を自由に動かせるようになった。洋介はそっと目を開けて少彦名命の姿を探すが、見つけられなかった。階段の上段に佇む白装束の女性は、さっきと同じ姿勢で、後ろ向きのまま微動だにしない。再び、少彦名命の声がした。

『其方ニハ、マダ現世デヤリ残シタ事案ガ山ホドアル。ソレヲ完遂セズニ、寿命ヲ放棄シテ常世ニ行ッテハナラヌ。直《す》ニ下界ニ降リルノダ！』

その声を聞いた洋介は慌てて体の向きを変え、階段を降りようと足もとを見たが、上ってきたはずの階段が消えている。

「神さま！　降りる階段がない！」

『勇気ヲ持ッテ足ヲ踏ミ出セ！　サスレバ階段ハ現レル。タダシ、絶対ニ後ヲ振リ向イテハイケナイ！』

「あ、はい！」

洋介はおそるおそる足を踏み出す。すると少彦名命が言った通り、歩みに合わせ下へ降りる階段が一段ずつ現れた。洋介が急ぎ足で階段を下り始めると、下へ下へと階段が連なりだした。透き通った体にも風を感じるのが不思議だ。

ふと階段の上から誰かが追ってくる気配を背中で感じた。洋介は振り向きたい衝動を抑えながら、ひたすら階段を下り続ける。病院の屋上が間近に見えてきたその時……体全体に響き渡る声で、

『田川君……』

えっ？　思わず洋介は振り向いてしまった……。

しかし、洋介がそこで見たものは、上条茜とは似ても似つかない異形《いぎょう》の者の姿だった。階段を降りてくる白装束の女性……髪は燃えるように逆立ち、口は耳もとまで裂け、目はつり上がり充血しているかのように赤い。まるで鬼のような形相だ。体も洋介の二倍ぐらい大きい。わっと声を上げ、階段を下る洋介。黄泉の国で腐ったイザナミを見て逃げ出したイザナギのようだ。焦りつつもさらに足を速める洋介は、躓きそうになるのをこらえながら下へ下へと降りて行く。だが、異形の者のスピードは尋常ではない。あっという間に追いつかれ、屋上に辿り着く寸前のところで、洋介は手を摑まれ後ろから羽交い締めにされた。

「わーっ！」

その手を振りほどこうと暴れても、もの凄い力で摑まれびくともしない。異形の者は、羽交い締めにしたまま洋介を引きずるように階段を上ってゆく。

「茜さん！」

必死でもがきながら、異形の者に問いかけるが返事がない。

「聞こえたら返事をして！」

異形の者は力を緩めず、無言で洋介を引きずって行く。

「茜さん……この声が聞こえるなら、何でもいいから応えて！」

『ウォーッ！』

異形の者は、茜の声とは似ても似つかぬ野獣のような声で吠《ほ》えた。

「茜さんなんですか？」

問いかけた瞬間、キーンという音と共に再び激しい頭痛が洋介を襲った。たまらず抵抗を止めた洋介。もはや異形の者の為すがままだ。

一体自分を何処へ連れて行こうとしているんだろう？　尋ねたいが声を出すとまた頭痛がしそうで躊躇《ちゆうちよ》していると、再び少彦名命の声がした。

『声ヲ出サズ心デ吾ト話セ。コヤツニハ聞コエナイ』

「神さまどうしたらいいんでしょう。この怖そうな人は僕を何処へ連れていこうとしてるんですか？」

『常世ノ国ダ。ソシテ其方ヲ掴ンデイル鬼ハ、其方ノ想イ人ダッタ女人《によにん》ダ』

「やっぱりそうか……」

『其方ノ想イ人ハ、寿命減殺ノ身デアリナガラ、念動力ヲ使ッテ、其方ト会話ヲシ、天上階段ヲ出現サセ、魂ノ昇華中ニ過剰ノ神力ヲ行使シタ。ソレデ鬼体《きたい》ニナッテシマッタノダ』

「鬼体って鬼のことですか？」

『ソウダ！』

「鬼になった茜さんは僕を常世の国に連れていってどうするんでしょう？」

『常世ノ結界門ノ前デ、其方ヲ食ラウノダ。サスレバ鬼体ハ消滅シ元ノ姿ニ戻ルト言ワレテイル。ダカラ、其方ハグズグズシナイデ、即刻逃ゲルノダ！』

「逃げるったって、どうやって？　神さまが助けてくれるんですか？」

『ソレハ出来ナイ。モハヤ吾ガ手出シ出来ナイ領域ニナッテシマッタ。ココカラハ其方ガ自ラ切リ拓クシカナイ』

自分で？　どうやって？　そうしないと鬼になった茜さんに食われる？　洋介は自分にこれから起きるだろう最悪の結末よりも、茜の一連の行動に合点がいったことに安堵《あんど》した。

茜は寿命減殺で常世の国に行く前に、神道念動力で自分と会話をしたため、鬼になってしまったのだ。まさか副作用で鬼体になるとは、本人も想定外だったに違いない……。

でも、自分は茜の心のすべてが鬼体化されてはいないと信じたい。こうなったら、一かバチかそこに賭けるしかもう手はない。

「茜さん……。聞こえますか？……茜さん、返事がなくても喋りますね」

洋介は声を振り絞り鬼体になった茜に語りかけた。

「こんな形での再会は残念でしたが、少しでも茜さんと話が出来ただけで幸せでした。初めて会った時から、ずっと茜さんは気になる存在でした。茜さんのファッションも、話す声も仕草も、上からの物言いも、シニカルなジョークも大好きでした。

あの夜、神田駅での別れ際の笑顔を見た時、こんな可愛い笑顔を毎日のように見たいと本気で思いました。こんな感情が自分の中にあったなんてことにも驚きました。だから、もっと茜さんと話がしたかった。

お互いシンデン会の書記として、一緒に歴史的事実を神道の神々と照らし合わせる考察は、本当に面白かった。茜さんの知識の豊富さにも驚きました。出来るなら、僕の趣味の特撮映画のことも話してみたかった……そうそう、僕の知ってる神さまは怪獣好きなんですよ。その神さまに、好きなこと楽しいことを続けなさいって言われたんです。

僕には、まだ現世でやりたいことがいっぱいあります。『護国神道術式目』のことも、もっと詳しく調べたいし、この国独自の神道を自分なりに勉強したいんです。どうか、解放してくれませんか？　これが、僕の運命だとしたら受け入れます。僕の体で、茜さんが鬼体から元に戻ることが出来るなら、それはそれで僕はかまいません。覚悟は出来てます。愛なんてまだよくわかりませんが……本気で愛するって、犠牲をも厭《いと》わないってことですよね。それに誰かを愛するって、神さまを見るようなものかもしれない。茜さんに会えたことは、僕にとっての奇跡だったんです」

反応はない……。異形の者は相変わらず洋介を羽交い締めにしたまま階段を後ろ向きで上ってゆく。

「出来るなら、もう一度茜さんの姿を見たかったなぁ……茜さんは大学の先輩でもあるけど、あの夜から僕にとってはかけがえのない女性であり、初めての女性でもあり、守りたい唯一の存在になったのだから……。最後にこれだけは言わせて下さい。僕は茜さんが好きです！　全身全霊で大好きです！」

思わず頰を伝う涙が、異形の者の腕に落ちた。その時だ。風が吹きあがり、異形の者の足が止まった。そして羽交い締めにしていた力を緩めて洋介を離し、ポンと洋介を押したのだ。自然に、洋介は階段を墜《お》ちて行く。えーっ！　階段落ちかよ！　と思いながら、ゴロゴロ転がる洋介は下へ下へと落ちていく。階段に体が当たっても不思議と痛みがない。回転はドンドン速くなり、洋介はそのまま気を失った。

どれぐらい時間が経ったのだろう……気がつけば洋介は病院のベッドにいた。えっ？　ここは？

「おっ、気がついたで！」

丸さんが心配そうに覗き込んでいる。その横にはシンデン会のリーダー、西園寺翔子の顔も見えた。

「私も丸さんも茜の訃報を聞いて、病院に駆けつけたら田川君がロビーで意識を失って座ってるからビックリしたわよ。良かったわ気がついて。家には電話しておいたから、直《じき》にお父様が来るわよ。茜が亡くなったことがショックだったのね。お医者さんも大事ないって言ってたから大丈夫よ」

「せやな、もう大丈夫や！　良かった良かった！」

「田川君にしたら、とんだお正月になったわね」

二人の顔を見て、ホッとした洋介。今回、茜との一連の出来事は一生の秘密にしておこうと決めた。常世の国の事も含め、もっと神道学に専念して勉強したい。ゆくゆくは研究者になるという腹も決めた。

そして、鬼体になりながら、最後は自分を解放してくれた茜のためにも、神力の謎を少しでも解明していきたいと思った。あとは、危ない所をすんでのところで救ってくれた、少彦名命にも感謝を込めて何かお礼をしないといけない……また怪獣フィギュアでも奉納するかな…… 〝生キルコトハ、信ジルコトカラ始マル〟子供の頃、少彦名命に言われた言葉がよみがえる。洋介は再び深い眠りに落ちていった。

しかし……今回行使した魂の幽体離脱が、致命的な寿命減殺をもたらすことを、その時の洋介はまだ知らなかった。それが形となって現れるのは、もっとずっと先のことになる……。

三十四章　復讐するは誰にあり？

怒りに任せて振り上げた拳《こぶし》に装着するのは、ヘビー級ボクサーのグローブだ。美咲は、思い切り颯太郎の顔に怒りのパンチを繰り出す姿を想像した。

グローブの重さはおよそ十オンス。対照的に、家族という絆の重さは計量出来ないほど重く、数値ではけして表せない。骨折による代償は、美咲に精神的、肉体的にかなり大きなダメージを与えたが、逆に忘れかけていた兄妹の絆の重さを再認識させる結果になった。

骨折から早や一ヶ月が過ぎようとしている。美咲はその間、銀行を休職して治療に専念していた。安静の時期はとうに過ぎ、松葉杖状態からも解放され、リハビリを兼ねて自宅から六本木の整形外科まで週に一度、カルシウム注射のために電車で通い続けている。確かに治りの速度はギプスで固めるより速い気がした。個人差があるから一概には言えないが、自分の場合は取り外し可能なニーブレースで充分だったということになる。

母親の紀子は骨折に関して、珍しく何も追及してこなかった。むしろ、兄の健太が妹のために迅速にセカンドオピニオンの医師を探し、新たな整形外科へ美咲を連れて行ったことに痛く感心したようだ。さらにあの日以降、美咲が健太のことを兄として扱い始めたことにも驚き、そして手放しで喜んだ。お兄ちゃんなんだから、呼び捨てにしちゃだめよと、子供の頃からことあるごとに美咲に言ってきたことが、ようやく今になって実現したのだ。まさに怪我の功名で、母親にとっては長年の思いが叶ったことになる。

骨折した日の翌日、颯太郎に電話して、週末店を訪ねる件はキャンセルした。いずれ分かることだが、その時は骨折した事実は伏せた。美咲は嘘が超下手だ。色々考えあぐねた挙げ句、咄嗟《とっさ》に口から出た言い訳が、妹の妊婦健診に付き添うためなどと、とんでもない大嘘をついてしまったのだ。まぁこの先、颯太郎と妹の結衣が出会うことはないだろうという、諦めにも似た目算あってのことだが……我ながらつまらない嘘をついたものだとすぐに後悔した。とはいえ、まずは傷ついた心と体の休息だ。その日から、週に一度の通院以外は家に閉じこもり、一切の連絡を遮断した。ジワジワと自分の中に湧き上がる怒りのマグマを抑えつつ、治療に専念したのだ。

そして、骨折から一ヶ月後の朝。美咲は部屋の窓を開け、青空に向かって大きく深呼吸した。さぁて、足も大分良くなってきたし、この先どうするか……。休みの間、ただジッと手をこまねいていたわけではない。どういう方法で復讐するのが一番効果的なのか、一人で考え抜いていたのだ。

ただ色々考えたわりに、実行可能な手段は二つしか思いつかなかった。一つは、あの日見たことを颯太郎に話し、自分はこのプロジェクトから降りると通告。当然、出資した三百万は即座に返金して貰う。もう一つは、ちょっと面倒だが、民事訴訟を起こし颯太郎を追い詰めるということ。ただし、問題は損害賠償を請求する名目だ……。

キスを見たことによる動揺で骨折したのだから、その治療費。銀行を休職した分の給与補償。及びキスを見せられたことによる精神的、肉体的苦痛への慰謝料……どれも今一つ決定打に欠ける。欠けるどころか、だんだん自分がセコイ女のように思えてきて、逸る心と裏腹に気持ちが挫《くじ》けそうになってきた。落ち着け！　美咲！　時間はまだある！　ちょうどその時、携帯が鳴った。健太からだ。

「おう、俺だ。どうだ足の具合は？」

「順調よ。もうニーブレースは外しても歩けるようになった。でも、まだ階段がね、上りはいいんだけど、下りが大変かな」

「そっか、あんまり無理すんなよ」

あの日、車で颯太郎との恋の顛末をすべて話してから、妹が思いを寄せる男に興味を持ったのか、健太は動けない自分に代わって色々調べてくれているのだ。

「何か分かったの？」

「その男の相手。お前が見たという謎の女の正体が分かったぜ」

「さすが兄貴！　で、誰なの？」

「ちょっと電話だと言いにくいし、長くなるからさ、明日の昼過ぎにそっちに行くのでいいか？」

「いいわよ。色々ありがとうね」

「恋愛絡みの問題は人ごとじゃないからな。じゃあ、明日な」

健太も結婚式当日のドタキャンとか色々な修羅場を通って来たからか、デリケートな恋愛問題には敏感なのかもしれない。健太は今の美咲にとって、バディと呼ぶべき、頼りになる兄貴だ。

明日お昼過ぎに健太が来ることを紀子に告げると、妹の結衣も同じ頃に来るという。じゃあ、明日のお昼はお寿司でも取りましょうと、いきなり張り切りだした。結衣かぁ……颯太郎への言い訳のダシに使ったことを謝っておかなくちゃ。

その夜、美咲は久しぶりに父ゴーストを呼び出した。そして、この一ヶ月間の顚末を洗いざらい話した。

『そうか、それは災難だったが、健太と上手くいってるのは朗報だな。お前達、子供の頃から喧嘩ばかりしてたからな』

「あいつが兄貴らしくなかったからね」

『向こうだってお前を妹らしくないって思ってたはずさ』

「でも、最近はちょっと頼もしい兄貴でさ、見直した部分もあるんだ。ホラ、兄貴も結婚式ドタキャン事件があったでしょ？　あれで、私に味方してくれてるのかも。復讐には最適の相棒よ」

『……美咲、お前はその男が憎いのか？』

「えっ、何、急に、そりゃ憎いに決まってる。どうやって復讐しようか思案してるぐらいだしね」

『でもな、それって美咲の一方的な思い込みってことでもあるぞ。もちろんお前に興味があったから、色々近づいて来たんだろうけど、お前だって三十を過ぎた大人の女だし、別に将来を約束したわけでもないんだろ？』

「それを言われると辛いけど……。可愛い娘に向かってよくそんなズバズバ言えるわね！」

『憎しみが生み出すのは希望ではないぞ。憎しみというのはな、いずれ己《おのれ》の心をも憎むことになるからな』

「……」

『今少し、冷静になって考えてみてもいいんじゃないか？』

「なんで？　心も体も傷ついたんだから、向こうにも私の悔しい気持ちを味わわせたいって思うのは、間違ってるの？　昔流行った倍返しよ！」

『それじゃあ、怨嗟《えんさ》の鎖が永遠に繋がってゆくだけで、お前にとってもよくないぞ……』

そう言いながら、父ゴーストはゆっくりと消えていった。最近話せる時間がどんどん短くなっている気がするのは、父ゴーストの魂天上界《こんてんじょうかい》へ行く時間が迫っているためだろうか。


翌日、結衣も来て久しぶりに兄妹三人が揃った。紀子は朝からソワソワしていたが、兄妹揃い踏みは母親として、この上なく嬉しいことなのだろう。出前の寿司をつまみながら、たわいもない世間話に花が咲いた。結衣は、新たに勤め始めた青山の美容院でも頭角を現し、早くも店長候補とのこと、ボーイフレンドもちゃっかり出来たそうだが、前の彼氏からも未だに連絡があるらしい。キッパリ別れたのに、あいつグズグズ未練たらしいのよ、とこぼす結衣を見ていると、どうやら、田川家は女性の方が強いのかもと思えてくる。結衣は紀子に話があるらしく、二人で別の部屋に移動した。

「じゃあ美咲、例の調査の、その後の進捗《しんちょく》状況を話そうか」

「お願い！　ヨロシク」

「あのな、お前が見たという謎の女はな……」

そこで、玄関の呼び鈴が鳴った。はーいといいながら紀子が応対に出る。その直後、

「美咲！　ちょっと美咲！」

「何？」

「あなたにお客さまよ」

誰だろう……銀行の同僚は今頃仕事だし、私を訪ねてくる人なんていないはずだけど……。

紀子がリビングまで相手の名刺を持ってやって来た。

「戸塚さんて方よ。知ってる方なんでしょ？」

えーっ！　颯太郎？　以前二人で食事した時、名刺に実家の住所を書いて教えたことを美咲は思いだした。まずい！　この状況どうしたらいい？　追い返すのも変だ。ここは、父ゴーストに言われたように冷静に対処しないと。あまりの美咲の慌てように、健太も誰が来たのか察知したらしく、

「俺、お前の部屋に行ってるわ」

「あっ、そうして」

「あら、いいじゃない、兄妹揃ってご挨拶しましょうよ」

なぜか紀子の声は弾んでいる。それに答えることなく、健太は一目散に二階に上がって行った。

「変な子ね。あっ、結衣もこっちに来なさいよ。美咲のお知り合いの方がお見舞いに見えたのよ」

「へぇー、そうなんだ。お姉ちゃんの知り合いって銀行の人？」

フラッとリビングに戻って来た結衣を見て、キャッと美咲は飛び上がった。

「結衣、お願い！　わけは後で話すから、このクッションお腹に入れて！」

「何で？」

「何でもよ！　結衣、私の一生のお願い！　何も言わず、このクッションお腹に入れてちょうだい！」

玄関に戻った紀子は、ご丁寧にどうもとか、どうぞこちらへとか、家に上げようとしている。

どうやら、これは骨折以上のピンチが美咲に訪れたようだ。

「結衣！　早く早く、クッションお腹に入れて！」

三十五章　三本の矢の軍評定

颯太郎の予期せぬ来訪は、田川家を端無《はしな》くも浮き足立たせた。美咲にすれば、さながら戦国時代の奇襲攻撃のように虚をつかれ、まさに周章狼狽《しゆうしようろうばい》とはこのこと。すでに体中に陣太鼓が鳴り響いている。

玄関での会話に聞き耳を立てていると、紀子は颯太郎をリビングに案内しようとしているではないか。まずい、それは困る！　意を決して美咲は立ち上がった。

「あっ、美咲さん！　ご無沙汰しております。銀行の方から休職中とお聞きしたので、心配になって押しかけてしまいました」

銀行の方？　誰だよ個人情報漏らしたヤツは……。

「あら、戸塚さん。どうしたんですか？」

「すいません、仕事でこの近くまで来たので……前もって電話すれば良かったのですが……」

何？　電話しないで来た？　あれから颯太郎の番号は着信拒否しているから、繋がりはしないのだが……。もしかして颯太郎は一ヶ月あまり、私に電話してないのか？　この人は一体どういう了見で私とつき合っているんだ……。

美咲は颯太郎の顔をじっと見つめた。相変わらず涼しげな瞳が、紀子と美咲の間をゆっくり動いている。あっ、そっか……颯太郎には、私とつき合っているという感覚はないんだ……。やはり一方的な思い込み……先走った恋愛感情にすぎない。ということは、私は単なる開店資金を出資しただけの、都合のいいお人好しな女ということになる。まさか、颯太郎は始めからそれを見越して私に近づいたのか？　急激に心が萎《な》えてゆく。父ゴーストの指摘は当を得ていたのだ。

とどのつまり、何も始まってなかった……自分勝手に恋して、その気になって、颯太郎との将来を夢見ていただけ……。今こうして、颯太郎本人を前にすると、憎いとか、悔しいとかいう感情が一切湧いてこない。むしろ、美咲にとって颯太郎は高嶺の花だったのだという、諦めの境地が入り交じった不思議な感情に支配されてしまう。美咲はその場で腰砕けになりそうになるのをこらえ、

「お母さん、戸塚さんは忙しい方だし、無理強いは駄目よ」

「でも、せっかくいらしたのに……」

「ありがとうございます。今日は美咲さんに戦国武将茶のサンプルを持って来ただけですので大

丈夫です」

　大丈夫だって？　こっちが全然大丈夫じゃない。それに、私が休んでいる理由は聞かないのか？　お見舞いというわけでもないのか？　手渡された伊勢丹の紙袋には、小分けにされた戦国武将茶のサンプルが入っていた。

「あらあら、わざわざどうも。ならば尚更《なおさら》……」

　紀子の言葉を強引に遮るように、

「わかりました戸塚さん。これ試飲しておきますね。感想などは後日メールでもよろしいですか？」

「勿論ですよ。パッケージなどはまだなので、それぞれ味と武将の名前は付箋《ふせん》を貼って分かるようにしておきました」

「了解しました。遠い所まですいませんでした」

「いえいえ、仕事ですから。美咲さんも元気そうで良かった」

　仕事ですから？　元気そうで良かった？　単なる仕事関係の仲ということを強調するような颯太郎の言い回しに、美咲の心はさらに傷ついた。

「では、僕はこれで失礼します」

　丁寧なお辞儀をして、颯太郎は早々に帰っていった。

「何だか爽やかな好青年って感じよね」

　紀子の顔が心なしか紅潮している。年甲斐もなく若い男性の訪問に舞い上がっているようにも見える。

「あの人、お姉ちゃんの彼なの?」

様子を窺《うかが》っていた結衣が、ラウンドスリットのロングTシャツの下にクッションを入れたまま声をかけてきた。

「違うわよ! あっ、ごめん、クッションもう取っていいわよ」

「ねぇ、なんでクッションなのよ。お姉ちゃんの一生のお願いを聞いたんだから理由を教えてよね」

リビングに戻った三人。健太は二階に上がったままだ。

「ごめん結衣、兄貴呼んで来て」

「兄貴ってお兄ちゃんのこと? へえー、お姉ちゃんがお兄ちゃんのことをそう呼ぶの、初めて聞いた。どういう風の吹き回しよ。ねえねえ、さっきの人、お姉ちゃんとワケありなの?」

「いいから早く呼んで来て!」

「はい、はい、なんかお姉ちゃん怖いわ」

首をすくめながら、結衣は二階に上がっていった。リビングには紀子と二人きりだ。母親と二人は慣れているはずなのに、何とも言えない気まずい空気が漂っている。紀子は黙ったまま、颯太郎のことを何も聞いてこない。多分、紀子は颯太郎と美咲の、微妙な関係を察知したのだろう。

美咲が声をかけようとしたその時、

「ちょっと出かけてくるから留守をお願いね。出前の寿司桶は流しに出しておいてよ」

何処に行くのと聞く間もなく、紀子は外出していった。入れ違いに、健太が二階から降りてきて、

「あれ？　オフクロは？」

「なんか用があるみたいで、出ていったわよ」

「そっか」

母親の突然の外出に訝る様子もない。

「結衣、熱いコーヒー淹れてくれ」

「アタシが？」

「しょうがないだろ？　美咲は骨折してんだし」

「コーヒーったって、ウチにはカプセルのコーヒーしかないわよ」

「それで、いいよ。三つ作ってきてくれ」

その場から立ち去らせたいのか、いつになく強引にコーヒーを淹れさせる健太。渋々立ち上がった結衣が、キッチンへ消えたのを見計らうと、健太が、

「さっき来たヤツが例の男か？」

「そうよ、二人でやろうとしていた戦国武将茶のサンプルを持ってきた」

「それだけなら郵送で済むだろうに、わざわざ家まで押しかけてくるなんて、何かあるな」

そうか、確かにサンプル確認なら郵送で済むはずだ。

「急にお前から連絡が来なくなったから、ホントに休職して家にいるのか、探りに来たんじゃないか？」

「そこまでする理由がないわよ。私が彼のプロジェクトにどうしても必要な人材ってわけでもないし」

「でも、あれだけ率先して開店資金を出したのに、店の様子を見に来ないのは変だろ？　それを見極めるためとかさ」

確かに颯太郎なりに何か異変を察知したのかもしれない。あの男の凄いのは、顔を見せただけで、傷ついていたはずの私の心と体がいつものようにフワッとしたことだ。しかも僅かな時間、対応しただけの紀子まで虜《とりこ》にするぐらい惹きつける何かが、颯太郎にはある。自分の容姿の魅力パワーを持続させようと顔を見せたのか？　だとしたら、ただ者ではない。正直、あんなことがあっても、会えば会ったで颯太郎に心が動くのが自分でも分かる。もう、自分でもどうしたらいいのか、分からなくなってきた……。

「なぁ美咲、物は相談なんだが……結衣にも今回の事、話をした方が良くないか？」

そっか、クッションをお腹に入れて欲しいと頼んだ理由も話さないといけないし……。この際、姉というプライドなんかどうでもいいかも……。

「お待たせ！　ねえ、ねえ、治一郎《じいちろう》のバームクーヘン見つけちゃった。お母さん、これ大好きだよね」

屈託のない笑顔で戻って来た結衣の姿を見て美咲は決心した。コーヒーを一口飲むと、美咲は骨折にまつわる一方的な恋の経緯《いきさつ》を、結衣にも細かく話し始めた。お腹にクッションを入れて欲しいと懇願した理由を話したところで、結衣は、まさか自分が妊婦になってると思わなかったと笑いながら、

「咄嗟《とっさ》の嘘にしては最高のオチがついたよね。まさか本人がここに来るとはさ」

「ホント、ゴメンね」

「全然いいよ。それにしても、あんな涼しい顔してさ、あの人、けっこう心を弄《もてあそ》ぶんだね。で、お姉ちゃんはこれからどうすんの？」

「そこで、相談だ」

健太が、話に割り込んできた。

「結衣も知ったところで、ここは俺たちで共闘しないか？」

「共闘？」

「そうだ！　美咲の出資した金を取り戻すために、俺たち三人で共同戦線を張るんだ！」

三人で組む？　何だかいきなり、凄い話になってきた。

三人の共闘……美咲は、戦国武将の毛利《もうり》隆元《たかもと》・元春《もとはる》・隆景《たかかげ》三兄弟に田川兄妹を重ね合わせた。戦国の猛将に及ぶはずもないが、毛利家に伝わる三本の矢の逸話のように、三兄妹が力を合わせれば、颯太郎に一泡吹かせられるかもしれない。

「いいじゃん！　ウルトラ兄弟みたいで」

結衣はそっちか……。

「お兄ちゃんは、一番上だからゾフィーよね。で、お姉ちゃんがマンで、アタシがセブン！　やったぁ！」

「何言ってんだよ！　俺はタロウだ。お前は女だからユリアンだろ？」

「だったら、お姉ちゃんだって女じゃない！　アタシは絶対セブン！」

子供の頃から続いている、兄妹による不毛な特撮ヒーロー論争。前だったら、こんな二人の会話にイラッとしたものだが、今は大人になってもこういう会話が出来る二人が羨《うらや》ましく思えてきた。好きな特撮ヒーローや怪獣を、いくつになっても好きでいられる。それって本当は素敵なことなんじゃないか？

「ねぇ、ウルトラ兄弟はいいけど、今後のことを話さないと。お母さん帰ってきちゃうわよ」

「おっと、それもそうだ。結衣のせいで脱線しちまった」

「何よ！　お兄ちゃんだって特撮話はノリノリのクセに」

「まぁまぁ、で、兄貴、さっきの続きだけどさ、颯太郎とキスしてた謎の女性って誰だったの？」

「そうそう、まずはそこだよな。俺が会社の登記を調べたところ、青山に出そうとしているアンテナショップには、颯太郎の他に、もう一人共同オーナーがいたんだ」

「その、もう一人のオーナーが謎の女なの？」

「多分そうだと思う」

「一体、誰？」

「かなりやり手の女性実業家で、青山を中心に美容室やエステなど、何軒も経営してる」

「そうなんだ……」

「ただあの男より、歳はかなり上だから、真剣につき合っているかどうかは藪《やぶ》の中だけどな」

「何ていう人？」

「女の名前は、越水《こしみず》真弓《まゆみ》」

「ちょっと待って、越水真弓？」

「結衣、知ってんのか？」

「知ってるも何も、アタシが勤めてるサロン・ド・エムのオーナーだよ」

「えーっ！」

美咲と健太は声を揃えて驚いた。

「こんなのありかよ」「こんなことってあるんだ」

「でも、オーナーって確か結婚してたと思う。あっ、じゃあ不倫ってこと？」

ここに来ての急展開に、美咲の頭は混乱してきた。要するに、颯太郎はこの越水真弓と共同経営者になるために、私から三百万を出資させたことになる。しかも、越水真弓はやり手の実業家で、結衣が勤める美容室のオーナーでもある。ただ、越水真弓が既婚ということは、颯太郎との同棲情報はガセネタか？

「なぁ、結衣ってオーナーに会ったことあるのか？」

「一度だけ店に来たとき挨拶したぐらい。向こうは覚えてないと思うけど、感じは良かったよ」

こんな偶然ってホントにあるんだなとばかりに、三人は今後の具体的な作戦を模索し合うが、妙案が出ないまま紀子が帰宅し、田川兄妹による軍評定《いくさひょうじょう》は一旦お開きとなった。

ただ、それまでバラバラだった兄妹が美咲の骨折を機に一つにまとまったのは間違いない。今後三人は、健太を中心に連絡を取り合い、美咲が颯太郎に出資した三百万を何とかして奪還することで一致した。

しかし、あの日、颯太郎と熱烈なキスをしていた謎の女が結衣の美容室のオーナーだったとは……事実は小説より奇なりとはこのこと。まずは、越水真弓という人物の情報収集が急務になるが、その辺は俺に任せろとばかりに、健太はシン・ゴジラのTシャツの胸を強く叩いた。

三十六章　浮かび上がる疑惑

　骨折して以来、美咲は日本の経済状況とは無縁の生活に、安らぎを覚えている。株価や金利の動向などは、銀行業務の一環として注視していただけで、そもそも経済に興味があったわけではない。数字と無縁の暮らしがこんなにも気が休まるなんて……銀行のキャリアとしては失格だが、この休みで本来の自分を取り戻せたような気もする。これが充実感というヤツなのかもしれない。思いきってこのまま銀行辞めちゃおうか？　そんなこともチラッと頭をよぎる。これからは、もっと自分のことを真剣に考えないと……。たった一度きりの人生なんだ、悔いだけは絶対残したくはない……。

　振り返ってみれば、颯太郎に出会ったのはノルマの達成にヘトヘトになっていた時期だった。彼との出会いを、未来への光明と勘違いしたのが運の尽きだ。父ゴーストが指摘したように、独りよがりに先走った恋だったのだ。颯太郎とはキスぐらいで止《とど》めておいて良かった……今さらながら美咲はホッと胸をなで下ろした。

　携帯が鳴った。健太かな？　と急いで出ると、銀行の総務からだ。容体の確認と、いつ復帰出来るのか催促の電話だ。もう仕事は可能なのだが……休み慣れた体が出社をためらっている。骨折の状況は休職する時に伝えてあるので、明日の検査結果次第でと答えておいた。近いうちに復帰しないと、色々な案件が宙に浮いたままなのだろう。もう少しこの生活を満喫したいが……再び携帯が鳴り響く。

「俺だ」

今度こそ健太だ。毎日のように兄妹で連絡を取り合うなんて変われば変わるものだ。

「どうやら、颯太郎って、女関係は相当派手みたいだな」

「他にも誰かつき合っている人がいるの？」

「調査会社に調べてもらったら、一つ面白い話が出てきて、颯太郎はちょっと前に有名なモデルとトラブったらしいぞ」

美咲はモデルの名前を聞いて驚いた。パリコレにも出たことのあるスタイル抜群の長身モデルだ。彼女がある時期、女性のカリスマ的存在でもあったのは、単に美しいからではなく、野性的な顔立ちで歯に衣着せぬストレートな物言いが、若い女性達にウケていたのだ。

「お前と同じように、女《おんな》の方が先走り過ぎたようだな」

健太に揶揄《やゆ》されたら、倍以上言い返すのが今までの美咲だったが……。

「で、どうなったの？」

「金銭的にずいぶん貢《みつ》いだ挙げ句、結婚の約束をしたしないの話になって、颯太郎はそこまでは考えていなかったんだろうな。つまり、ヤツは逃げた」

「そっか、最後は逃げるタイプなんだ……」

「その後、彼女は荒れに荒れて、とあるバーで泥酔した挙げ句、店に置いてあったゴルフのドライバーを振り回して、高価な置物や高級ウイスキーを何本か粉々にしたらしいぜ。器物損壊ってヤツだな。でもまぁ、店の方も常連の有名人ということで、警察沙汰にはせず、示談に応じた」

「何だか凄い話ね」

「まだ続きがある。それでも腹の虫が治まらなかったのか、女は颯太郎を婚約不履行ってことで民事で訴えたんだ」

「ホントに？」

「ああ、でもあっけなく却下されたよ。提訴の理由が見つからなかったし、そもそも証拠がない。勝手に思い込んだ方が悪いって結論だな。ただ、揉め事らしい揉め事はこれぐらいだ。ヤツは複数の女と同時につき合っていても、全然トラブルになってないんだなぁ……。颯太郎って相当のジゴロか、運がいいかだな。こうなると、真剣になってしまったモデルの女が憐《あわ》れだよ」

二回目のデートの山中城跡で携帯を凝視したり、何だかトラブっていた様子だったのは、モデルの彼女とのことだったのかもしれない。

「そんな男にお金を出した時点で、私も用済みってことなのね……。ああ、もう情けなくなってきた」

「何だよ、今さら落ち込んでどうすんだよ！　俺なんて結婚式の当日にドタキャンだぜ」

そうだ！　健太は私なんかより、もっと酷《ひど》い目に遭ってたんだ。

「とにかくさ、俺たちで何とか出資金だけは取り返さないと」

「ありがとう……。あのさぁ、今だから聞くけど、あのドタキャン騒ぎ、相手に対してどう思ったの？」

「う〜ん、そうだな、最初は当然バカヤローってなったけどな。先方も言い出せなくて悩んでいたのかと思うと、最終的には気づいてやれなくて申し訳なかったかなって思うようになったよ」

えっ？　健太にそんな優しい面があるのか？　目からウロコだ。だから、披露宴など一切合切キャンセル代は自分持ちにしたのか……。健太って、自分のことばかり考える自己チュー兄貴と思っていたが、思いやりという点では、私より数段上だ。だからこそ、大手のテレビ局で今の地位があるのだろうが……人望がなければ人はついてこないはずだ。妹の前では照れ隠しなのか、そういう面はあえて見せなかったのかもしれない。

「最近、兄貴のこと見直してばかりだわ」

「今さらかよ、俺はずっと変わってないって。それよりさ、俺はどうも颯太郎ってヤツが解せないんだ。何でモデル以外の女達は、ヤツに抗議の声を上げないんだ？　お前だって、もうどうでもいいと思ってる節《ふし》があるだろ？」

「どうでもいいとは思ってないけど、穏便に終わりにしてもいいかなと……」

「俺に言わせれば、それがヤツの手口のような気がして腹が立つんだよ。その気にさせるだけさせて、目的を達するとサッと身を引く。引き際を熟知しているんだよなぁ。そういうタイプのヤツは芸能界にも多いけど、とにかく目的を達成すると、自然に女から離れてゆく技がエグイんだな」

確かに何か特別な力でもあるかのように、常に颯太郎の都合のいい方向に事が進んでゆくような気もする。

「肝心の越水真弓なんだが、かなり颯太郎にぞっこんらしく、仕事の範囲を超えて色々貢いでいるって評判だ。車とか、服とか、ちょっと羨ましい気もするが」

ということは、デートに乗ってきた車も、センスのいい服も全部、越水真弓の貢ぎ物かもしれない。あのホテルの会員制ラウンジの件も怪しい……入会金や会費まで出して貰っている可能性は大だ。

「あと、一番の問題は彼女が既婚者ってことだ」

「結衣の情報通りってことね。それって、かなり重要なポイントかも」

「そこを突っついてみるか？」

「突っつくって穏やかじゃないわね」

「目には目をだろ？　越水だって、旦那にバレたらヤバいんじゃないか？」

「そういうの……気が進まないな」

「お前さぁ、泣きを見ているのは、美咲や沢山の女性たちの方なんだぜ。ちったあ煮え湯を飲ませねえと、お天道様に申し訳が立たねえってもんよ」

「ハハ、なんか言い方が時代がかってない？」

「あっ！　ちょうど今、時代劇特番撮ってるからな」

「へぇ、今どき時代劇って思いきった企画ね」

「スポンサーのＣＥＯがさ、時代劇好きで助かってるよ。この世には廃《すた》れたって絶対なくならないものがあるだろ？　時代劇もその一つさ。演歌だって、いくらラップやダンスミュージックが主流になったって消えることはない」

「言われてみればそうね……」

「明日は六本木のクリニックに行く日だよな？　なぁ、だいぶ颯太郎のことが分かってきたし、結衣も呼んで、六本木で作戦会議の続きをしないか？　とにかく、もっと情報を集めて話し合わないと、出資金奪還作戦のプランが立てられないからな」

健太は今回の一件を、ドラマのプロットのように考えているようだ。シナリオの筋書きを考えるのは得意そうな健太だが……それを楽しんでいるようなのが気になる。

気になるといえば、自分の中で颯太郎に対する復讐の感情が大分薄らいでいるのもそうだ。彼が家を訪れた時からそれは加速し、悔しさは残るが、彼なら仕方ないかなと思い始めている。膝が治りかけている精神的余裕というわけでもない。以前から颯太郎に会うと、それまでの不信感が嘘のように消えてしまうことがあった。その不思議な現象がまた起きたのだ。とにかく明日、もう一度三人で話をして、どのような形で収めるのがいいか考えてみよう。久しぶりに父ゴーストに話を聞いて貰うのもいいかもしれない。

三十七章　千早《ちはや》ぶる神代《かみよ》も聞かず…

休職中、美咲の生活の基本は三つに絞られた。一つは読書。最近は歴史小説だけでは飽き足らず、通信の『古文書入門講座』に入り、送られて来た教材に時間を忘れて没頭する日々が続いている。これを習得すれば、博物館や歴史資料館に行って古文書を読むのが楽しくなるはずだ。難解な言い回しなどは、父親の部屋から古文書用語辞典を借りて解読している。

二つ目は、リハビリを兼ねた膝のストレッチ。少し動けるようになったので、落ちた筋力を元に戻すために、無理のないよう体を動かしている。毎週一回のカルシウムの注射も効果があったのだろう、階段の上り下りも難なく出来るまでに回復している。

三つ目は、料理。家にいることで母親の紀子との時間が増えた分、週に何回かは美咲が夕飯の仕度をしている。最近は一緒に買い物にも出て、時には食材選びで口論することもあるが、それはそれで楽しいもの。同性ということも手伝ってか、年を経た分、母と娘は気のおけない友達関係になる場合があるようだ。ただ、紀子に未だ骨折の詳細を話せていないのが気がかりなのだが……。

今夜の当番は母親の紀子で、メインディッシュは鶏の竜田揚《たつたあ》げ。二人だけの食卓なのに、紀子は娘の回復には栄養のある食事だとばかり、作り過ぎる傾向にある。今回も大分余ってしまった。

「お父さん、お母さんの竜田揚げ好きだったわね」

「そうね、いつも食べる度に、百人一首の和歌をつぶやいてたわ」

「千早ぶる……神代も聞かず竜田揚げ……でしょ？ まさに昭和のオヤジギャグ」

「あら、竜田揚げの語源は百人一首の竜田川なのよ。そうだ！ これ、お父さんの所に持ってこう」

紀子は余った竜田揚げをお皿に取り分け、息を弾ませながら、父親の書斎にある祖霊舎《それいしゃ》に供えに行った。

ひとり残された美咲は、その場で自然に洋介を呼び出す呪文を唱えた。が、いつまで経っても父ゴーストが現れる気配がしない。何度唱えても既読マークのつかないＬＩＮＥのように応答がない。

あれっ？ もう魂が昇華したの？ まさか、もう会えない？ と思った瞬間、いきなり顔の前にポンと現れた。

「近いよお父さん！ びっくりするじゃない。もう現れないのかと思った」

『いやあ、スマン、スマン、以前のように簡単にこっちに来られなくなったんだよ』

「もうすぐ魂が昇華するから？」

そう尋ねた時、父ゴーストに一瞬、ためらいの表情が浮かんだのを美咲は見逃さなかった。僅かな沈黙の後、意を決したように父ゴーストは、

『お前には言っとくけど、実はお父さん、生まれつき神力というものがあってな、子供の頃から神さまと交流があったんだよ』

「えっ？　神力？　交流？……っていうか神さまって誰？」

『少彦名命だよ』

夢に出て来た小さな人型お人形だ。山中城跡でも、ホテルのラウンジでも見た神さまだ。

『で、その神さまと一つ約束をしてることがあって、最近忙しいんだよ。まぁ、寿命減殺《じゅみょうげんさい》の代償みたいなもんだけどな』

「何なのそれ？　全然分かんない」

『説明してると時間が無くなるから詳しくは後だ。で、今日はどうしたんだ？』

「いきなり凄いこと聞いちゃったから、話しにくいなぁ」

『いいから、話してみろよ。もうすぐ会えなくなるんだぞ』

そこで美咲は、健太と結衣、兄妹が力を合わせて出資金を取り返そうとしてくれていることや、颯太郎が家に訪れたこと、颯太郎への復讐心が薄れたことまでを一気に話した。

『そうか……復讐しないで気が済むなら良かった。お前達が力を合わせて一つのことをやり遂げようとするなんて初めてなんじゃないか？』

「そうなのよ。最近、健太を兄貴としてちょっと見直しちゃって、家族愛っていうのかな？　思いやりみたいなもの感じてさ」

『あいつは、ずっとそうだぞ。思いやりはお前達の中で一番ある』

「そうなの？」

『美咲は子供の頃から、健太と反《そ》りが合わなかったからな。何かにつけて反発してたから、本質が見えなかったんじゃないか？』

言われてみれば、今まで歳が近いせいか、健太がやることなすこと否定から入っていた気がする。

『健太が、家から俺の怪獣フィギュアを全部持っていったのも、あいつなりの家族への思いやりだと思う』

「なんで？……いきなり相談もせずに持ってくなんて横暴だと思うけど」

『俺が死んで、家には怪獣にアレルギーを持つお母さんと、特撮嫌いの美咲が残されたろ？　あれがあるとお前たちが落ち着かないんじゃないかって先読みしたんだと思う。家に残された怪獣フィギュアのことを、健太なりに不憫《ふびん》に思う気持ちもあったんじゃないか？』

父ゴーストの指摘は、美咲が感じてきた健太へのイメージを大きく覆した。

そっか、健太が特撮怪獣に夢中になればなるほど、自分がそれに反発し続けてきたのは、父親と同じ趣味を持つことへの嫉妬《しっと》だったのかもしれない。美咲は、独善的で思いやりに欠けていたのは、自分の方だったかもと、小さくため息をついた。

「ねぇ、お父さん。明日三人で会うんだけど、正直これからどうしたらいいと思う？」

『そうだなぁ、戸塚颯太郎という男についてはお父さんもちょっと気になることがあるので調べてみる』

「調べるって何を？　兄貴がやってるから大丈夫よ」

『いや、これは可愛い娘に何てことしてくれたんだっていう意趣返しだ。まぁ、見てろ。神道極めた父親を舐《な》めんなよ！』

あれっ？　この間と随分反応が違う。私が引いたからお父さんが復讐に燃えた？　父ゴーストは颯太郎の一体何を調べるのだろう。

三十八章　プライド粉砕

「そうだ！　お姉ちゃんさぁ」

「何？」

「アタシが小三の夏休み、ウルトラセブンのフィギュア隠したでしょ？」

「えっ？」

「ウルトラ兄弟全員のフィギュアを持ってたのに、ある日セブンだけ棚から消えてて、お兄ちゃんに聞いても知らないっていうし、絶対お姉ちゃんが意地悪して隠したんだって思ってさ。次の日には棚に戻ってたけど、頭のアイスラッガーがなかった」

「結衣、それ私じゃないわよ」

六本木のクリニックでレントゲン検査を受けたあと、美咲は二人と落ち合い、健太が行きつけのアジアンレストランで食事をした。妹の結衣は少しでもアルコールが入ると人が変わったように饒舌になり、その分かなりしつこくなる傾向がある。検査の結果は順調だったと二人に報告したところで、結衣が生ビールを空け、いきなり絡んできたのだ。

「いや、絶対お姉ちゃんだって。セブンが棚からいなくなった前の日に、何これ？　ニワトリのトサカ？　それともモヒカン？　笑っちゃうほど変な頭よね、とか言ってアタシをからかったじゃない」

「そんなの覚えてないわよ」

「あんまりにも悔しくてさ、お姉ちゃんあの時、おかっぱ頭にでっかいリボン付けちゃって、そっちの方が変な頭って言い返したら、プイってどっかに行っちゃった」

「全然覚えてないわ」

「その腹いせで、セブンのアイスラッガーを取っちゃったんでしょ？」

「だから、知らないってば。からかったのは謝るけどさ、いくらなんでもフィギュアを隠して壊してまた戻すなんて、そんな面倒なことしないわよ」

「じゃあ、一体誰なの」

気まずい空気が流れ、それが充満し始めた頃、

「結衣……あれは俺だ」

「ええっ？　お兄ちゃん、何で？」

「あの頃、怪獣フィギュアで特撮写真もどきを色々撮ってて、どうも家ん中では納得いくのが撮れなくてさ」

「……………」

「オヤジにお祖父ちゃんの形見の高級カメラ借りて、お前のセブンと俺のレッドキングを屋根の上に乗っけて撮影してたんだよ。そしたら、そこへいきなりカラスが飛んで来てさ、セブンのアイスラッガーをつまんで持ってっちゃったんだ」

「ええっ！」

「エサにしちゃ、固くて不味《まず》かったんだろうな、カラスのヤツあっという間に下に落っことした」

「ウソっ！」

「屋根から下りて、すぐセブンを拾ったけど、そんときはもう頭のアイスラッガーはなかったよ。多分カラスのヤツが食い千切《ちぎ》ってしまったんだと思う」

「それで棚に坊主頭のセブンが置いてあったんだ」

「そういうことだ。で、借りたカメラを返す時さ、そのことオヤジに話したら、笑いながらフィギュア代を出してくれたんだよ。だからすぐにアイスラッガー有りのセブンに戻ってたろ？」

「そうだっけ？」

「お前はいつも肝心な所は覚えてないからな」

「そっか、ゴメン、お姉ちゃんじゃなかったんだ。特撮ヒーロー嫌いだから、てっきりお姉ちゃんが意地悪したのかと勘違いしてた」

「いいわよ、そんなこと。私だってすっかり忘れてたし」

「それにしてもお兄ちゃん酷いよ。ここは奢《おご》ってもらうからね」

「分かった、分かった」

「ねえ結衣、私の髪型そんなにおかしかった？」

「うん、だってサザエさんのワカメちゃんが、バカでかいリボン付けてるみたいでさ、死ぬほど可笑しかった」

三人揃って笑い合い、長年のわだかまりが嘘のように消えてゆく。相手の笑顔を見るだけで、心が暖かくなり幸せな気分になる。笑いとは互いを許し合う鏡にもなり得るのだ。

「でもさ、壊れたセブンのフィギュア代を出してくれたなんて、お父さんってやっぱり優しいよね」

「そうだな、オヤジは俺を色んな怪獣映画に連れてってくれたし、観た映画全部がいい思い出さ。それで特撮映像にハマったわけだしな。映画を作ったら真っ先に観てもらいたかったよ……逝《い》くのがちょっと早すぎた……」

「大丈夫だって、将来兄貴の映画が完成したら、絶対何処かで観てるから」

「そうそう！　お父さんは、アタシ達のヒーローなんだから、ウルトラ・スルーアイできっと観てるよ」

「結衣、それはウルトラマンノアの透視能力だろ？　映画を観るのとは全然違う」

「そんなこと知ってるよ、そういう意味で言ったんじゃなくて……」

ここで、また健太と結衣が特撮ヒーローのアイテムで言い合いになるが、お父さんも生前からずっとこうやって家族を見守っていたんだなと思うと、不思議に苛立たしさは感じない。無性に父ゴーストに会いたくなってきた。

三人での話は尽きないが、肝心の出資金奪還作戦の具体的な案が浮かばない。結衣はストレートに「つき合ってくれないなら三百万返せ！」と言うべきだと主張するが、勝手に好きになってお金を出したと認めるのは、美咲のプライドが許さない。こういう状況になっても、美咲はまだ颯太郎に、あくまで戦国武将茶のビジネスに賛同して出資したと思われたいのだ。そのうち健太に急遽ドラマの打ち合わせが入って、田川兄妹による二回目の軍評定はお開きとなった。

美咲はプランが立てられなくても、こうやって三人で会って話すだけで意味があると思い始めていた。今までは見えない壁がそれぞれを阻《はば》んでいたが、美咲の骨折騒動をきっかけに兄妹間にあった壁は取り払われ、お互いの本来の姿が見えてきたのだ。自己チューな部分もあるが、頼りになる兄と、末っ子なのに一番独立心が旺盛な妹。どちらもかけがえのない家族には違いない。

自分の車で帰った健太を見送り、結衣とは地下鉄の駅で別れた。美咲は膝のリハビリを兼ねて、六本木通りを西麻布方面にゆっくり歩き出す。膝に違和感を感じたらタクシーを拾えばいいと自分に言い聞かせ、目的もなく歩みを進めた。時間的にこの界隈は人で溢れている。会社帰りのサラリーマン、ＯＬ、腕を絡ませた恋人たちに、外国人、群れという群れ……自分の一生のうちで、交わることのない人達と無駄にすれ違っている。人生とはそんな事の繰り返しなのかもしれない。

田川兄妹の目的は、美咲が颯太郎に渡した三百万の奪還だが、融資ならまだしも、出資金に返却の義務はない。ただ、正式に書面を交わしておらず、お金の解釈は曖昧だ。美咲の側に誤解があったことにして、返却を迫るのはおかしなことではない。今となっては、美咲より健太や結衣の方が奪還に燃えている感じだ。結局は、自分が直接颯太郎に言うしかないのだが……颯太郎との未来、イコール結婚という図式があっけなく崩れ去った今、何もかも臆病になってしまったようだ。

そもそも、これから自分は何がしたいのか？　お金が返ってきたとして、また今まで通り銀行の仕事をやっていくのか？　全く見えてこない……不安という足枷《あしかせ》が美咲の足取りをさらに重くさせている。

颯太郎が家に来た日に着信拒否は解除したが、相変わらず音沙汰はない。思い切って颯太郎に電話しようか……そう考えた途端、携帯が鳴った。待ち受け画像の朝倉義景《あさくらよしかげ》が発信者の名前に変わる。颯太郎だ。

「戸塚です」

艶《つや》のある声を聞くだけで、気持ちとは裏腹に美咲の胸は高揚し始めた。

「あっ、先日はどうも。お茶の感想メールは如何《いかが》でしたか？」

「はい、美咲さんの分析はもう完璧でした」

「それは良かった。で、今日は何か？」

「えっと、まだ店もオープンしてないのに、こんなことを言うのはおこがましいのですが……。実は、他にも応援して下さる方がいて、もっと事業を拡大しようと思いまして、都内の美容室やエステにも、健康茶を置くようにしたんですよ」

あの女の店だろうか？

「そうですか、それは素晴らしいじゃないですか」

「それでさらに、大阪と名古屋にも支店を出す話が持ち上がり、M銀行とも融資で合意出来そうなので、近々、このプロジェクトの発表を兼ねた新会社発足パーティーを開催しようと思ってるんです」

「何だか凄いことになりましたね」

「その時は是非、美咲さんも出席して下さいね」

「ありがとうございます」

「で、もうひとつ」

「何ですか？」

「誠に言いにくい話で申し訳ないんですが……」

「……」

「実は、他の出資者のみなさんとも相談した結果、メインアイテムの健康茶を戦国武将のイメージから、西洋占星術のイメージに変更しようと思いまして」

「えっ？」

「ビジネスの規模を拡大するので、レキジョ狙いというより、より多くの女性に知ってもらう必要があると思いまして。そのための路線変更と捉えて頂ければと思いますが……」

こんなギリギリの段階でイメージを変えて大丈夫なのか……お茶の味も含め、パッケージなども間に合うのか……。あっ、もしかして戦国武将は、私から出資金を捻出《ねんしゅつ》させるエサにすぎなかったのか？　単に戦国武将好きを利用されたのか？　美咲は青山キラー通り抱擁事件の時と同じような頭痛に襲われた。こんなことって有りなのか？　自分の見通しの甘さと不甲斐なさに、その場で倒れ込みそうになるが……何とかこらえ、息を整え、

「分かりました」

と、普通に答えた。

「ありがとうございます。美咲さんとは、これからも良きビジネスアドバイザーとしてお付き合い出来ればと存じます。今後もどうかよろしくお願い致します」

「あ、はい……」

知らないうちに、パートナーからビジネスアドバイザーに変わっていたようだ。そして、あくまでも仕事上の関係と言わんばかりのあからさまな口調は、美咲の心にピシッと小さな亀裂を入れた。亀裂はゆっくりと蜘蛛《くも》の巣状に広がりを見せ、突然パリンと割れた音がした。美咲のプライドは、颯太郎の一言で粉々に粉砕されてしまったのだ。さらに颯太郎は、

「以前、出資していただいたお金なんですが、銀行からの大きな融資が決まった時点で、お借りした分は返却させて頂きますね。その節は本当にありがとうございました」

思いがけない形で出資金奪還作戦は終了した。その後、颯太郎と、どんな会話をして電話を切ったのかは覚えていない。美咲はその場で暫く立ち尽くし、やっとの思いで手を上げタクシーを止めた。

三十九章　特撮ゴースト大冒険

広辞苑（第六版）によると、特殊撮影、略して特撮とは【映画・テレビで、ミニチュア撮影、高速度・微速度撮影、スクリーン‐プロセス、二重露出、電子画像処理などの技術を駆使して、現実にはない情景を画面上に作り出すこと。古くはトリック撮影とも呼んだ。】とある。つまり特撮は根気と細かい作業を要するため、手先の器用な日本人にはピッタリということになる。

日本映画史に燦然《さんぜん》と輝く特撮の神さま円谷英二《つぶらやえいじ》監督は、大怪獣ゴジラを生み、巨大変身ヒーローのウルトラマンをシリーズ化し、大成功を収めた。今や怪獣は『Kaiju』として世界中で認知されるようになっている。

田川三兄妹の中で、唯一美咲だけが、特撮に興味を示さなかった。ただそれは、健太への反発ゆえのこと。二人の関係が改善された今、以前ほど特撮映画に対する忌避《きひ》感はないようだ。

家に帰り、美咲は父親の書斎の棚から、特撮映画DVDを数枚選び、自室のパソコンで観始めた。選んだのは『日本誕生』『キングコング対ゴジラ』『妖星ゴラス』など、すべて美咲が生まれる前の作品ばかりだ。観ているうちに三船敏郎主演の『日本誕生』にすっかりハマり、次も観ようと『妖星ゴラス』のディスクを入れたところで携帯が鳴った。健太だった。

「美咲、大丈夫なのか?」

「えっ、何が?」

「いや、さっきオフクロから電話があって、お前が真っ青な顔で帰ってきたから、俺と喧嘩でもしたんじゃないかって心配してたぞ」

「そっか、家に帰ってそのまま部屋に入っちゃったからね……今日、兄貴に会ってたのも知ってるしね」

「どうした? なんかあったのか?」

実は……と美咲はあの後、颯太郎から連絡があったことをすべて健太にぶちまけた。

「何だそれ、完全に用済みって感じじゃねえか」

「ちょっとそうみたい……」

「ちょっとじゃないだろ？　全然だろ」

「貸したお金は返ってくるみたいだし、結果オーライじゃない？」

「オーライじゃないよ」

「でもさ、これ以上どうしようもないじゃない？　そうそう今さ、お父さんのＤＶＤ借りて観てたら、意外に面白くて何だかスカッとしたわ」

「何観たんだ？」

「『日本誕生』よ」

「そうか、たまにはいいだろ？」

いつもならここから、健太の長い特撮うんちくが始まるのだが、

「しかし、アイツ許せんな。金のことはともかく、人の心をそこまで弄ぶのは、詐欺以上の重罪もんだ」

「それにまんまと乗ったのは私だし……」

「いや、金は返るにしてもこれで終わりにはしない。何かガツンとやんないと気が済まないぜ、まったく」

どうも当事者より、健太の憤《いきどお》りの方が激しい……妹としては心強いが、健太の場合、何ごともやりすぎる傾向にあるから心配だ。

「とはいってもさ、これ以上どうにもならないでしょ？　危ないことだけはやめてよ」

「分かってるって……。で、美咲、古い特撮映画を観るなら次は『妖星ゴラス』にしてみろ。まるで『アルマゲドン』だぜ」

そもそも、『アルマゲドン』を知らないので返事に困ったが、今まさにそれを観ようとしてたところよ、と答えて携帯を切った。健太に話を聞いてもらって、美咲の気持ちは少し落ち着いた。そう言えば、母親の紀子に、まだ今日の検査結果を報告していなかった。美咲は急いで階段を下り、リビングに向かった。紀子は何やらアルバムの整理をしている。

美咲は、膝の検査結果は良好だったこと、来週から銀行に出社する旨を紀子に伝えた。勿論、健太と喧嘩していないことも付け加えた。

「あらそうなの、良かったわね。これで一安心ね」

「色々心配かけてゴメンなさい」

「いいのよ。美咲が元気でいてくれるだけで、お母さんは幸せなんだから」

母親の何気ない言葉にホッと心が軽くなる。

「今、何してるの？」

「これはね、あんた達の小さい頃のアルバムよ。お父さんと一緒に写ってる写真を一冊にまとめておこうかと思って」

覗くとそこには幼い頃の田川三兄妹がいた。子供とはまるで怪獣だ。奔放で、何を考えているのか予想がつかない。健太はどの写真を見ても、ゴジラの真似なのか口を開けて吠えてるポーズばかり。結衣にいたっては、セブンのワイドショットやエメリウム光線を発する格好。そして、その横でつまらなそうに写っているのが自分だ……。二人はあの頃から羨ましいぐらい変わっていない。それに引き換え自分は、銀行の総合職として、今もこの写真と同じようにつまらなそうな顔をしている。

紀子にはＤＶＤの続きを観てくると告げ、自室に戻ろうと階段を上りかけたが、何かに誘われているような気がして、美咲は父親の書斎に向かった。入ると正面に洋介の机があり、右側の棚には怪獣フィギュアが並んでいる。以前と違うのは、部屋の左隅に祖霊舎が置いてあること。

久しぶりに棚の怪獣フィギュアを見ながら、おやっ？　と思った。そう言えば、以前、怪獣フィギュアは、この棚だけで収まるはずがないほど、家中に溢れかえっていた。あまりの多さに、母親の紀子がノイローゼになりかけるほどだった。あの怪獣フィギュア達は一体何処にいったんだろう……。

そもそも、お父さんは何であんなに沢山の怪獣フィギュアを集めたんだ？　好きというだけでは、あんなに集められないと思う……何か理由でもあるのか？　神道とは全然関係ないのに……。

『そんなことないぞ美咲！』

父ゴーストの突然の登場だ。

「あっ、やっぱりお父さんが私をここへ呼んだんでしょ？」

『そうだ。お前も随分感じるようになったな』

「虫のしらせってヤツね。もう呪文とか要らないなら、私の部屋に来てくれて良かったのに」

『いや、ここじゃないと駄目なんだ』

「何で？」

父ゴーストがおもむろに指をさした先に、祖霊舎があった。

「祖霊舎？」

『あれがないと、神界ゾーンに行けないんだ。この間、俺もあの男について調べてみるって言ったろ？　その調査結果を、ある場所へ、お前と確かめに行くんだ』

「そこが神界ゾーン？」

『そういうことだ。ただ、お前はこの世に現存する人間だから、俺と一体にならないと神界ゾーンには行けない。一時的にお前の魂を俺の中に入れて行くしかないんだ』

「なんか凄いわね」

『今日これから見聞きすることは、覚えているとお前の体がダメージを受けるから、いずれ強制的に俺が記憶を消す。そのつもりでいてくれよ。いいな？』

「うん、いいよ。なんかワクワクしてきた」

『さぁ、手を出して俺の掌《てのひら》と合わせてくれ。実体がないから通り抜けてしまうけど、寸前でそのままに……そうそう、それでいい。じゃあ、目を閉じて。呪文を唱えるから、いいと言うまで目を開けるなよ』

「分かった！」

『いくぞ！　䬃《シチ》・護《ゴ》・参《サン》！　ハッ！』

次の瞬間、書斎全体が回り出し、何かに吸い込まれるように体が上昇してゆき、上りきったと思ったら、突然急降下しだした。目を閉じているのでどういう状態なのか皆目見当がつかない。メリーゴーランドのように回りながら、ジェットコースターで急降下している感じかな？　かなり気持ちがいいのは確かだ。

『美咲、もう目を開けていいぞ』

「何ここ？　どっかで見たことあるけど、あっ！　前に夢で見た空飛ぶ神田明神の社殿の中だ。

何でいきなりここに来たの？」

『美咲、色々詮索しない方がいい。これから起きることだけを注視するんだ。じゃあ、もう一度目を閉じて』

「分かった！」

『颶・護・参！　ハッ！』

父ゴーストの呪文の後、美咲が目を開けると、夢の中で舞台があった場所に巨大なスクリーンが現れていた。

『ここからは神さまにお願いするので、二拝二拍手一拝してから、いいって言うまで、また目を閉じててくれ』

言われた通りにすると、しばらくして福鈴の音が聞こえてきた。その音が遠のくと、今度は色々な楽器の音が響いてくる。音を出してチューニングしているのか、それらが混ざり合い一つになった瞬間、夢で聴いたことのあるスウィング・ジャズの曲になって流れ出した。

『もう目を開けていいぞ』

美咲が目を開けると、軽快なメロディに乗せて、さっきリビングで母親の紀子が整理していた、田川三兄妹の子供の頃の写真が、目の前のスクリーンにランダムに映し出されてゆく。健太のゴジラポーズや結衣のウルトラセブンのワイドショットのポーズ、つまらなそうに横にいる子供時代の美咲の写真が次々に、楽しいスウィング・ジャズと共に替わってゆく。

曲が終わると、最終的に美咲の子供時代の写真で止まった。その写真がゆっくりと大人の美咲へと変化していき、同時にどこかの店の内部が今度は動画で映し出された。ここは颯太郎と初めて出会った合コンの場所じゃないか……。

『美咲、男の名前は？』

「戸塚颯太郎」

その名前をつぶやいた途端、まさにカメラのピントがぴたりと合うように、知っている同僚達の顔が正面に現れる。何故か私はいない。何で？

『この映像は美咲の視点だからだ』

そっか、それで私がいないんだ。

『あの男だな』

さっきからずっと、カメラが追いかけるように颯太郎を映している。私が颯太郎のことを気にしている証拠映像だ。会話の声は聞こえなくても、かなりリアルだ。

『美咲、男の背後をよく見てみろ』

背後？　あっ、颯太郎の後ろで何か動いた。

『見えるか？』

「誰かいるみたいだけど、私には影にしか見えない」

『やはりあの男は誰かに取り憑《つ》かれているな』

「えっ？　取り憑かれているって、何だかオカルトチックだけど」

『俺が前に感じた黒い気は、あれだったのかもしれない』

「黒い気って？」

『今だから言うが、一度あの男とデートしている美咲に呼び出され、何十秒か時間を戻したことがあるんだ。何でも嫌な気持ちを無くしたいとか言ってたが……その記憶は時を戻したのと同時に消えるから、お前は覚えてないんだよ』

そんなことがあったんだ。あのソラマチのレストランか……。

『デートのあと、気分は悪くならなかったか？』

あっ、帰りのエレベーターで気を失ったっけ。

『それは、時間を戻した副作用みたいなもんだ』

「そうなの？　で、その黒い気って何？　誰が取り憑いてるの？」

『美咲、あの彼と近々会う予定はないのか？』

「颯太郎さんに？　来週から、銀行に復帰するから、無理に誘えば会えないこともないと思うけど、今さら何だかなぁ」

『直接会ったとき、俺を呼び出してくれれば、取り憑いている影の正体が分かるかもしれない』

「お父さんって、もうそんなに頻繁には出てこられないんでしょ？」

『そうだな、そのうちにな……。美咲は神道の世界で人が死んだらどうなると思う？』

「やっぱりいい人間は天国とか？」

『神道には天国も極楽もない、勿論地獄もないけどな……美咲、お父さんな……神さまになるんだ』

「えっ？　神さま？」

『おっと、時間切れだ、もし直接彼と会うことが出来たら、俺を呼び出してくれ。じゃあ戻るぞ！　目を閉じて』

父ゴーストの呪文が終わるやいなや、気がつくと書斎に戻っていた。祖霊舎がかすかに光っているように見える。そこが神界ゾーンの出入口なのは間違いないだろう……。

ともあれ、今は颯太郎に一体誰が取り憑いているのかが、気になるところだ。来週にでも颯太郎に電話して、何故戦国武将茶を西洋占星術茶に変更したのか、真意を探る目的で会ってみてもいいかもしれない。勿論、あくまでもアドバイザーとしてだ。

四十章　ＹＥＳ！　少彦名命

復帰して直後の業務はそれほど大変ではなかった。骨折のことが公《おおやけ》になっているからか、同僚が仕事を分担しつつヘルプしてくれたからだ。美咲も銀行の仕事も悪くないかな？　とチラッと思ったが、来月からのノルマを提示されると、やはり心が深く沈み込んでゆく。

相変わらず健太とは定期的なやり取りを続けている。ただ、出資金の奪還というミッションが消滅してしまったので、多少テンションは下がり気味だ。

しかし、健太は颯太郎に対して心中秘かに期するものがあるようで、このまま引き下がる気は更々ないようではある。今日も昼休みに連絡があり、新たな情報を結衣が入手したらしく、今夜はそのことで結衣と会うという。美咲もどうかと誘われたが、外せない用事があるので、二人に任せることにした。どんな情報かは、後で必ず連絡して欲しいと言って携帯を切った。

そう、外せない用事とは、いよいよ今夜七時に颯太郎と会うのだ。場所は颯太郎と以前行った、渋谷のホテルの会員制ラウンジだ。

そこで、父ゴーストを呼び出し、颯太郎に取り憑いた影の正体を特定する。一体誰なのか……どうしてもそこは知りたい。邪悪な霊なのか？　それとも……。ここからは全部、父ゴーストに委ねるしかない……。

業務終了後、美咲は残った仕事を片付けてから、午後六時過ぎに銀行を出た。渋谷へは大手町から半蔵門線で一本なので、時間的には余裕がある。颯太郎と二人だけで会うのはいつ以来だろう。忘れるぐらい前であることは確かだ。

それにしてもだ、オープン前の颯太郎の店で、越水真弓との熱い抱擁を見せつけられた動揺で転倒し、骨折した事実を、ここに至ってまだ颯太郎は知らないのだ。そのことがまず許せない。美咲の痛みがどれほどのものだったか……思い出せば思い出すほど、無念の思いが込み上げてくるが、会ったら会ったで、また気持ちが収まってしまうだろうことがちょっと残念だ。

ラウンジには早めに着いた。今日はじっくりと何で戦国武将茶から西洋占星術のお茶に変更したのか聞いてみたいとも思う。というより、どういう言い訳を颯太郎がするのか、美咲は楽しみなのだ。一時でも自分の心を揺さぶり、未来を夢見た男の正体を暴くのは、美咲としては気が引けるのだが……今まで何人の女性が泣き寝入りしたのかを考えると……この際、仏心《ほとけごころ》は禁物だ。

まだ早い時間だからか客は美咲だけだ。ペリエを注文し、スマホで株の動きをチェックしていたところで、時間より少し遅れて颯太郎が来た。

「すいません、お待たせしました」

相変わらず、華やかな雰囲気だ。彼が来ただけでラウンジが明るくなったような錯覚を覚える。

「お久しぶりです。戸塚さんもお忙しそうで何よりですね」

「いえいえ、そんな。まだまだこれからですよ」

「もう、お店はオープンしたんですか？」

「それが、事業の拡大に伴い、大阪や名古屋の店も一斉にオープンすることにしまして、それで今大わらわですよ」

「そんな忙しい中、時間を作って頂いて申し訳ありません」

「いえいえ、他ならぬ美咲さんとのデートですからね」

と、満面の笑みで答える颯太郎。これに世の女性はやられちゃうんだろうな。

しかし、デートだって？　そんな気分ではなかったが、言われると悪い気がしないのが不思議だ。いけない！　相手の術中にハマってしまう。ここは先手必勝で行こう。

「一つお聞きしてもよろしいでしょうか？」

「どうぞ、何なりと」

「では、単刀直入にお聞きしますが、戦国武将茶をやめることにしたのは何故なんでしょうか？」

「えっ？　あっ？　そのことですか……」

あきらかに颯太郎は動揺しているのが見て取れる。

「それは、前にもお話しした通り、特定のマニア層でなく、もっと広くアピールしたいという観点から変更を余儀なくされたわけなんですが」

「西洋占星術にシフトすることに反対はしませんが、私は戦国武将のアイデアに賛同して開店資金をご用意したんです。変更の計画があるなら、前もって言って下さるのが筋ではないでしょうか？」

「あ、はい、それは……」

「それに、西洋占星術って今さら感がある気がするのは私だけでしょうか？　戦国武将茶のアイデアの方が斬新で面白い気がしていたので、ちょっと残念に思いました」

「……」

颯太郎が言葉に詰まったのをきっかけに、美咲は父ゴーストを呼び出す呪文を唱えた。たちまち時間が止まり、父ゴーストは今回はすぐに現れた。

『美咲、よく会う決心をしたな』

「ちょっと追い込んだら、押し黙っちゃって、何だか私が悪者みたいな気分」

『とにかく、取り憑いている者の正体を暴《あば》いてしまわないとな』

「そうね、私も誰なのか知りたい」

『あれっ？……おかしいな』

「どうしたの」

『いつもの黒い気が出ていないんだ。それが出ていないと、特定しにくいんだが……今はまったく出ていないから難しいかもしれない』

「私が厳しく追及したからかな？」

『それもあるかもしれないが……ちょっと待ってろ、やはりここは神さまに助けて貰う』

「どうすんの？」

『一旦、俺は消えて、時間は動き出すが、その流れの中で神さまに特定してもらうよ。美咲はなんでもいいから、彼と普通に会話を続けていてくれ』

「分かったわ」

『じゃあな』

父ゴーストが消えた瞬間、時間は動き出した。

「戸塚さん、そんな顔しないで下さい。どうしても戦国武将茶がやりたいってわけではありませんから」

「ホントに申し訳ありません。僕が至らなくて、美咲さんにはご迷惑をおかけしてしまいました」

「いえいえ、そんなことないですよ」

それから、美咲は颯太郎の会社の今後の展望を聞き出した。それはそれで、かなり壮大な計画であった。ITの仕事をしていた関係でネットワークビジネスを展開し、非代替性トークンであるNFTにも手を出そうとしているらしい。その根拠のない大いなる自信は一体何処から来ているのか……颯太郎が醸し出す一種のオーラなのか。共同オーナーの越水真弓もそこに入れあげているのかもしれない。

「美咲さん、この後お時間ございますか?」

「えっ?」

「実は上のレストランを予約してまして、お詫びに食事でもどうでしょう」

「あら、私は大丈夫ですから、お気を遣わないで下さい」

その時、窓の外であの小さな人型お人形が、両手でマルのサインを出しているのを美咲は見た。

えっ? それってYES! ってこと?

再び時間が止まった。

『美咲、分かったぞ』

「一体誰？　誰だったの？」

『驚くなかれ、それは』

「それは？」

『平安時代を代表する六歌仙の一人で、元祖イケメンの』

「イケメンの？」

『在原業平《ありわらのなりひら》だ！』

美咲の心の中では歌舞伎のツケ打ちの音が、容赦なくパンパンと鳴り響いていた。

四十一章　貴公子の罪と罰

平安時代の貴公子、在原業平……本来は平城《へいぜい》天皇（後の平城上皇）の孫という華々しい血筋でありながら、薬子《くすこ》の変により平城上皇が失脚したため、兄と共に、臣籍降下《しんせきこうか》の憂《う》き目にあう。臣籍降下とは、在原という姓を授けるから、あなたは皇室から離脱して下さいという、現代に置き換えれば体《てい》のいいリストラだ。

そんな業平のことを平安時代の歴史書『日本三代実録』では「体貌閑麗《たいぼうかんれい》　放縦《ほうしょう》不拘《にしてかかわらず》　略無《ほぼむ》才学《さいがく》　善作倭歌《ぜんさくわか》」と評している。今風に訳せば「見た目はかなりのイケメンだが、やりたい放題の我がまま男で、漢文や漢詩も出来ないおバカなくせに和歌を作るのはめっちゃ上手い」ということになる。とにかく和歌の才能以外は使いものにならないボンクラ貴公子だったのだ。

出世を諦めた反動なのか、業平は持って生まれた歌の才能を最大限生かし、狙った女を手当たり次第モノにしてゆく。鎌倉時代に出た『伊勢物語』の注釈書である『和歌知顕集《わかちけんしゅう》』では、関係を持った女性はその数三千七百三十三人というから凄《すさ》まじい。いやはや、平安好色貴人そのものだ。己の半生を、華麗なる平安恋愛絵巻に投じた業平は、古典文学の金字塔『源氏物語』の主人公、光源氏のモデルの一人とも言われている。

美咲は、父ゴーストから颯太郎《そうたろう》に取り憑いていたのが在原業平と聞いて、すべて合点がいった。平安時代のイケメン貴公子が自分を虜にしていたのかと、一瞬あっけにとられたが、次第に可笑しさがジンジン込み上げ、父ゴーストが消えた後も、颯太郎の顔を見るだけで笑いが止まらなくなってしまった。颯太郎は怪訝な顔をしつつも、上の階のレストランへ熱心に誘うが、美咲は笑いをこらえながら、丁重に断り家路についた。

さて、これからどうしたものか……笑い過ぎたからか、頭の中が空っぽになって、何が何だか分からない状態だ。颯太郎の端整な顔に、業平のイメージが重なり、颯太郎と業平が交互に浮かんでは消えてゆく。さすがにこのことは健太には相談出来ないし……。かなりボンヤリしていたのか、美咲は渋谷駅で埼京線と間違えて、ホームに入ってきた外回りの山手線に乗ってしまった。それもつり革につかまり、電車が動き出して気づいたぐらいだから相当重症だ。まぁ、新宿で乗り換えれば問題ないが……ちょっと面倒だ。

美咲は目を閉じ、颯太郎との今までを反芻《はんすう》してみた。初めて会った合コン、ソラマチでの食事、山中城跡へのドライブ……それなりに楽しい思い出ではあったが、いつも何か心に引っ掛かりを感じていたのは確かだ。その疑問や疑念が、次に会った瞬間のホワッとした高揚感によって雲散《うんさん》霧消《むしょう》してしまうのは、取り憑いた業平のイケメンパワーによるものだったに違いない。その効力で女実業家の越水真弓や、世界的なモデルを含む複数の女性を籠絡《ろうらく》したのだろう。ついに謎が解き明かされたミステリーの結末を読んだような気分だ。

おそらく颯太郎自身は、在原業平が取り憑いていることなど知る由もない。かといって、自分の魅力で世の女性を意のままに操れるとも思っていないだろう。そこまで自信たっぷりの男ではない。彼は自分から何かを仕掛けるタイプではなく、相手が勝手に色々援助してくれることを普通と感じるような典型的な受動態系……つまり根っからのヒモ体質なのだ。冷静に考えれば、業平パワーに依存しすぎてしまった哀れな男だと言えなくもない。要は取るに足らない人間なのだ。そんな男に心を持って行かれた自分も、総じて滑稽《こっけい》でメデタイ女ということになる。しかも、未だに颯太郎を思い浮かべると、ホワッと心が高揚してしまうのが何とも歯がゆい。

乗り換えのため新宿で降り、左側の階段を上がって連絡通路を少し歩くと埼京線のホームへ下りる階段に繋がる。連絡通路にはドトールコーヒーショップにブックショップ、成城石井などが立ち並んでいて、もはや駅という風景を超えている。

この巨大なターミナル駅には五社の鉄道が乗り入れ、一日当たりの平均乗降客は約三百六十万人。世界一の乗降駅としてギネスにも認定された新宿駅は、今や都心とベッドタウンを繋ぐ重要な拠点として、毎日のように大量の人を呑み込んでは吐き出し、増殖し続ける細胞を持った都市怪獣そのものだ。

美咲は、埼京線のホームへ繋がる階段を、手すりを使って膝を庇いながらゆっくり下り始める。

階段を下りる動作だけはまだぎこちない。以前テレビのワイドショーで訳知り顔のコメンテーターが、目的意識のないまま、人生という階段を昇降するのは空しいと言っていた。しかし、今の世の中、目的意識を持って日常を生きてる人間なんているのか？　たいていの人間は、惰性で日常という階段を上がったり、下りたりしているだけなんじゃないのか？　ご多分に漏れず自分もその内の一人だ。

ＪＲ二番線のホーム……美咲はさらに自問する。今の自分は恋もままならず、銀行業務のノルマに追われる日々にうんざりしている。思いきって環境をパッと変えてしまいたいのに、その術《すべ》が見つからない。これから先のことも、考えたら不安だらけだ。後戻り出来ないのが人生というなら、せめて、やり直しが出来る人生でありたいと思うのだが……。携帯が鳴った。健太だ。

「颯太郎の最新情報だ。結衣から聞いたんだが、あいつ、通ってる美容室でも色々やらかしてるみたいだぜ。懲《こ》りない男って颯太郎みたいなヤツを言うんだな」

「女性絡み？」

「そうだ。しかし何でアイツがあんなにモテるんだか、全く不思議でしょうがない」

詳しいことは後で話すというので、電話を切って、すべり込んで来た電車に乗った。二十分余りでＴ公園駅に着く。健太の電話で美咲は再び現実に引き戻された。相変わらず颯太郎の女性問題は後を絶たないようだ。

プライベートな問題に兄妹を巻き込んでしまったが、今さらながら、自分はどうしたいのか分からなくなっている。冷静になって考えれば、颯太郎が女性にモテるのは、取り憑いている在原業平のせいでもあるから、すべての非を負わせるのは酷ではないのか？　いやいやそう思うことが、すでに業平パワーの餌食《えじき》になってる証拠だ。ああ、また頭がこんがらがってきた……。

通りすがりの店から、かなりのボリュームで渡辺真知子《わたなべまちこ》の『迷い道』が聞こえてきた。「まるで喜劇じゃないの～♪　ひとりでいい気になって～♪　冷めかけたあの人に意地をはってたなんて～♪　ひとつ曲がり角♪　ひとつ間違えて♪　迷い道くねくね」何だよ、迷い道くねくねなんて自分のことじゃないか。こんなときは、父ゴーストに相談するのが一番だろう。逸る気持ちを抑えて、美咲は家路を急いだ。

家に着き、自室でまず健太に電話した。結衣の情報によると、呆れたことに、颯太郎は越水の経営する美容室の女性スタッフとも関係を持っていたというのだ。しかも、その女性スタッフは一方的に颯太郎に入れ上げ、ストーカーまがいの行動に出たという。恐れをなした颯太郎は、いつものように逃げ回るが、やがてオーナーの越水真弓の知るところになる。案の定、颯太郎と越水真弓との間で一悶着《ひともんちゃく》あったが、女性スタッフを解雇することで一件落着したとのこと。その際、越水が多額の退職金を支払ったというから、今回の件でも颯太郎は少しも傷つかなかったことになる。おそらくこの決着への誘導も、平安貴公子の並々ならぬパワーの賜《たまもの》なのだろう……。

健太の話を聞いて、美咲は今度こそ迷いを捨てた。いくら業平が取り憑いているからとはいえ、目の前の女に手を出すかどうかは本人の意志の力が大きいはず。女癖の悪さは持って生まれたものなのだ。それが業平パワーに乗じて、颯太郎に都合のいい結果をもたらしているにすぎない。絶対、颯太郎は調子に乗りすぎだ。やはりここは颯太郎の罪に対して、それ相応の罰を与えるべきなのだ！　でも……一体どんな罰なんだ？

四十二章　神力《しんりょく》の果てに

颯太郎に取り憑いていた黒い気の正体が凄すぎて、美咲は納得すると同時に、何で在原業平なんだ？　という疑問も膨れ上がる。せめて戦国武将ならと思うが、美咲が好きな武将に女たらしはいない……考え始めると、今夜は眠れそうにない気がする。

そもそも、業平はどうやって颯太郎に取り憑いたんだろう？　何で颯太郎だったんだ？　女好き同士シンパシーを感じたから？

その時だ、いきなり激しい頭痛に襲われた。久しぶりに頭が割れそうに痛い。骨折の療養中は頭痛のことなどすっかり忘れていたのに、颯太郎に会った日にぶり返すなんて、これもまた業平の毒気なのか？　美咲はそのままベッドに倒れこんだ。

こんな時は大抵ネガティブな考えが頭を支配する……不意に美咲はハッとした。颯太郎は福井出身と言っていたが、今までの様子や態度からして、もしかしたら、それも違うんじゃないか？　初めて会った合コンで、うっかり落とした携帯の待ち受けにしてある朝倉義景《あさくらよしかげ》を見て、思わず福井出身と言ったのでは？　業平に取り憑かれた颯太郎なら、近づく口実としてそのぐらいの嘘は平然とつくはずだ。マニアックな自分の推しメン武将を知っていたというだけで、舞い上がってしまった自分が情けない。

陣太鼓の響きと共に、悔しさの入り交じった怒りがジワジワ込み上げてきた。巧妙な罠を仕掛けられ、手玉に取られた恋心……涙が自然に込み上げてくる。やりきれない気持ちは一体何処に持って行けばいいんだ？　もう何をどうすればいいのか全然分からない。

ベッドで仰向《あおむ》けになったまま、美咲は父ゴーストを呼び出す呪文を唱えた。今夜も中々現れないが……もうこちらの世界に戻る時間がないのだろうか？　不安がよぎる中、暫くして父ゴーストが天井にフワッと現れた。ベッドで寝ている美咲とちょうど向き合う形だ。

『あれ？　どうしたんだ美咲。具合でも悪いのか？』

「また頭が痛くて……今日、彼に会ったからかな？」

『それだけじゃない。俺とこうやって何度も会ってきた副作用でもあるんだ。この前はかなり無理して神界ゾーンにも行ったしな、そろそろ限界かもしれない……』

「限界って？　もうお父さんに会えなくなるってこと？」

『いや、限界というのはお前の体だ』

「えっ？　私の体がどうにかなっちゃうの？　なんか、もうそれでもいっかなぁ……」

『おいおい！　そんなことを言うんじゃない！　お母さんが悲しむだろ？　お母さんのためにもお前は元気でいないと駄目だ！』

「何言ってんのよ、そっちはサッサと死んじゃったくせに」

『あ、うん、まぁ、それもそうだが……それには色々あってな……』

「色々って何なの？　どうせ私の記憶を消すんでしょ？　だったら今日こそ教えてよ」

父ゴーストはフーッと大きくため息をつきながら天井から下りてきた。美咲もそれに合わせて起き上がる。頭痛も大分治まってきた。

『俺が子供の頃から、神さまを身近に感じてたことは話したよな？』

父ゴーストは、少彦名命《すくなひこなのみこと》との出会いや、神田祭での夢と思っていた出来事が実は現実だったこと、大学時代入っていた同好会『神道伝承研究会』ことシンデン会の先輩で、好意を寄せていた上条茜の死、その後病院の屋上に現れた不思議な階段のことなど、かいつまんで説明した。

「何だかお父さんの青春って神道ファンタジーそのものね。お父さんて超能力者なの？」

『超能力じゃないけど……少彦名命に気に入られて、神力《しんりょく》が上がったのは確かだな』

「神さまが？　お父さんのこと？」

『俺というより、俺の趣味に神さまが興味を持たれたって方が正しい。家が鰻屋でいつも騒がしかったから、子供の頃はほぼ毎日、神田明神の境内で本を読んでたんだ。本といっても怪獣図鑑や漫画だけどな』

「怪獣図鑑に漫画？」

『あの神さまは、楽しいことが大好きで、好きなことを一所懸命やってる人間に興味を持つんだよ。で、怪獣図鑑にも興味を持ったってわけさ』

「……」

『そうそう、神さまは怪獣フィギュアも大好きなんだ』

「お父さんが集めてたヤツ？」

『そうだ。神さまは最初、俺の着ていた怪獣Tシャツに興味を持たれたんだが、すぐフィギュアにもハマってな、神さまとは夢ん中で、怪獣フィギュアでよく遊んだもんさ』

「夢の中でって？」

『現実の世界で神さまに出会うこともあるが、夢の世界で会う方が圧倒的に多かったんだ。夢といっても、神力がある人間にとって、それは魂が神界に入り込んだという現実なんだよ』

「う〜ん、よく分からないけど、夢で起きたことも全部現実ってこと？　私も夢の中で、神さまに会ったり、神田明神が空を飛ぶのを見たりしたけど……それって現実なの？」

『そういうことになる。ただし、そこが問題なんだ。いくら神力があっても、現世の人間の魂が、神界ゾーンに行くのは肉体的にかなり負担が大きい』

「命にも影響するってこと？」

『そういうことだ。それを寿命減殺《じゆみようげんさい》と呼ぶんだが、情けないことにお父さんは、先輩の上条茜さんが急死するまでこの危険性を知らなかった。知った時は文字通り後の祭りだったのさ』

「……」

『俺は子供の頃からずっと、神界ゾーンと往き来してたからな。肉体が思いの外疲弊《ひへい》していたんだよ……それで早めにみんなとオサラバしたってわけだ』

「オサラバなんて軽く言わないでよ。お母さんなんか、あんなに怪獣フィギュアを毛嫌いしてたのに、今ではお父さんの分身のように大事にしてるわよ」

『すまん！　こういうこともあるかと思って、お母さんには前々から後のことを託してあったんだが……神さまのことは話せずじまいだったからな……そこはホントに申し訳ないと思ってる』

「今さら私に言っても遅いって」

『だな……』

大学時代、上条茜を亡くした父ゴーストは、彼女から託された『護国神道術式目』という本を研究するため神道学者の道を進み、「寿命減殺」の解明と封印を目指したが、残念ながらタイムアウトとなってしまったらしい。神界との交流は命がけなのだ。

美咲はふと思いついて言った。

「その役目、私が引き継ごうか？」

『いやいや、いくら何でも今からでは難しい。それより、そろそろお前の記憶を消して神界ゾーンとの交流を絶たないと、現世での美咲の命が危うくなる』

「お母さんは大丈夫なの？」

『大丈夫だ。実はお母さんにも神力があるんだが、自分で気づいていないし神界との交流はゼロだからな。そういや、お母さんとの出会いも少彦名命が取り持ってくれたんだよ』

S県G市にある老舗の造り酒屋「神龍《しんりゅう》」の娘だった紀子は、ある日神さまが夢に現れて「神龍」の酒が飲みたいとリクエストされたという。それに応えて神田明神に奉納したことがきっかけで、生前の父に出会ったのだ。

「へぇ、神さまも粋《いき》なことするのね」

『奉納のあとウチに鰻を食べに来てさ、会った瞬間ピンときたよ』

「神さまが取り持った運命の女《ひと》ってことね。何だかロマンチック……私にも紹介してくれないかなぁ……あっ、そう言えば、前に少彦名命と大事な約束があるとか言ってなかった？」

『ああ、それは……おっと時間切れだ。その話は今度な。今話したことは他言無用だぞ』

「分かってる。言ったところで誰も信じないって」

『あとはお母さんと、今後のことをよく相談して決めてくれ』

「決めるって、何を？」

『すまん……ホントに時間切れなんだ』

と、言い放つと父ゴーストは突然フッと消えた。

颯太郎の相談は全然出来なかったけど、話はかなり有意義だった。それにしても、母親の紀子にも神力があったとは驚いた。多分、無意識にそのパワーを使って株取引で財を成したのだろう。生前の父の散財で今はゼロだけど……あっ、それも何に使ったか、今度父ゴーストに聞いてみないと。

美咲は、父ゴーストから聞いた話を、記憶が消される前にメモしておこうとパソコンを開いた。しかし、話があまりに奇想天外すぎて文章に出来ない。やっと「寿命減殺」と打ったところで、急に猛烈な睡魔が襲ってきた。これも父ゴーストと会った副作用なのか？　美咲はメモを諦め、パソコンを閉じ……パジャマに着替え、そのまま倒れ込むように深い眠りについた。眠れそうにない夜は回避出来たようだ。

四十三章　決断と戦術

「偶然とはいえさ、新会社発足パーティーの会場が、俺のドタキャン披露宴と同じ場所とはな」

昼休みにかけてきた電話で、健太は半ば呆《あき》れたような口調で話し始めた。

「しかも、ホテルのバンケットホールをパーテーション無しのフル使用でやるみたいだぜ。俺の時は三分の一で充分だったけどな」

「そんなに集まるものなの？」

「まぁ、やり手の越水真弓のことだから、芸能人を呼んで華やかにするだろうし、仕出しのエキストラや従業員を動員してでもいっぱいにするんじゃないか？」

「そうよね。兄貴は行くんでしょ？」

「今、ちょっとドラマで忙しいが、せっかくプレス宛の案内が来たからな。何とか時間を作って行くようにするよ。お前も行くんだろ？」

「それがさ、銀行にも家にもインビテーションが届いてないのよ」

「マジか？　来週の金曜だぜ。あいつはお前にパーティーに来てくれって言ったんだろ？」

「呼ばない気かも？」

「それはないだろ……一度は金も出させてるのに」

「いや、彼のことだから面倒な女の顔は見たくないんじゃない？　最近も女絡みで色々あったんでしょ？」

「じゃあ、俺の連れということで行こうぜ」

「招待されてないのに、行くのって図々しくない？」

「何言ってんだ、そんなの関係ねえよ。お前を散々いいように利用して、要らなくなったらハイさよならなんて、男の風上にもおけない野郎だ」

確かに、このまま引き下がるのも癪《しゃく》なので、パーティーに行って、颯太郎がどんな挨拶をするのか見てみたい。

「分かったわ……。招待状が届かなかったらお願いね」

「OK。結衣たち美容スタッフも総出で手伝わされるらしいから、三人揃って参加できるな。取り敢えずお手並み拝見だが、美咲はさぁ、みんなの見てる前であいつを問い詰めてやれよ」

健太もすっかり頼もしい兄貴って感じが定着したようだ。兄妹三人でパーティーに出るなんて初めてかもしれない。結局、颯太郎に復讐する特別な計画は思いつかなかったが、健太や結衣がいるというだけで心のよりどころにはなる。兄妹の絆か……考えたこと無かったな。


慌ただしく一週間が過ぎ、颯太郎の新会社お披露目パーティー前日になったが、インビテーションカードはとうとう美咲の元には届かなかった。こんなもんかと思いながら、一日の銀行業務を終え帰宅しようとした時、携帯が鳴った。発信者が「戦国最愛武将」という表示に変わる……颯太郎だ。

「もしもし、戸塚です」

「あら、戸塚さんご無沙汰してます」

何でこんな時に、よそ行きの声になるんだ。美咲は自分に突っ込みを入れた。

「僕の方こそご無沙汰しております。色々バタバタしておりまして……」

やはり、多少後ろめたいのか声に張りがない。

「お忙しいんですね」

「ええ、お陰様で……あの、実は明日の夜、以前お話しした新会社の発足パーティーがあるんですが、ご予定は如何なものでしょうか？」

インビテーション無しで前日の誘いかよ。こんなギリギリで如何も何もないだろう……なんか腹立つな。

「あら、明日なんですね。どちらで？」

渋谷のいつものホテルの地下二階にあるバンケットホールで夜の七時からだと言う。美咲もとぼけて、わざと初めて聞いたフリをしてみせた。それが功を奏したのか、颯太郎は急に声を張り上げ、たたみこむように、

「突然で申し訳ありません！　もっと早くお知らせすべきだったのですが……お忙しいなら無理にとは言いません！」

何言ってんだ！　こうなったら無理してでも行くわ。

「今日の明日なので、明日《みようにち》午前中のお返事でよろしいですか？」

「勿論です。では、お電話お待ちしております」

他人行儀な物言いが鼻につくが……これって絶対来て欲しくないっていうサインじゃないのか？　絶対に行ってやるぞ。

早速、健太に電話して経緯《いきさつ》を話すと、インビテーションも送らず、いきなり電話で誘ってくる無礼に怒り心頭の様子。しかし、逆に健太の激しい怒りのおかげで、美咲は冷静になれた。健太とはホテルのロビーで落ち合い一緒に行くことにして電話を切った。

ドンドンドンと陣太鼓が美咲の体に鳴り響き始める。今回こそは何かこちらから颯太郎に仕掛けたいと思う……いつも後手に回ってばかりでは勝ち戦《いくさ》にはならない。

戦術なら戦国最強騎馬軍団、武田信玄が得意とした、魚鱗《ぎよりん》の陣とまではいかないまでも、毛利三兄弟の三本の矢の逸話の如く、田川三兄妹が力を合わせて出来ることはないものか？　いつも先手を取られてしまうのが、どうにも癪でしょうがない。もう泣き寝入りはしたくないと、固く

心に誓う美咲だが、それに見合う戦術が全然思い浮かばないのだ。

気がつくと融資管理企画部の人間は殆ど帰ってしまい、美咲は閑散としたオフィスでポツンと残っていた。今日は久しぶりに、同僚と得意先回りをしたので膝が痛い。帰る前に膝の湿布《しっぷ》を取り替えておこうと思い、誰もいないのを見計らって自分のデスクで、膝に貼ってある湿布を剝《は》がしかけ、美咲はハタと思いついた。これだ！

四十四章　決戦！　神々の黄昏【前編】

翌日、あえて颯太郎に出欠の連絡はしなかった。電話が無かったことで颯太郎はホッとして油断するかもしれないし、突然パーティー会場に現れた方が色々と効果的かもしれない……。

美咲と健太は入口で名前と会社名を記帳し、名刺を置いて会場に入った。すでに凄い人でごった返している。場内を見渡して、今時こんな規模のパーティーは珍しいと健太は言うが、確かにこのご時勢での新会社お披露目パーティーは、相当自信がないと出来ないと思う。バンカーとしての勘を働かせても、かなりの金額が新会社発足のために動いているはずだ。バンケットホールは天井も高くかなり豪壮なスケール感に溢れていて、健太の言った通りパーテーションで仕切らず会場をフル使用している。新会社の発足パーティーとしては破格の規模だと思う。

「ビールでも飲むかな。美咲は？」

「ソフトドリンクなら何でもいいわ」

「ＯＫ。ちょっと取ってくる」

さすがキー局のドラマプロデューサーとして顔が広いのか、健太が少し歩いただけで関係者に声をかけられ、挨拶の列が次々に出来てしまった。これでは、いつまで経ってもドリンクスタンドに辿り着けそうもないので、自分が代わりに取ってこようと歩き出したところで、今度は美咲が声をかけられた。振り返ると……颯太郎だった。

「いらしてたんですね」

「あっ、どうも。兄にはインビテーションカードが届いていたので、付き添いで来ちゃいました」

しれっと嫌味で言ったのだが、颯太郎は気にもしない素振りで、

「お兄様はテレビ局の方だったんですか。午前中にお電話がなかったので美咲さんお忙しいのかな？　と思っていました」

「凄い人ですね。幸先いいスタートでおめでとうございます」

「ありがとうございます。これからもどうぞヨロシクお願い致します」

深々と頭を下げてから、颯太郎はチラッと入口の方に目を向けた。ちょうど有名女優が到着したのだろう。美咲に軽く会釈をして、その場から足早に立ち去った。

いやはや何ともそつが無い、だからこそ胡散臭い。颯太郎の全身から紛《まが》い物の香りが漂っているのに……相変わらず会うと、ホワッとした高揚感に包まれてしまう。業平に取り憑かれた颯太郎に一度でも惹かれた恋心は、その呪縛から逃れることは出来ない。だからこそ、今夜自分が立てた戦術が、どんな結果をもたらすのか楽しみなのだ。当然、このことは健太にも話していない。

その戦術とは？……時間を昨夜に戻す。

深夜、紀子が寝たのを見計らって、美咲は階下の洋介の部屋にそっと入った。祖霊舎に明かりを灯し、二拝二拍手一拝して大きく深呼吸してから、父ゴーストを呼び出す呪文を唱える。

『祖霊舎にお参りして呼び出すなんて、お前も学習したな』

「その方がこっちに来るのがスムーズかな？　と思って」

『でもなぁ、たびたびの呼び出しは体に良くないぞ』

「分かってるけど……私、覚悟を決めたの」

『覚悟？』

「一連の恋患《こいわずら》いという戦に決着をつけて、敵方の息の根を止める戦術を考えたのよ」

『何やら穏やかじゃないな……』

「そこで、お父さんにも手を貸して貰いたいの」

『どんな？』

「実は……」

それを聞いて、父ゴーストの顔色が変わった……というより、より顔が透き通った。美咲が立案した戦術には父ゴーストだけではなく、少彦名命の協力が絶対に不可欠だったのだ。そのために、もう一度神界ゾーンに行って直接自分が頼んでもいいと美咲は言ったが、二度も現世の人間が行くと、先々命の危険が伴うと父ゴーストは全力で止めた。

「で、この戦術はどう思う？」

『ふ〜む、いいと思う……多分、ある程度の効果はあるかもしれない。しかしだ、少彦名命がお前の願いをすんなり聞いてくれるかどうかは疑問だ』

「仲いいんでしょ？　説得してよ」

『お前なぁ、簡単に言うなよ……いくら仲がいいったって、相手は神さまなんだぞ、友達みたいに気軽に頼めないって』

「彼に取り憑いているのが、在原業平公って特定してくれたじゃない？」

『それは、神力による千里眼みたいなものだから、そんなに大変じゃないんだ』

「今回のは難しいの？」

『そりゃ、聞いてみないと分からないが……多分難しい』

「どうやったら、少彦名命に会える？」

『あのさぁ、基本神さまっていうのは、人間の目には見えないもんなんだよ。神さまの方から、お声をかけてくるのならまだしも、こっちから呼び出すなんて恐れ多くて出来っこない』

「だって、お父さんは子供の頃から頻繁に会ってたんでしょ？」

『だから、ほぼ夢の中でだって』

「今は死んじゃったんだから、もっと自由に会えるんじゃないの？」

『俺は現在魂の昇華中……いわゆる修行中の身だから、会うのは簡単じゃない。仮に会えたとしても、お前の戦術を理解して快諾して頂かないといけないし』

「じゃ、今から神界ゾーンに行って頼んできてよ」

『おいおい、人使いが荒いってのはよく聞くが、死人使いが荒いなんて聞いたことない……罰《ばち》があたるぞ』

「えっ？　神道には罰なんてないんでしょ？」

『だから、言葉のあやだよ、まったくもう……』

　呆れたように、その場にへたり込む父ゴーストだったが……暫くして、

『美咲、お前がどうしてもというなら、何とかお会いして説得はしてみる。ただしお前自身が、それなりのお返しをしないといけない……その覚悟はあるのか？』

「勿論！　覚悟を決めたって言ったでしょ？」

『そこまでして決着をつけたいんだな？』

「これが最後の手段だと思うの。兄貴や結衣まで巻き込んだのに、どうにも出来ない状態だから、私が何かしなくちゃと思って……」

『そこまで言うなら分かった。俺は一旦消えるが、祖霊舎の明かりは消さないように。それと出来るだけ、お前は祖霊舎の前で手を合わせていてくれ。徹夜になるかもしれないが、まずは本人の思いが大切だ。これは自分との戦いだと思って頑張ってくれ』

「ありがとう！　お父さん恩にきます」

『いいか、なるべくそこを動くなよ』

　そう言い終えると、父ゴーストはフッと消えた。普段ならここで時間が動き出すのだが、時間は止まったままだ。美咲は言われたとおり、ローソクの火を絶やさず、少彦名命にどうか願いが届くようにと祈り続けた。


　どのくらい経ったのだろう……時間は止まっているので、時刻は深夜のままだが、意識的には

四、五時間は経ったような感覚だ。仕事の疲れもあるのか美咲は強烈な睡魔に襲われ、そのまま祖霊舎の前で深い眠りについてしまった。

夢を見た……深い霧に包まれた場所に立つ美咲。ここって神界ゾーン？　目の前にはこの間、父ゴーストと観たスクリーンがある。ピンという音と共にそこに映像が映し出された。後ろ姿だが父ゴーストだ。何やらひざまずいて、誰かと会話をしているように見える。でも、相手が見えない。これって夢？　現実？　美咲は食い入るようにスクリーンを見る。父ゴーストが何度も頭を下げている。少彦名命の姿は見えない。突然いつもの頭痛が美咲を襲った。激しい痛みに美咲は思わず、痛い、痛いと声を上げ、その場にうずくまった。

どのくらい経ったのだろう……遠くから声が聞こえ、次第に大きくなる。

『美咲、おい、美咲……』

遠くで声が聞こえる……自分の名前が呼ばれるたびに、頭痛が治まってくる。

ハッと気がつくと、そこは元いた部屋で、父ゴーストが目の前にいた。

「あっ、お父さん！」

『大丈夫か？　大分うなされていたが……』

「もう大丈夫よ。で、どうだったの？」

『結構、面白がって下さってな……お願いを聞き届けて頂いたよ』

「ホントに？　良かった！」

『でも、少彦名命曰《いわ》く、上手くいくかどうかの保証は出来ないとのことだ。こればっかりはやってみないと……』

「それは分かってます。何だか明日が楽しみ」

『では、明日の段取りを説明しておく』

父ゴーストは美咲の立てた戦術を成功させるために、美咲が明日やらなければいけないことを大まかに指示した。

これで、すべては明日の夜に決着する。健太と結衣には詳しく話せないが、どうやら二人の力も必要になったようだ。まさに田川三兄妹による毛利家の家訓、三矢《みつや》の訓《おしえ》を実践するときかもしれない。メラメラと燃え上がる戦の炎に包まれ、全身に響き渡る陣太鼓の音に酔いしれる美咲だった。

四十四章　決戦！　神々の黄昏【後編】

颯太郎の新会社発足パーティーは、フジヤマテレビの看板アナウンサー、土井垣時之《どいがきときゆき》の進行で佳境を迎えつつあった。各界の有名人の挨拶も一通り終わり、ステージのスクリーンはもちろん、プロジェクションマッピングまで織り交ぜた会社紹介映像が流れ始めた。内容は、ありがちな環境破壊に対する警告と、それに伴う人間の健康への懸念だ。イメージ映像は美しいが、正直こういったコンセプトの動画はありきたりで見飽きている。

さらに、新会社発足の理念がテロップで右から左に流れ、今後の展開として、日常生活を守るための健康食品やサプリメントの開発と販売を謳《うた》ったテロップも流れた。将来は医療にまで幅を広げ、クリニック経営も視野に入れているという。日常のすべてをプロテクトする「M＆Sグローバル」と最後に新会社名のロゴが華々しく現れ、五分余りの映像は終了した。

会社名の「M&Sグローバル」が、越水真弓のMと戸塚颯太郎のSなのは一目瞭然だ。ここまでの規模で考えているなら、自分に声をかける必要などなかったのではないか？　それとも、出会う女性すべてに声をかける中で越水真弓という大物を釣り上げたってことなのか？　いずれにしても、自分は踊らされるだけ舞い踊った道化者に他ならない。

颯太郎が複数の女性の恋心を弄んでも、大したトラブルにならないのは、取り憑いている平安時代稀代のプレイボーイ在原業平のパワーのなせる業だ。業平が憑いている限り颯太郎は傷つかず、過去の出来事は無視して未来へ向かって行ける。だからこそ！　膝の湿布を剝がすように、取り憑いている在原業平をベリッと一気に剝がしてしまえばいいのだ。

父ゴーストの話では、少彦名命はこの作戦に大層乗り気だという。ただ、憑いている神を引き剝がして祓《はら》う儀式は、取り憑かれている颯太郎にも肉体的負担を相当強《し》いる。下手すると命に関わることになるので、神力を持った現世の人間の協力が必要になるのだ。

「もしかして私？」

『そうだ』

父ゴーストの力を借りて、神力のある美咲が簡易の結界ゾーンをバンケットホール内で作り、そこへ颯太郎から引き剝がした在原業平公を一旦移動させて、魂の安定を図るという。そうしないと颯太郎の体の負担が半端ないらしいから、美咲の使命はかなり重大なのだ。

「そんなこと私に出来るかなぁ」

『少彦名命の姿が見えるんだから、美咲のパワーは申し分ないと思うが……万全を期するために健太と結衣の力も借りた方がいい』

　血の繋がった兄妹が美咲の体に触れているだけで、美咲の神力ブースターになるらしい……何だかワクワクしてきた。

『祓いの奥義《おうぎ》は神さまの範疇《はんちゅう》なので、俺も手出し出来ないが、どうやら業平公と少彦名命は旧知の仲らしい。意外に上手くいくんじゃないか？』

　その一言で美咲は救われ、俄然《がぜん》やる気が増してきた。

「業平公引き剝がし作戦」は、新社長の挨拶で颯太郎が壇上に立つ瞬間を見計らって決行！　と決まった。あとは、ぶっつけ本番でやるしかない！

　エイ！　エイ！　オオ！　出陣前夜、戦国武将気分に酔いしれる美咲だった。


　結衣は何をするでもなく、入口近くのホールの壁に寄りかかってボーッと立っていた。お手伝いで動員されているはずなのに、暇そうにしているのが結衣らしい。

「結衣、お疲れ」

「あっ、お姉ちゃんやっぱ来てたんだ」

「来ないと思った？」

「元カレの晴れ姿なんか見たくないんじゃないかなって思って」

　結衣はいつも痛いところを突っ込んでくる。

「彼氏じゃないから、元カレでもないわよ。私の一方的な思い込みだっただけだからさ……」

「へぇー、やっぱりお姉ちゃんて、変わってる」

「そっかな?」

「あんなヤツ、大したことないって。お姉ちゃんにはもったいないよ。美容師に手をだしたことがバレてからはすっかり越水社長の腰巾着《こしぎんちゃく》みたいでさ、キモいったらありゃしない」

どうやら、結衣には業平パワーは通じないようだ。ある程度平安時代の知識がある人間でないと神通力は効かないのかもしれない。

「実は、結衣にお願いがあるんだけどさ、もうすぐ、新社長の挨拶があると思うんだけど、そのとき私の側《そば》にいてくれない?」

「えっ? 何で?」

「ああは言ったけど、やっぱり、ちょっと辛《つら》いかなぁと思って……。兄貴にも側にいてもらうからさ、結衣も一緒にいてよ」

「いいよ」

気持ちを察した妹はそれ以上のことは聞かない……結衣も随分大人になったものだ。さぁ、これで準備万端! あとは開戦のホラ貝を待つばかりだ!

「M&Sグローバル」の紹介映像の後は、いよいよ新社長の挨拶とのアナウンスを聞いて人々がステージ前に集まり始めた。美咲はバッグから栄養ドリンク「ファイトマン」を取り出し、心の中でいつものようにファイトマン! 全力! と叫んで一気に飲み干すと、健太と結衣を従えてステージ前に移動した。美咲は人をかき分けてドンドン前に進み、一番前に陣取った。

「美咲、こんな前でいいのか?」

怪訝そうに健太が聞いてきたが、

「いいのよ。彼の晴れ姿を、しっかり目に焼き付けておかないと」

「お前は強いわ」

健太は半ば呆れたような苦笑いを見せた。姉の気持ちを察した結衣も、黙って美咲の左腕に自分の腕を絡ませている。ちょうど三人が美咲を先頭に、三角形の様相を呈していて、ちょっとした魚鱗《ぎょりん》の陣だ。心臓の鼓動が、ドンドンドンと陣太鼓のように全身に鳴り響く。

司会の土井垣時之が「M&Sグローバル」の代表取締役社長、戸塚颯太郎を紹介した。万雷の拍手の中、スポットライトを浴びた颯太郎がゆっくり壇上のマイクの前まで歩いてゆく。後ろの方で女性の歓声が上がるなど、まるで映画スターの登場のような雰囲気だ。下手《しもて》横のステージサイドでは、顔を紅潮させた越水真弓が颯太郎を見つめている。年甲斐もなく、若い恋人を送り出した女の顔そのものだ。

颯太郎はマイクスタンドを自分の身長に合わせて調整し、マイクに口元を付けてからゆっくり話し始めた。いちいち気障《きざ》だなと健太がつぶやく。

「本日はお忙しい中、沢山の方にご臨席賜《たまわ》り心から感謝致します。このたび『M&Sグローバル』代表取締役社長に就任しました戸塚颯太郎です。我が社の理念として……」

延々と会社の基本方針を語る中、前にいる自分に気がつきながらも一瞥《いちべつ》もくれない颯太郎に感心したり、がっかりしたり、未だ業平パワーにやられたままの美咲だ。スッと颯太郎から視線を外した瞬間、

『聞こえるか美咲、聞こえたら頷いてくれ』

父ゴーストの声がトランシーバーのように耳元で聞こえた。応えてゆっくり頷く美咲。

『じゃあ、これから俺が呪文を唱えるから、声に出さず、念を込めて心の中で何度か復唱してくれ』

結衣と健太は？ と目で合図すると、

『二人とも美咲の体に触れてて欲しいんだが、結衣はそのままでいいとして……健太をどうするか……』

咄嗟に美咲は、

「ねえ、兄貴、何だか右肩が痛いの、軽く揉んでくれない？」

「何だよ急に、こうか？」

と言いながら、健太も美咲の体に触れた状態になった。これで毛利家に伝わる三矢《みつや》の訓《おしえ》のように三本の矢が合わさった形になった。

『いいぞ、そのままの形でいてくれ！ いくぞ美咲！ 颼《シチ》・護《ゴ》・参《サン》！』

「颼・護・参！」

『もう一度！』

「颼・護・参！」

『念を込めて、もう一回！』

「颼・護・参！」

呪文を三回唱えた時、自分の体が熱くなるのが分かった……美咲の念が会場に充満し、天井がギシギシ音を立てて揺れ始めている。しかし、誰も気づかない。

『最後に思い切り息を吸って。思い切りハーッと強く息を吐いてくれ』

頷く美咲。

『いくぞ！　せーの』

「ハーッ！」

息を吐いたと同時に時間が止まり、父ゴーストが姿を現した。

「これでいいの？」

『上出来だ。あとは少彦名命にお任せするしかないからな……おっ、上を見てみろ』

見上げると、天井に白い雲のようにフワフワした円盤状のモノが浮かんでいる。まるで丸い雲の絨毯だ。

「あれが結界なの？」

『そうだ、こんなに綺麗に出来るなんて大したもんだ。お前たち三人兄妹の絆の賜だな』

美咲はその場で固まった状態の健太と結衣に感謝した。自然と涙が零《こぼ》れる。

『美咲、颯太郎から業平公を祓う儀式が始まるぞ』

時間が止まった静寂のバンケットホールに、福鈴と釣太鼓《つりだいこ》の音がシャンシャン、ドンドンと響きわたり、篳篥《ひちりき》と笙《しょう》の音《ね》が、この場所としては不似合いなほど厳《おごそ》かな雰囲気で鳴っている。

やがて壇上にいる颯太郎の背中から黒い煙のようなものが立ちこめてきた。次第にそれが人の形になり、狩衣《かりぎぬ》姿に立烏帽子《たてえぼし》の在原業平を形作ってゆく。何だか顔が颯太郎そっくりだ。そのままスルスルっと剝がれて、天井に作った簡易の結界に行くのかと思いきや、業平公は颯太郎から上手く抜け出せないようだ。業平公の顔も苦しそうに見える。

「お父さんどうしたの？」

『離脱が上手くいかないみたいだな』

業平公の体は半分まで颯太郎から剝がれたのに、何かが引っ掛かって苦しいのか、また元の体に戻ってゆくように見える。

『これはまずい！』

父ゴーストがつぶやいた途端、雅楽が止み、ドラムのカウントと共に、今度はスウィング・ジャズが流れ出した。えっ？　これって夢の中で聞いた軽快な曲と同じだ。そのメロディに合わせて業平公も楽しそうに揺れ始めた。それでも、まだ颯太郎の体から抜け出せない。

『神さま！　特撮ミュージックです！』

父ゴーストの叫びが天に届いたのか、スウィング・ジャズがフェイドアウトし、いきなり大音量で東宝特撮映画の『宇宙大戦争マーチ』が鳴りだした。勢いあるメロディに押されるように、ポンと業平公は颯太郎から抜けだし、ホールの天井を漂っている。どこからともなく、小さな人型人形の少彦名命が現れ、業平公の手を取りマーチに合わせてくるくる回り、踊りながら天井の結界へとゆっくり誘《いざな》ってゆく。ホント、なんて楽しい神さまなんだろう。美咲も何だか無性に楽しくなってきた。暫くして、少彦名命のエスコートにより、業平公は無事天井にある簡易の結界ゾーンに辿り着いた。

『どうやら、上手くいったようだな』

「お父さんありがとう……」

『これでお前の気が済むならお安いご用さ。でも、神さまにはお返しをしないといけないぞ……覚悟しておけよ。これで俺は消えるが、業平パワーの消えた彼がどうなるかが見物《みもの》だな。じゃあ、健太と結衣にヨロシクな』

　フッと父ゴーストが消えた瞬間、時間が動き出し、パーティー会場の喧噪が戻ってきた。

　颯太郎による挨拶の続きが始まった。が、あれっ？　何かおかしい……。あんなにシャープで綺麗だった颯太郎の容姿が凡庸《ぼんよう》に見えるのだ。冴《さ》えない表情は、自分が今まで知っていた颯太郎とは似ても似つかない。さっきまでの映画スターのようなオーラはすっかり影を潜めてしまっている。業平公が祓われただけで、容姿ってこんなに違って見えるものなのか？　それに、颯太郎の挨拶が支離滅裂《しりめつれつ》で、何を言いたいのかも意味不明、しどろもどろで要領を得ず、次第に周囲がザワつき始めた。健太が、

「あいつ何が言いたいんだ？」

　と、つぶやくと、結衣も、

「何だか化けの皮が剝がれたって感じね」

　開けて悔しい玉手箱か、失望の色がバンケットホールに広がり始め、新会社の先行きの不安を暗示するように、ステージ前に集まった人が潮が引くように去ってゆく。越水真弓の姿もいつのまにか消えていた。美咲自身、颯太郎を見ても何も感じない。あのホワッとした高揚感はもうどこにもない。

「兄貴、肩はもういいわよ。結衣、まだここで仕事？」

「やることないし、帰ろうかな」

「そっか、じゃあ外で食事でもしない？」

「賛成！　お兄ちゃんも行くでしょ？」

「ああ、行く。あまりに酷い挨拶を聞いて気が抜けちゃったな、何だか腹が減ったよ」

田川三兄妹は連れだってホテルの外に出た。渋谷の街は相変わらず喧噪と雑踏の渦の中、当たり前の日常が活発に蠢《うごめ》いていた。

「今回の件で色々協力してくれたお礼に、今夜は私が奢るわ」

「やったぁ！」

「店は兄貴が探してよ」

「ＯＫ。分かった」

早速、健太が色々電話して、近場で行きつけの店を予約した。ちょうど三席空いてるという。

「和食だけど結構高いぜ……」

「任せて！　今日は奢り倒したい気分なのよ」

「じゃあ、お姉ちゃんの気が変わらないうちに行こう！」

美咲は健太の腕を取り、結衣は美咲の腕に絡ませて、田川三兄妹は意気揚々と渋谷の街に消えて行った。

四十五章　結界の余談

『何ヤラ久シイノウ』

『お久しぶりでおじゃります……』

『其方《そなた》ハ今マデドウシテオッタノジャ』

『以前は江戸の南蔵院《なんぞういん》の境内にありし業平天神《なりひらてんじん》に、柱《はしら》にて祀《まつ》られておりけれど、明治の世になり、悪《あ》しき律令法《りつりょうほう》の「神仏分離《しんぶつぶんり》」をもちて、麻呂《まろ》は住み家を失いけり。それからというもの江戸の業《なり》平橋《ひらばし》界隈で、通りすがりの見栄《みば》えの良い男に取り憑くなどし、ふたふたしておりけり……されど、人に取り憑くのも疲れしゆえ、無理にも引き剝がしたまいてげにかたじけなくそうろう。かの……げにうちつけにそうらえど、何処《いずく》にか安住の柱にならん祠《ほこら》はあらずや？』

『ソウイウコトナラ、吾《わ》ニ任セテオケ』

『誠にかたじけなくそうろう』

『シテ、和歌ハ相変ワラズ、ヤッテオルノカ？』

『はい、麻呂の唯一の取り柄でおじゃりますゆえ』

『今度マタ和歌ヲ聞カセヨ』

『心を込めて、奉納致します』

四十六章　修復は迅速に

「美咲、びっくりしたぜ。『M＆Sグローバル』は、発足パーティー直後に潰れたってよ。パーティーを開いておいて会社がドタキャンなんて、俺の披露宴ドタキャンより酷いよな。関係者は気の毒だけど、何かこう胸がスカッとしたよ」

健太の電話だけでは詳細は分からなかったが、その後拡散したネットニュースによると、まず当てにしていた銀行融資が見送られた上、発足パーティーでの颯太郎の挨拶動画がＳＮＳで拡散、内容の酷さに対する批判に加え、過去につき合った複数の女性達が動画を見て次々に颯太郎を婚約不履行と詐欺で訴えたことが致命傷になった。おそらくこれは、業平公の魂が颯太郎から離脱し、神通力が失せた結果なのだろう。

ホテルにマスコミまで呼んで、派手に発足パーティーを敢行したのに発足出来なかったお粗末な会社ということで、再度ネットで話題になると、テレビ各局のワイドショーにとって格好のネタになり、今では連日「M&Sグローバル」に関するニュースが面白可笑しく世間を賑わせている。パーティーに出席したということで、健太が自局の番組にコメンテーターとして出ていたのには、思わず笑ってしまった。さらに過去の出来事として、颯太郎と世界的に有名なモデルとの醜聞まで噴出してしまい、颯太郎にとっては踏んだり蹴ったりの結末になったようだ。

ここまであることないこと叩かれると、ちょっと可哀想な気もするが……とどのつまり自業自得なのだ。会社消滅により生まれた莫大な負債は共同オーナーの越水真弓にも及び、彼女は颯太郎を訴える準備をしているという。颯太郎にとってはまさに天国から地獄へ真っ逆さまに落ちたようなものだ。業平パワーが消え失せたこれからは、本当の戸塚颯太郎としての人生を地道に歩んで欲しいものだ。

一日の業務が終わり、帰宅しようとしたタイミングで健太から電話があった。相談したいことがあるという。パーティー以来だが、今回の件では色々世話になったし、相談と言われたら断る理由がない。待ち合わせ場所は相も変わらず渋谷のあのホテルだ。

ホテルのエントランスを入って、ロビー左横にあるカフェ。右奥のテーブルはここのところ田川兄妹専用テーブルのようだ。

　席に着いて、スマホのメールチェックをしたところへ、少し遅れて健太が現れた。おやっ？　連れがいる。最初は誰か分からなかったが、連れの顔を確認して美咲は思わず、えーっ！　と声を張り上げてしまった。健太の横にいたのは、結婚披露宴でドタキャンした花嫁。元女子アナの彼女だったのだ。びっくりして立ち上がった美咲に、

「驚かせてすまん。まぁ、座ってくれ。ご覧の通りあの彼女だ」

　ご迷惑をおかけして申し訳ございませんでしたと、謝罪されたが、美咲としてはこの状況に戸惑うだけで、正直、何でこうなったのか、皆目見当がつかない。頭がクラクラしてきた。

　コーヒーを頼み一息ついた後、健太が経緯《いきさつ》を説明した。

　元女子アナの彼女は、健太との結婚披露宴を当日にドタキャン、中堅俳優の彼と駆け落ち同然で逃げた後、彼の実家である広島の無農薬レモン栽培の農家に嫁ぐ形になったが、すぐに嫁姑《よめしゅうとめ》問題が勃発。このような場合、夫がどっちの立場につくかで結婚生活の行方がほぼ決まるのだが……残念ながら中堅俳優は母親側につき、元女子アナの彼女は不慣れな土地で孤立感を深めていったという。それって因果応報というか、身から出た錆《さび》じゃない？　と美咲は思ったが、口には出さず健太の話を聞いている。

　その後、心も体もボロボロになった彼女は睡眠薬を大量に飲んで病院に搬送された。すると途端に夫も含めた家族全員、腫れ物に触るように接し始め、益々居づらくなったという。結局、何度かの話し合いの果てに、協議離婚が成立。短い結婚生活を終えた彼女は、一人東京に舞い戻って来たというのだ。

「で、二人はよりを戻すってこと？」

「そういうことだ」

きっぱり言い切る健太と対照的に、彼女の方は、神妙な態度で下を向いている。

「兄貴がいいなら、私が口を挟む問題じゃないけど……大丈夫なの？」

「大丈夫だ。彼女も大いに反省しているし、俺の方が戻ってきて欲しいと渋る彼女を説得したんだ……色々あったことはもう水に流した。美咲も察してくれ」

健太ってなんてお人好しなんだろう。世の中そんなに甘くないと思うけどなぁ……彼女だって、嫁姑問題ぐらい我慢出来ないのはどうかと思う。色々な事情があるにせよ、こんなに短期間で離婚するような女とこの先やって行けるのか？　と、つい勘ぐってしまう……が、健太が納得しているなら、妹として反対する理由などない。二人のことは快く容認した。

「ありがとな。実はさ、結衣には大分前に引き合わせていたんだよ。あいつがさ、絶対お前はいい顔しないから、もっと美咲に優しく接するようにって言ったんだよ」

えっ？　えっ？　ははぁ、そっか〜、最近妙に健太が私に優しかったのは、このことがあったからかぁ……骨折の件も、颯太郎への復讐の件も、全部これに繋がっていたんだな。健太のヤツめ！　とも思うが、何やら腑に落ちた感じで清々しく気分がいい。不思議と笑みが零れてしまう。

「何だよ、兄貴には一本取られたなぁ。私に優しかったのはそういうことかぁ」

「いやいや、それだけじゃないって……」

分かってるけど、あえてここは突っ込まないと。

「良かったんじゃない？　雨降って地固まるっていうけど、二人は遠回りした分、今、とっても幸せなんでしょ？」

　照れる健太の笑顔を見ると、ずっと彼女のことを思っていたのがよく分かる。こういう恋愛の形も世の中にはあるんだなぁ……男と女は色々だ。

　これから紀子にも話すというが、結婚はまだ大分先で、式は今度は身内だけで質素にやりたいという。彼女の方はエンタメの世界で働く気は毛頭なく、今は調理師の免許を取得するために学校に通っているとのこと。未来を見据えた準備を既にしているというわけだ。しかし、二人はどうやって再会したんだ？　まぁこの辺の詮索は今日はやめておこう。

　二人とはその場で別れ、美咲は早々に帰宅した。何だか今日はホント気分がいい。風呂上がりに携帯を見ると、結衣からの着信履歴を見つけた。しかも三度も……一体何の用なんだろう？

「電話もらったみたいだけど、どうしたの？」

「あっ、お姉ちゃん、今日お兄ちゃんの元カノに会ったんでしょ？」

「よりを戻したから、正確には元カノじゃないけど、会ったわよ」

「お兄ちゃんデレデレだったでしょう」

「そうね、この世の幸せを独り占めしてるっていうか。先々ちょっと心配だけどね」

「あの人さ、向こうで相当大変だったみたいで、最初紹介されたとき、あまりにやつれていて別人でさ、まるでゾンビみたいだったんだよ。ホントに誰だか分からなかったぐらい」

「そうだったんだ……。私も兄貴があそこまで入れ込んでいるとは思わなかったな。まぁ、人の恋路を邪魔するほど野暮じゃないから、ちょっと驚いたけど受け入れたよ」

「さすがお姉ちゃん！　お兄ちゃんはさ、お姉ちゃんに紹介するのをかなりビビってってさ」

「そんなに怖いかな？」

「うん怖い」

「何よそれ！　それより用って兄貴のことなの？」

「いや、そうじゃなくて……実は」

結衣の話は、別れた元カレで、ビジュアル系バンドマンの本城和宣《かずのぶ》のことだった。彼から久々に連絡があり、一度会って欲しいと言われたという。そこで美咲にどうしたものか、意見を聞きたいというのだ。彼はすでにバンド解散と共に音楽業界から足を洗い、以前から持っていた大型免許を生かして、今は長距離トラックで陸送の仕事をしているとのこと。ちゃんと地に足が着いているようなら、会うのは問題ないんじゃないと、アドバイスをしたところ、じゃあそうするねと、いとも簡単に結衣は納得し電話を切った。何だ、もう会うって決めてたんじゃないか。大体相談者の八〇％は自分の答えに賛同、もしくは背中を押して貰いたくて相談するものらしい。

健太も結衣も春が来て、うらやましい限りだが、自分は絶対に颯太郎との復縁はあり得ないなぁ、と思いつつ階下に下りた。紀子はリビングでテレビドラマを観ているようだ。虫の知らせなのか、美咲は洋介の部屋に引き寄せられるように足を踏み入れた。その瞬間、時間が止まった。

おやっ？　呪文を唱えていないのに父ゴーストがデスクの椅子に座ってこっちを見ている。

「お父さん、どうしたのよ、いきなり」

『お前を待ってたんだよ。美咲、健太の復縁を了承してくれたみたいで、ご苦労さんだったな』

「見てたの？」

『見てはいないけど、魂が昇華してな、会った瞬間に家族の心が見えるようになった』

「えっ？　ということは、会えるのは今夜が最後ってこと？」

『そういうことになる。今日は俺とのことや神界ゾーンのことなど、お前の一切の記憶を消しに来たんだ。ただ、少彦名命へのお返しの件だけは何となく記憶の隅に埋め込んでおくからな』

「お返しって何をすればいいの？」

『銀行に勤めながらでいいので、神職の勉強をして欲しいんだ』

「私が？」

『そうだ。今後お前に寿命減殺が起きないためにも、現世でやって貰いたいことがあるんだ』

「……」

『神道では寿命が尽きると、神さまになるっていったよな？　お父さんは、これから祖霊舎を通じて田川家を見守る、守り神になるわけだけど……実は生前、少彦名命に約束したことがあって、俺は新しく出来る神社の祭神にもならないといけないんだよ。そこには、少彦名命も分祀《ぶんし》されるし、あの在原業平公も業平天神として祭神になって貰うつもりだ』

「ということは？」

『美咲には権禰宜《ごんねぎ》として、その神社を守って貰いたいんだよ』

「えーっ？　一体何処の神社なの」

『明神さんの側《そば》なんだ。神社ってな、江戸時代までは「神仏習合《しんぶつしゅうごう》」といって、お寺の中に普通にあったもんなんだが、明治の「神仏分離」で、寺と神社が別々に分けられるようになって、その引っ越しのドサクサで、消滅した神社がいくつもあったらしいんだ』

「……」

『というわけで、昔、神田にあった神社を復活させて、そこの祭神になるという約束をお父さん、少彦名命としちゃったんだよ。つまり祀られる神さまの一人が、俺ってことだな』

「凄いじゃない！　で、何ていう神社なの？」

『カ、イ、ジ、ユ、ウ神社』

「えっ？　怪獣フィギュアの？」

『読み方は同じだが、その怪獣じゃなくて、心を懐柔《かいじゅう》する懐柔神社だ』

「……ねえ、懐柔って手なずけるとか、うまいこと言うとか、あんまりいい意味では使われない気がするけど」

『いやいや、そうでもないぞ、清濁《せいだく》併《あわ》せ呑むって言うか、喧嘩や争いごとって曖昧なまま、なあなあで言いくるめることで、仲裁が上手くいくものなんだ。何もかもすべて白黒付けるのが良いとは限らないというのが日本古来の神道のスタイルなんだよ。だから懐柔神社ってピッタリの名前だと思う』

「そっか……。でも権禰宜ってさ、お父さんの教えてた神道系の大学に入学しないとなれないいんじゃない？」

『今は通信教育でも神職の資格は取れるから大丈夫だ。気長にやってくれ。どうだ？　出来るか？』

「出来るか？　って言われても、神さまにお返しするって約束しちゃったし、やるしかないでしょ？」

『そうか、ありがとう！　これで心おきなく神界ゾーンに行けるよ』

「こうやってお父さんに会えなくなるのは、何だか淋しいなぁ」

『いいか、美咲。家族というのはどんなことがあっても絆が切れることはないんだ。俺が現世から消えたって、お前の心でずっと生き続けている。お前の心に寄り添って俺はお前の中で生きているんだよ。それにお前が権禰宜になって神社を守ってくれたなら、そのうちまた会えるかもしれない……』

「そっかあ……少彦名命にも会える？」

『うん、もしかしたら在原業平公にもな』

「アハハ、それなら淋しくないかも」

『美咲、お父さんはいつも一緒だよ。じゃあ、時間が来たようだから、そろそろ記憶を消すぞ』

「はい！」

あっ、お父さんが貯金何に使ったのか聞くの忘れた……

『颼《シチ》・護《ゴ》・参《サン》！　ハッ！』

※　※　※

「美咲、ちょっと美咲ったら、そんなとこで寝たら風邪ひくわよ」

紀子の声で目が覚めた。どうやら、洋介の部屋でうたた寝してしまったようだ。あれっ？　何でお父さんの部屋に来たんだろう？

「そうそう、美咲。今度の休みに行きたい所があるんだけど、つき合ってくれない？」

「いいわよ」

「健太と結衣にも、都合を聞いてくれる？　出来たらみんなで行きたい」

「全然いいけど、何処に行きたいの？」

「神田明神さんよ」

そう言いながらサッサと自室に戻った紀子。どうして今頃、神田明神なんだ？　まぁいいや、取り敢えず明日、健太と結衣に都合を聞いてみることにしよう。洋介の部屋でうたた寝したから、今夜は眠れないかなと思ったら、あにはからんや、美咲はベッドに横になった途端、夢も見ずに爆睡してしまった。

四十七章　澄んだ青空と赤い鳥居の未来

青空がいっぱいに広がる、ある晴れた日曜日の午後、田川家の四人は随神門《ずいしんもん》をくぐり、社殿に向かって歩いていた。

美咲の心はここ数日、この空とは裏腹な厚い雲に覆われている。というのも、自分のパソコンに「寿命減殺」という謎のワードが残されていたからだ。自分以外誰も使うことが出来ないはずなのに、美咲はパソコンに、この言葉をメモした記憶が一切ないのだ。これって何？　ただ、この言葉を眺めているると懐かしい気分になるし、大切なモノを何処かへ忘れてきたような気持ちにもなる。考えれば考えるほど、美咲の頭の中にモヤモヤが広がっていく……。フーッと大きくため息をついたところで、健太と結衣の丁々発止《ちょうちょうはっし》が始まった。

「結衣、ちゃんと二拝二拍手一拝しろよ。やり方知ってんのか？」

「アタシだってそのくらい知ってるわよ。お兄ちゃんこそ、今度は元カノと長く続くよう、お願いした方がいいんじゃない？」

「今カノだ、元カノじゃない」

「あ、そっか……じゃあ、今カノが、また元カノになんないようにお願いしないとね」

「そうだな……って、おい！」

「ハハハ、お兄ちゃんボケちゃって可笑しい。今日は彼女来ないの？」

「来ないよ。皆《みんな》にヨロシクってさ」

健太はよりを戻したことを紀子に報告。二人の仲を認めて貰ったせいか、結衣に何を言われても、今日はすこぶる機嫌がいい。

「なぁ、こうやって神田明神に家族で来るのって、いつ以来だ？」

「アタシが中学生ぐらいまでは来てたよね。お姉ちゃんは銀行が側《そば》だから、今でも来るんじゃない？」

「そうね、うちの銀行はここの氏子だから。お父さんとも小さい頃はよく来たな」

「アタシも」

「俺もだ」

ポツリと紀子も、

「私も、お父さんと結婚前からよく来てたわよ。お父さんとの初デートもここだったしね」

「そうなんだ、初めて聞いたわ。お父さん見てるかな？」

ふと見上げた青空から、美咲見てるぞ……と、洋介の声が聞こえた気がした。

何だか、今日は特別な日になりそうだ。

「ねぇ、お母さん、どうしてここに来たかったの？」

「それは後で話すわ。とにかくお参りしましょう」

四人は母親の紀子を挟んで横に整列。型どおりにお参りを済ませた。

「何処かで食事でもするか」

「じゃあ、今日はお母さんの発案で集まった訳だから、お母さんが食べたいものにしない？」

「賛成！　アタシお腹ペコペコ」

「そうしよう！　オフクロは何食べたい？」

「そうねぇ、やっぱりここに来たら、鰻かな？」

「じゃあ兄貴予約してね！」

「何だよ、この辺の店なら美咲の方が詳しいだろ？」

と、言いながらも、さすが敏腕テレビプロデューサー、近くの鰻割烹《かっぽう》「富嘉《とみよし》」の個室を手際よく予約した。

店の玄関を入り、案内された座敷には、テーブルと椅子が配置されていた。

「美咲はこの方が座りやすいだろ？」

「えっ？　わざわざ膝のために椅子の席を予約してくれたの？」

「この方が絶対楽だしな」

「ヒューヒュー、お兄ちゃん優しい！」

「ありがとう。助かるわ」

復縁の効果なのか、健太はさらに頼もしい男に変身しているようだ。

「お祖父ちゃんって、この辺で鰻屋さんやってたんでしょ？」

「そうみたいだな。子供の頃、オヤジに聞いたことがある」

「ねぇ、どんなお店だったかお母さんは知ってる？」

「勿論、知ってるわよ。伝統を感じる渋いお店だったわ。お祖父ちゃんの店は三代続いた老舗の鰻屋さんだったのよ。お父さんが継がなかったから、潔く店を畳んでしまったけどね」

「へぇ、そうなんだ。まぁ、ウチのお父さんに、鰻屋さんは無理だよね。包丁持って、鰻をさばく姿が想像出来ない」

「そんなオヤジを想像しただけで、何か笑えるよな」

「ホントだわね」

それぞれ、あの学者然とした父親が職人姿で包丁を持っているところを想像したのか、いきなり大爆笑に包まれた。美咲もお腹が痛いほど笑った……笑いの絶えない家族ほど、平和で幸せなものはない。

運ばれてきたうな重に舌鼓《したつづみ》を打ったあと、頃合いをみて居住まいを正した紀子が、

「皆、いい？」

「うん？」

三人は突然あらたまった調子で話し出した紀子に注目した。

「実は今日、集まって貰ったのは、生前お父さんから言付《ことづ》かったことを実現させようと思って」

「えっ？　何、何？」

「そう急《せ》かすな結衣、オフクロが言いにくくなるだろ？」

「あっ、ゴメン」

「言付かったことって何なの？」

「さっきも言ったように、お父さんは、老舗の鰻屋さんの跡取り息子だったけど、学者という道を選択したことで、お祖父ちゃんは未練なく店を閉めて、土地も家屋も全部売り払ってお父さんの将来のために役立てようとしたのよ」

その話は前に紀子から聞いたような気がするが……。

「お父さんとは結婚してから色々苦労もあったけど、お祖父ちゃんが残してくれた遺産で大分助かったのよ。あの家も買うことが出来たしね」

そうだ、お祖父ちゃんには助けられたって、お父さんよく言ってたし……。

「でね、お父さんはああいう性格でお金には無頓着でしょ？　だから、私が一時的に預かって株を運用して増やしたことは、前に言ったから知ってるわよね」

でも、結局全部お父さんが使ってしまって残高はゼロ。遺産を当てにしていた健太も結衣もガッカリしていたな。

「実は、あなた達が反発し合っていたら、絶対に話さないようにって、お父さんに釘《くぎ》を刺されていたんだけど、最近ずいぶん変わったわよね。美咲が骨折した時もそうだし、詳しくは知らないけど、美咲は最近色々あったんでしょ？　それを健太と結衣が協力してサポートした。ハタで見ていてお母さん、凄く嬉しかったのよね」

もしかして、お母さんは全部お見通しだった？

「健太も美咲も結衣も、すっかり大人になったようだし、これからも兄妹三人助け合って生きていって欲しいということで、お父さんから皆に渡すモノがあるのよ。それで、今日集まって貰ったの」

何だろう、わざわざ神田明神に呼び出してまで渡すモノって一体……健太や結衣と顔を見合わせるが、それぞれの頭の中にはハテナマークがいくつも飛び交っているようだ。

会計を済ませた紀子は店を出て、私について来てと言うなり先に歩き出した。何処に行くのかと思ったら、再び鳥居をくぐって神田明神へ戻った。そこから、隨神門をくぐらず、右に曲がって明神男坂を下りてゆく、そういえばこの男坂、夢で見たことがあるような気もするが……。紀子の後をついてゆくと、およそ十分ぐらい歩いた辺りで紀子が立ち止まって振り向いた。

「いい？　これはお父さんから、あなた達へ未来のための贈り物よ」

「えっ？　何だよオフクロ、こんな道ばたで贈り物って、何処にあるんだ？」

「あなた達の目の前よ、私の後ろにあるじゃない」

何、目の前？　お母さんの後ろ……？　そこには真新しい煉瓦《れんが》造りのビルがそびえ立っている。まさか……。美咲も健太も結衣も息を止めて、ビルを見上げている。

「驚かせてゴメンなさいね。私が株で増やした資金で、お父さんが購入した新築のビルなの。兄妹仲良く使ってくれればって、お父さんから言付かっていたのよ」

キツネにつままれる気分とはこのことだ。結衣が呆然と立ち尽くしたままの健太の顔の前で掌を振って、

「お兄ちゃん大丈夫？　立ったまま気絶してんの？」

「大丈夫だ……ちょっとビックリして」

「お母さん、これって現実？」

「正真正銘、現実よ」

健太と結衣は互いのほっぺたをつねり合っている。

新築のビルを買っちゃうなんて、お母さん一体いくら資産を増やしたっていうのよ。

「さぁ、中に入ってみましょう」

紀子に促され、ビルに入る三人。ビルの入口横に「K・M・Yビル」というプレートが貼ってあった。これは私達のイニシャルに違いない。

六階建てのビルの一階から三階は店舗に使えるようにワンフロアになっているようだ。その上の階は、住居にも使えるよう細かく間取りがレイアウトされている。めいめいビルを探索していると、三階にいた結衣が突然ワーッと大声を出した。

階下にいた健太と美咲が急いで階段を上って駆けつけると、

「どうした結衣！」

「お兄ちゃん、これ見て」

「わっ！」

思わず健太も美咲も声をあげ驚いた。そこには、フロア狭しと大量の怪獣フィギュアが置いてあったのだ。殆どがゴジラだが、もちろんウルトラ怪獣もある。足の踏み場もないとはこのことだ。

「ここにあったのか……」

と、健太がポロッとつぶやいた。あるはずのフィギュアが見当たらなかったのは、洋介が生前、家に置けなくなった怪獣フィギュアを、せっせとここに運んでいたのだ。このことは紀子も知らなかったようで、

「お父さんらしいわね。私が怪獣フィギュアのアレルギーだからって、こっちへ移したんだわ。私はもう大丈夫なのに」

どこまでも心優しい洋介だ。

「ねえ結衣、ここで美容室開けるんじゃない？　兄貴もワンフロア使って、怪獣フィギュアのバーをオープンしたら？」

「そうだな。俺もそう思ってたよ。どのフロアがいいか、皆で考えないとな」

「お兄ちゃんのバーは一階がいいんじゃない？　表通りに面してた方が、入りやすいかも。アタシは、オーガニックを使った予約制の美容室にしたいから……」

「だったら、上の階の方がそれっぽいかもね。結衣、このビルと土地は担保になるから、設備などにかかる費用は、ウチの銀行で融資できるかもよ」

「ホントに？　わーい！」

「何だかまだ気が動転してるけど、こうなったら俺たちでオヤジの遺志をきちんと継いでいかないとな」

「そうよね。みんなでどうするか考えましょう。それと兄貴、ここに優秀なバンカーがいることをお忘れなく。お店の開店資金の融資は必ず相談すること。いきなり、あちこちからお金を借りて特撮映画を撮るなんて駄目よ！」

「分かってるって、当面は怪獣フィギュアバーを目指すさ」

「ねえ、お兄ちゃん、エレベーターにRってボタンがあるけどさ、屋上だよね。Rって何の略なの？」

「ルーフの頭文字だよ。お前さぁ、そのぐらい知っとけよ、恥ずかしいなぁ」

「いいじゃん、屋上ってことは知ってたし。細かい男はまた彼女に逃げられちゃうよ」

「うっせえよ」

「お母さんは、屋上行ったことあるの？」

「ないわよ。そうね、じゃあ、みんなで行ってみましょうか」

「賛成！　行こう行こう！」

結衣が素早くボタンを押すと、どうぞこちらへとばかりにエレベーターの扉が開き、四人は乗り込んだ。

下りてから短い階段を上り、美咲が屋上に出る銀色のドアを勢いよく開けると、いきなり眩しい光が飛び込んできて思わず目を細めた。青空はどこまでも澄んで雲一つない。東京の空はこの上なく快晴だ。

「ねえ、お姉ちゃんあそこに何かあるよ」

結衣が示した屋上の隅には、大小の赤い鳥居が何本も連なった先に、コンクリート製のお社《やしろ》が鎮座していた。鳥居の神額《しんがく》に「懐柔」と記《しる》されているのを見た時、美咲の頭の中に「カイジュウ神社」という洋介の声が響いた気がした。すぐ隣で結衣が「これなんて読むの？」と紀子に聞いている。

美咲はお社に誘われるかのように、ゆっくり鳥居をくぐり始めた。紀子も健太も結衣も後に続く。

一つ目の鳥居をくぐると頭の中で福鈴の音がした。一瞬、狩衣姿で立烏帽子をかぶった貴人の姿と、小さな人型人形が見えた気がした。誰？　何事？

二本、三本とくぐる度にここ数日、美咲の頭を覆っていたモヤッとした霧が、福鈴の音と共に晴れてゆく。最後の鳥居をくぐった瞬間、神さまのことをもっと知りたい……そんな思いが何故か突然突き上げるように美咲の胸に去来した。わけもなく涙が溢れてきた。思わず見上げた青空の眩しい光のシャワーに涙が溶けてゆく……。

「なぁ、神社って勝手に作っちゃっていいのか？」

「えーっ、やっぱりダメなんじゃない？」

「小銭切らしちゃってるから、お賽銭はいいよな」

「ケチくさいこと言わないでさ、お札入れなよ……復縁するんでしょ？」

「おお、そうだな」

相変わらず健太と結衣が呑気に会話している。

お社の前に立った美咲の心に一瞬、祠《ほこら》の中に祀られている神さまの姿が見えた気がした。それはどこか洋介に似ているようだった。美咲は自然に神さまに語りかけ始める……。

私はここで元気に生きてゆくよ。大切なことを見失わないよう生きてゆくよ。みんなと一緒に生きてゆくよ！

世界一優しいお父さん！　大好きだよ！　いつかまた会えるよね？　どうか、見守っていて。

私がここを、ずっと、ずっと、守るから……。

装画　サイトウユウスケ
装丁　大久保明子

初出「オール讀物」
二〇二一年三・四月合併号、六月号、八月号、十一月号、
二〇二二年一月号、三・四月合併号、五月号、七月号、
九・十月合併号、十一月号

髙見澤俊彦（たかみざわ・としひこ）

1973年明治学院大学のキャンパスにて結成されたTHE ALFEEのリーダー。楽曲の殆どを手がける。83年に「メリーアン」がヒットして以降、日本のバンドシーンを代表する存在であり続け、コンサート通算本数は日本のバンドとして最多の2800本を超え現在も更新中。

ソロ活動や楽曲提供、ラジオ番組などでも幅広く活躍。

2018年『音叉』で作家デビュー。2020年『秘める恋、守る愛』を刊行。本作が3作目となる。

特撮《とくさつ》家《か》族《ぞく》

2023年4月10日　第1刷発行

著　者　髙《たか》見《み》澤《ざわ》俊《とし》彦《ひこ》

発行者　花田朋子

発行所　株式会社 文藝春秋
〒102-8008 東京都千代田区紀尾井町3-23
電話　03-3265-1211（代）

印　刷　凸版印刷
製　本　大口製本
組　版　言語社

定価はカバーに表示してあります。

万一、落丁乱丁の場合は送料小社負担でお取替えいたします。

小社製作部あてにお送り下さい。

JASRAC出2301453-301

ISBN978-4-16-391680-4